FOLIO POLICIER

Caryl Férey

Plus jamais seul

Gallimard

© *Éditions Gallimard*, 2018.

Écrivain, voyageur et scénariste, Caryl Férey s'est imposé comme l'un des meilleurs auteurs de thrillers français en 2008 avec *Zulu*, Grand Prix de littérature policière 2008 et Grand Prix des lectrices de *Elle* Policier 2009, puis *Mapuche*, prix Landerneau polar 2012 et Meilleur Polar 2012 du magazine *Lire*, et, plus récemment, *Condor*.

À la mémoire de Marc Fontaine…

*à ses amis Georges et Philippe(s),
   qui non plus n'oublient pas.*

Elle était assise sur une chaise haute, devant une assiette de soupe qui lui arrivait à hauteur des yeux. Elle avait le nez froncé, les dents serrées et les bras croisés. Sa mère réclama du secours :

— Raconte-lui une histoire, Onelio, demanda-t-elle, toi qui es écrivain.

Et Onelio Jorge Cardoso, une cuillère de soupe à la main, commença son récit :

— Il était une fois un petit oiseau qui ne voulait pas manger sa petite bouillie. Le petit oiseau tenait son petit bec tout fermé, et sa petite maman lui disait : « Tu vas devenir un tout petit nain, petit oiseau, si tu ne manges pas ta petite bouillie. » Mais le petit oiseau n'écoutait pas sa petite maman et n'ouvrait pas son petit…

L'enfant l'interrompit :

— Quelle petite merde, ce petit oiseau, déclara-t-elle.

EDUARDO GALEANO, Le livre des étreintes
(traduction de Pierre Guillaumin)

PREMIÈRE PARTIE

MARCO-LE-DINGUE

0

Trop tard pour s'échapper : le cargo fondait sur le voilier en perdition, formant peu à peu une digue flottante en pleine mer, haute de plusieurs étages. Marco jaugea le monstre de fer dont la coque luisait comme une lame sous la lune. Démâté, le Class 40 n'était déjà plus qu'une épave dans la houle, menacé par le rouleau compresseur à l'approche. Les passagers retinrent leur souffle sur le pont du voilier, les bras serrés dans un réflexe de protection inutile. Lui ne broncha pas. La masse qui avance, gigantesque, sa surface portante, deux ou trois nœuds de vitesse, quatre mille tonnes de jauge brute : si le cargo était arrivé sous son vent, machine avant lente, il serait venu mourir sur le voilier, mais le courant était traître et il n'y avait rien à espérer de ces flibustiers.

Enfin le navire de commerce stoppa les moteurs, se laissant glisser jusqu'à eux ; Marco distinguait les visages des marins penchés par-dessus les bastingages, la muraille terrifiante de la coque rouillée et ses coquillages incrustés. Ils allaient se faire broyer, aspirer par l'eau noire. Des cris de terreur résonnèrent depuis la cabine. Tout ça pour ça... Marco jeta un regard angoissé à son équipière, livide sous l'astre blanc. Fin de l'aventure. La mer le rappelait. Après ce qu'ils avaient vécu ensemble, c'était presque une fleur dans les pattes de la Faucheuse.

Un filin atterrit alors sur le pont du voilier. Les voix des marins l'invectivaient tout là-haut. Bande de cons, songea-t-il. Mais ils avaient encore une chance de s'en sortir. Marco hurla des ordres brefs, engueula ceux qui se précipitaient vers la proue du voilier pour éviter la panique. Avec la gîte et la peur qui traversait leurs yeux, ou ils se tenaient tranquilles ou ils passaient par-dessus bord. Un autre cordage dégringola sur le cockpit du bateau. Marco attacha les passagers par la taille, un par un, avant de les abandonner à la furie des marins qui commencèrent à les hisser. Ce fut un carnage.

Il entendit leurs cris, le bruit sourd des corps propulsés contre l'acier et les angles coupants des coquillages qui déchiraient leurs chairs, puis il n'entendit plus rien, que le vent de la nuit dans les voiles déchiquetées… La masse du cargo oscillait vers lui, s'inclinait, pesait, menaçante, puis se retirait avec la houle pour revenir avec plus de détermination. Un premier choc fit vaciller le voilier, que le courant aspirait inexorablement sous la coque. Le dernier filin dérivait dans l'eau sombre, dérisoire. Les marins lui adressaient des signes sous la lune affolée, l'exhortaient à grimper au plus vite mais Marco ne bougea pas.

Il regardait la mer. La mer qui scintillait pour lui. À jamais.

1

Mc Cash avait récupéré sa fille à la sortie du collège. Il restait encore trois jours avant le début des vacances mais ceux de Mc Cash étaient comptés. Il avait baratiné la gamine, qui n'avait pas fait d'histoires. Des vacances à la mer, bien sûr que ça lui disait, tout pour fuir le village de Centre-Bretagne où un destin contraire l'avait consignée, et partir sur la route avec son père.

Mc Cash cracha la fumée par la vitre de la Jaguar. Temps de chien dans sa caboche malgré le soleil intermittent entre les nuages. La journée avait pourtant plutôt bien commencé, il était même presque normal en se levant à l'hôtel : la mer passait par-dessus bord à l'horizon, les oiseaux voltigeaient derrière la baie vitrée de la salle du restaurant, il avait regardé la petite avaler ses corn flakes, s'en mettre jusque-là, ses petits crocs affûtés, Alice et son sourire glouton d'orpheline espérant que demain serait plus réjouissant qu'hier, et puis la douleur s'était réveillée. Un cauchemar au bois dormant.

Mc Cash était borgne, un tendre au cœur dur qui confondait la défense et l'attaque ; il avait repris la route sans broncher mais le moignon de son œil crevé lui faisait mal, à en perdre la raison. Pas de rémission d'après les médecins – pour ça, il aurait fallu commencer par se soigner, nettoyer sa prothèse et surtout l'orbite vide qui s'infectait. Maintenant le jus de mort lui tordait la couenne, un linge mouillé comme autant de larmes rentrées, une douleur sauvage qui lui marchait dessus, le piétinait et…

— Tu veux pas baisser un peu la musique ! cria Alice depuis le siège voisin. J'arrive pas à me concentrer !

La petite lisait un manga, les pieds nus posés sur le vide-poches.

Alice. Treize ans à peine, deux tresses brunes et de grands yeux verts qui le considéraient comme son père. Mc Cash baissa le volume du cédé en grognant – Spoke Orkestra, un collectif slam-rock qui écraserait la bande FM à coups de marteau si on le laissait faire. Les autres groupes étaient morts, The Clash, Stiff Little Fingers, The Adverts, tous les vieux punks de sa jeunesse irlandaise : crevés.

Comme lui.

Les crises étaient revenues. Elles le suivaient, et le pisteraient, où qu'il aille. Mc Cash n'avait jamais changé son œil de verre. Un vague curetage en trente ans, et ce n'est pas ses rinçages au savon de Marseille qui allaient le soigner. Il cachait sa prothèse sous un bandeau de cuir noir, qui provoquait chez les autres un mélange de passion baroque et de répulsion instinctive.

Obnubilés par son bandeau, les gens le regardaient de travers. Il les détestait pour ça, et pour le reste aussi, il mélangeait tout. Trente ans étaient passés depuis la perte de son œil mais Mc Cash n'avait jamais accepté son infirmité. Envie de meurtre, d'euthanasie générale. Avec le temps, il s'était imposé un tempérament de pirate, comme le miroir du regard qu'on portait sur lui, pillant l'amour des femmes pour mieux mépriser leurs maris, faisait tout à l'emporte-pièce et se moquait bien des conséquences.

Seulement il n'était plus seul au monde, et son moignon pourrissait. La douleur grimpait à l'improviste, au réveil sous la douche, la nuit dans les bras d'une femme ou dans son sommeil, épouvantable. Elle l'avait attrapé ce matin, au petit déjeuner, alors qu'il regardait sa fille se goinfrer de ses putains de céréales : une crise en flux tendu, qui capitalisait, sûre de ses rentes.

La Jaguar roulait sur la départementale mais la ligne d'horizon avait disparu ; même les fleurs des prés avaient fichu le camp. Mc Cash un instant ne vit plus rien, qu'un vague champ magnétique sur l'asphalte peint. Les médicaments lui retournaient la cervelle, ces bouts de cortisone qu'il mâchait par kilos, ou bien était-ce le pétard d'herbe fumé tout à l'heure sur l'aire de repos... Quand il revint à lui, la Jaguar roulait sur la file de gauche.

La douleur, fulgurante, sembla fissurer son lobe temporal. Il cala la décapotable sur la file de droite, tenta de se concentrer.

La gamine, absorbée par ses nipponeries, n'avait rien vu.

Il cligna les paupières pour faire le point. La départementale 785 était déserte, les ombres des nuages jouaient au fantôme sous les éclaircies, il n'avait encore rien décidé et conduisait, hébété par le mal.

Il voulait juste que ça cesse. Mc Cash crut alors distinguer un point mouvant au bout de la départementale. Deux bras qui s'agitaient.

— Merde, murmura-t-il.

Des flics.

Un barrage.

— Quoi ?

Alice releva la tête de son manga. Elle vit le visage de son père et comprit que quelque chose n'allait pas. Il coupa le son du cédé, comme si la musique l'empêchait de penser. L'adrénaline grimpa aussitôt : la police était-elle à sa recherche ? Avait-elle son signalement ? Celui d'Alice ? Les papiers de la Jaguar étaient en règle ; elle trouverait leurs valises dans le coffre, deux ordinateurs portables, les jeux de la petite, son sac de plage... Trois gendarmes lui faisaient signe de se garer sur le bas-côté. Mc Cash ralentit, vida l'air de ses poumons, réajusta ses lunettes noires. Le .38 était calé sous son siège.

— Tu la boucles, dit-il à sa fille.

Un motard approcha. Vingt mètres les séparaient encore. Le type avait gardé son casque et la sécurité de son étui ouverte. Mc Cash le laissa venir, évalua la topographie, les jambes dans le mercure : une barrière métallique, deux gendarmes à pied, bras croisés devant la BMW du premier, leur voiture garée dans le chemin. Le motard salua sans ôter son casque et inclina son visage vers la vitre.

— Bonjour, vous avez les papiers du véhicule ?

De grosses lunettes réfléchissantes et l'air satisfait du représentant de la loi lui faisaient face. Mc Cash trouva carte grise et permis dans le vide-poches, tandis qu'Alice rapetissait sur le siège, comme prise en faute.

Le motard examina les documents avec une attention croissante, sans cesser de le dévisager. Mc Cash ne bougea pas d'un pouce, le pied enfoncé sur le frein de sa boîte automatique – un coup d'accélérateur et douze cylindres hurlants enverraient paître les gendarmes.

Le motard se pencha de nouveau vers lui.

— C'est votre fille ? fit-il en désignant la gamine sur le siège en cuir.

— Non, c'est ma tortue. On est venus pondre sur la plage.

Mc Cash avait été flic. Il n'avait pas peur de ces types, encore moins d'un spécialiste du cambouis. Alice croisa le regard inquisiteur du gendarme, n'y vit que son reflet d'argent ; elle plongea dans son manga comme si ça allait les aider à partir sans encombre. La tension était montée d'un cran dans l'habitacle.

— Vous cherchez quelque chose ? fit Mc Cash.

Le motard ne répondit pas tout de suite. L'homme au volant avait le teint rougi et une larme jaunâtre coulait sous ses lunettes noires, qu'il balaya du revers de la main.

— Vous avez quoi dans le coffre ? demanda-t-il.

— Des affaires de vacances. Une roue de secours. Vous voulez la voir ?

Le gendarme ne releva pas. Lard ou cochon, quelque chose le dérangeait chez ce type. Mc Cash le laissa mariner. Son œil malade le démangeait derrière ses lunettes. Le motard gambergeait, tapotait la carte grise sur son gant ; il inspecta la Jaguar, puis rendit les papiers dans un rictus dégoûté.

— Allez, circulez...

Un couple de moineaux éperdus évita de peu le pare-brise. La Jaguar passa le barrage à allure réduite sous le regard bleu marine des gendarmes. Tranquillité de façade. Mc Cash remit le son du cédé, de l'urticaire dans le sang.

> *« Plus jamais seul...*
> *Plus jamais seul...*
> *Plus jamais seul...*
> *Avec une bastos dans la gueule... »*

2

Mc Cash n'avait jamais été petit. Ou il ne s'en souvenait pas. Ni de Brest, où il était né, ni de ses premières années françaises. Il avait grandi à Belfast sous occupation anglaise, dans un quartier de pubs et de brique où même la pisse des chiens suintait la colère. IRA, Bloody Sunday, Thatcher, personne n'oubliait. Les gosses se lançaient des cailloux dans la rue devant chez lui. On le dégommait souvent.

Les autres se foutaient de lui, son accent français, ses grosses lunettes de bigleux, sa taille ridicule et ses shorts râpés, jusqu'à ce qu'il grandisse et se mette à caillasser les autres. Pas de quartier. On vivait en bande, comme les loups. Mc Cash avait la main lourde et la rage au mètre cube.

Sa mère, bretonne et catholique, avait perdu son deuxième enfant lors d'une grossesse compliquée et ne s'en était jamais remise. Le Bon Dieu l'avait punie, lui envoyait des messages qu'elle seule comprenait. Dans tous les cas, elle n'avait pas vraiment aimé son premier fils. Pas comme il l'aurait voulu. Trop bigleux sans doute. Pas assez ressemblant à l'image qu'elle se faisait de Patrick, le mort-né. Elle l'avait abandonné à son père comme on se débarrasse d'une vérité encombrante, se réfugiant dans un mysticisme hors-sol. Sa mère était une colonne sèche qui avait Dieu entre les cuisses et priait pour que ça passe.

Avant d'aimer son prochain comme soi-même, il faut commencer par se supporter : Mc Cash avait mis des années à comprendre que sa mère culpabilisait de la mort de Patrick, de son incapacité à aimer le seul fils qui lui restait, et qu'elle se méprisait peut-être autant qu'elle le méprisait. Ça ne le consola pas. Mc Cash saignait de partout, hémorragique et silencieux, mais s'il traînait le soir, bravait les couvre-feux, l'autorité, s'il faisait toutes ces choses bizarres, c'était sa façon de montrer qu'il bougeait encore. Pas comme Patrick.

À treize ans, Mc Cash déambulait en kilt dans le quartier en proie au chaos, un steak tartare sur la tête. À quatorze, il coupait des citrons en tenue de footballeur à l'entrée des pubs où l'on complotait. À quinze repeignait sa mobylette, volée on ne sait où, aux couleurs d'un obscur club de ping-pong local. À seize collectionnait les coups de matraque pour exhibitionnisme devant les forces armées.

Sa mère priait quand il revenait à la maison, son père s'en foutait : accro aux pubs où son violon l'entraînait, Sean se contentait d'aligner les taloches en touchant les allocs. Né de père écossais, musicien amateur et chômeur professionnel, Sean Mc Cash arrondissait ses fins de mois en trimbalant des fûts de bière dans les pubs de Belfast où il jouait, un marché qui, à l'instar du rugby à quinze, réconciliait le temps d'une pinte catholiques et protestants.

Mc Cash avait grandi contre.

Contre le monde – *tout* le monde.

L'armée anglaise, qui avait tiré dans le tas lors du Bloody Sunday, protestants soumis à Thatcher, catholiques confits d'eau bénite refusant l'avortement aux gamines violées dans les rues, la haine pour orgasme, tous ces gens le dégoûtaient. Mc Cash pataugeait dans l'humanité et n'y voyait ni place, ni avenir, ni issue de secours.

Les femmes l'avaient sorti de là. Les curieuses, les sans-espoir, les bienveillantes, qu'importe. Depuis le premier baiser échangé sous un porche, au premier instant de leur peau, au contact de leurs mains chaudes quand enfin déshabillées elles se glissaient tendre chatte contre ses flancs, au premier sourire violent de l'amour, il sut que les femmes seraient son lien au monde, ce qu'il verrait au bout de la planche, son unique salut.

Sa mère priant pour son âme, son père pour qu'il arrête ses conneries, Mc Cash avait tué son enfance en couchant avec les filles des deux camps, sans distinction ni discernement. Il faisait des choses pas catholiques avec les protestantes, et vice versa, infiltrait l'ennemi par l'orifice, compensant son manque d'affection par une addiction féminine de tous les instants, quand la guerre et les bombes fratricides hurlaient autour de lui. Mc Cash, qui avait pris vingt centimètres l'année de ses dix-sept ans, rentrait la queue tordue à la maison, ivre le plus souvent, puant le sexe britton et la haute trahison.

Son père, un soir, avait voulu le corriger mais, à dix-sept ans, le temps des trempes rédemptrices était fini : Mc Cash avait arraché le martinet des mains de Sean et l'avait fouetté en retour, à pleine volée. Il avait frappé son père comme un possédé, lacérant les bras qui protégeaient son visage de musicien alcoolique, tandis que sa mère s'arrachait les cheveux en poussant des cris d'otarie.

Mc Cash avait quitté la maison et le quartier qui l'avait vu grandir, sans remords. Il s'était installé chez un copain sympathisant de l'IRA, avait vécu d'expédients tout en poursuivant ses études, avant de perdre son œil lors d'une rixe dans un pub infesté de soldats anglais. Bénéficiant de la double nationalité, Mc Cash avait décidé de s'exiler dans le pays de sa mère. Ne pouvant pas encadrer Thatcher, préférant crever plutôt que de fouler les Highlands paternels, il avait pris le chemin le plus court et traversé la Manche en jurant de ne plus jamais remettre les pieds dans cette Irlande maudite.

En France, le borgne avait repris des cours de droit et goûté aux métiers qui allaient à son tempérament : sécu de concerts, roadie, machiniste, puis détective privé. Un flic qu'il avait rencardé lors d'une affaire l'avait encouragé à passer le concours d'inspecteur – on avait besoin de types comme lui. Adepte du grand écart, Mc Cash avait accepté. La Criminelle à Paris, comme pour assécher ses envies de meurtre et trouver un chemin légal à sa colère. Il se débrouillait bien quand il voulait, c'est la motivation qui manquait. « L'Irlandais » était son sobriquet dans la Grande Maison – si ça les amusait…

Ses parents moururent au pays sans le revoir, ce qui au fond ne changeait rien : Sean n'avait jamais pris la peine de le connaître, comme si quelques accords sur un violon suffisaient à son bonheur, quant à sa mère, le chagrin avait fini par avoir sa peau – le chagrin d'avoir perdu Patrick. Qu'elle prie en enfer. Mc Cash avait aujourd'hui cinquante ans, mille parfums de femmes et autant de fées imaginaires à se tartiner encore sur la peau avant de mourir, de préférence seul et au bout du rouleau en se tirant une balle avec son arme de service. C'était son programme dans la vie, jusqu'à ce qu'il reçoive la lettre de Carole...

Il avait fallu fouiller dans la caisse à outils de sa mémoire pour que le souvenir rejaillisse. Douze ans étaient passés depuis leur dernière entrevue. Carole, qui avait coupé les ponts avec sa famille de tarés, travaillait alors comme barmaid au Chien Jaune, un bistrot de Rennes que Mc Cash fréquentait à l'époque. Carole avait couché avec lui quelques fois après la fermeture, sur des capots de bagnole, sous les branches des jardins du Tabor, sous la pluie, avant de disparaître de sa vie. Un bon souvenir. Sauf que la lettre envoyée par Carole était une lettre testamentaire. Frappée par un cancer, elle mourait désespérée en lui laissant une gamine sur les bras : sa fille... Alice, une gosse de douze ans, qui d'après elle n'avait que lui.

Mc Cash enrageait. Il n'avait jamais voulu d'enfants, pas même avec la seule femme qu'il ait réellement aimée : cette lettre était une mauvaise farce de l'au-delà. Comment lui, l'homme qui pourrissait sur pied, le condamné volontaire, démissionnaire et nihiliste, s'occuperait-il d'une orpheline prépubère qu'il ne connaissait pas ? Son enfance lui remontait de la panse, des choses mal ruminées qu'il croyait ravalées depuis longtemps, cette avalanche émotive dont il était à la fois l'écho et le point de chute, mais il ne pouvait pas rester les bras ballants comme sa mère à la mort de Patrick.

Mc Cash était allé voir la gamine, d'abord de loin, à la sortie de l'école, pour être sûr qu'elle existait, puis les événements s'étaient précipités[1] et il n'avait pas eu le cœur de la laisser à la Ddass, à pourrir, comme lui. Tous ces petits chaussons alignés dans l'entrée, ces jouets passés entre mille mains, la fausse gaieté de ces pauvres gosses affligés, il n'avait pas eu le cœur. Il était venu chercher Alice à la sortie du collège, un soir de juin finissant, et l'avait embarquée avec lui dans la Jaguar, destination nulle part. Ils avaient pris au foyer ses maigres affaires, signé les papiers, et quitté cette campagne bretonne pleine de ronds-points où la petite avait vu sa mère mourir. Non, Alice n'avait pas fait d'histoires pour le suivre. Ils avaient tout l'été pour trouver une maison, une ville où s'installer, l'inscrire à l'école. L'essentiel était de partir.

— Je te préviens, je suis nul en gosses, avait-il dit.

Alice avait haussé les épaules – comme si elle était bonne en parents... Enfin, en six mois ils avaient appris à se connaître, et s'il ne ressemblait à aucun père, Alice l'aimait comme il était, bougon, comique, désabusé, grand cœur, une sorte de montagne russe interdite aux moins de treize ans. Mc Cash composait avec la partition qu'il avait entre les mains ; cette gamine ne s'exprimait pas avec un débit de mitraillette et des expressions incompréhensibles comme les filles de son âge, faisant preuve d'une maturité qu'il découvrait au fil des jours. Lui qui n'avait pas de prénom ne savait pas comment l'appeler : « ma puce » ça faisait vraiment minus, « mon chaton » c'était déjà

---

1. Voir, du même auteur, *La jambe gauche de Joe Strummer* (Gallimard, coll. « Folio Policier » n° 467, 2007).

pris, « moucheron » ça ne lui aurait pas plu, le reste des animaux il s'en battait l'œil.

Va pour Alice.

Ils erraient depuis dix jours d'hôtel en hôtel sur la côte sud de la Bretagne. La petite avait l'air de prendre ça pour des vacances. Peut-être qu'elle savait qu'il baratinait. Peut-être pas – il n'y connaissait rien.

Alice finit d'aspirer le jus de mangue qui traînait dans le vide-poches, et se tourna vers son père.

— Qu'est-ce qu'ils cherchaient, tout à l'heure ?
— Hein ?
— Les gendarmes au barrage.

Mc Cash conduisait en automate sur la départementale. L'étau lui serrait le crâne.

— Je ne sais pas, répondit-il. Des emmerdes…

Pour le moment il ne songeait à rien, juste à survivre à sa crise. Alice le surveillait depuis le siège en cuir, sa collection de mangas en vrac sur la banquette arrière. Les nuages dansaient là-haut, déclinant les nuances de gris, troués par les rayons. Ils croisèrent des types à vélo en tenue Intermarché – ça devait être le début du Tour de France –, des camping-cars couverts d'écussons ringards, avant de couper plein ouest. Soudain le ciel s'éclaircit. Dunes blondes, fleurs des champs multicolores et mer à pleine gomme : la baie d'Audierne déboula sous son œil cramoisi de douleur.

— C'est beau par ici, commenta la petite.

Mc Cash lorgna le tableau de bord.

— On va s'arrêter, dit-il. De toute façon, il faut que je prenne de l'essence.
— On dort là ce soir ?
— Pourquoi pas.

Alice étira son cou vers les plages de sable blanc le long du littoral. Il était quatre heures de l'après-midi.

— On peut se baigner, même, avança-t-elle.

— Si ça t'amuse. Moi je suis trop vieux.

— N'importe quoi.

Alice fit une grimace pour qu'il se déride un peu – son père n'avait pas ouvert la bouche depuis ce matin – mais, calée dans son angle mort, il n'avait aucune chance de la voir.

Ils s'arrêtèrent à Audierne, dernière ville avant la pointe du Raz. Le soleil était frais, les premiers estivants flânaient en couples éparpillés. Quelques mouettes paressaient dans l'azur, recomptaient les chalutiers rangés le long du port. Mc Cash se gara devant la capitainerie : le distributeur était juste en face.

Alice rangea son petit bazar tandis qu'il consultait son compte en banque. Pas brillant. Il serait bientôt dans le rouge. Mc Cash n'avait pas de compte épargne, de sicav, d'actions ou de quelconques participations à leur bordel financier dont la simple évocation lui donnait la nausée, il n'avait jamais mis un sou de côté et, après vingt ans de service, avait donné sa démission sans se soucier d'une quelconque retraite à toucher. En attendant, il lui restait à peine plus de mille euros.

Il fourra les billets de banque dans la poche de sa veste noire et retrouva Alice devant la Jaguar. Elle portait un jean savamment élimé et un tee-shirt de fille avec la langue des Rolling Stones, version paillettes. Elle ne vit pas ses mains qui tremblaient, le regard des gens autour de lui, cette sensation de bête de foire.

— On va à quel hôtel ? fit-elle en se déhanchant vers le port.

— Le plus grand, là, le blanc...

Trois étoiles sur la façade : le double dans les yeux d'Alice.

*

Argent ou pas, l'ex-flic ne supportait pas l'idée de trimbaler sa fille dans un bouge, un Formule 1, une maison d'hôtes avec une mémé à coiffe leur servant des tartines beurrées au petit déjeuner et le bruit de la pendule dans la cuisine. Quitte à crever, autant le faire avec panache. Mc Cash prit deux chambres à l'Hôtel de la Plage pour une durée indéterminée et une douche froide qui ne changea rien. La douleur ne le lâchait pas. Il s'accouda à la fenêtre de la chambre, qui donnait sur le port, répandit un peu d'herbe sur la tablette et roula un joint.

Devait-il, comme les dernières usines de V2 du Troisième Reich, s'enterrer sous terre pour continuer à entretenir l'illusion qu'il sortirait vainqueur du combat ? Avec son champ de perception amputé, Mc Cash vivait dans un bunker fait d'angles morts : un état de guerre permanent. La gangrène gagnait l'autre œil, dont les indices baissaient à la Bourse du vertige. Tant mieux, grognait-il : il n'en serait que mieux aveugle. Alice bien sûr n'était au courant de rien. Il lui mentait, sur toute la ligne. Il n'y aurait pas de nouveau départ, de maison, de jardin, d'école. Il cherchait un endroit pour mourir, pas pour vivre. Et puis ils ne pouvaient pas continuer à errer de ville en ville, comme un Humbert Humbert avec sa Lolita de service. Il avait été présomptueux en l'embarquant, inconscient total. Alice l'encombrait. Du poids mort, de l'ADN de borgne certifié qui l'empêchait encore de se foutre en l'air. *No future* sur tous les masques de la terre. Il avait grandi comme ça, sans amour, sans tuteur, sans rien. Il ne pouvait pas s'occuper de sa fille, même pas de lui. Le sourire qu'elle faisait le matin en le voyant lui mettait les nerfs en pelote – elle était si jolie, si confiante, il ne méritait pas ça...

Mc Cash écrasa son joint sur le rebord de la fenêtre, perdu, croisa son reflet dans le miroir de la chambre. Son œil semblait avoir doublé de volume. L'herbe n'avait fait que mélanger la douleur. Sensation étrange, comme si plusieurs couches de réel s'étaient superposées... Il descendit dans le hall de l'hôtel et prit une bière au bar acajou, entre deux eaux.

Alice déboula bientôt, un paréo coloré savamment enroulé autour de la taille et maillot de bain assorti à ses yeux de petite bête ressuscitée. Il fit un signe du bar, la laissa venir jusqu'à lui mais son sourire enjoliveur ne prit pas.

— Qu'est-ce qui se passe ?
— Comment ça ?
— Tu es tout blanc, nota Alice.
— Comme les ours ?
— Non : on dirait que tu vas pleurer.

Son sourire tomba dans sa gorge.

— Tu délires, singea Mc Cash. Je ne sais même plus comment on fait.

Alice acquiesça avec un regard entendu.

— Bon... On y va, alors ?

Ses yeux brillaient, carlingues sur un champ d'osselet. Mc Cash finit sa bière. Effet d'optique ? Miracle ordinaire ? La crise passa comme un panzer sous la neige.

*

Une mouette lorgnait la serviette d'Alice, intriguée par le sachet de chouchous qu'elle tenait à la main. L'oiseau n'osait pas trop approcher, il avait raison.

— Tu l'as perdu comment ton œil?

Les vagues roulaient sur le sable; Mc Cash soupira bruyamment.

— Je t'ai déjà dit : en poursuivant une Amazone dans la forêt.

— Je croyais que c'était une flèche de Pygmée?

— Oui, oui, aussi…

Elle sourit en coin. Cette histoire d'œil crevé était devenue un jeu. Ils n'en avaient pas beaucoup tous les deux; le Scrabble le faisait chier, le Cluedo lui rappelait le boulot, le Risk le rendait agressif, le Monopoly pyromane. La vérité était moins romanesque, et datait de Belfast : des soldats anglais avaient déboulé dans le pub où traînaient des sympathisants de l'IRA, provoquant une rixe aussi sauvage que spontanée, les coups avaient volé au petit bonheur, tant qu'on ne sut bientôt plus qui tapait sur quoi. Mc Cash se tenait au milieu de la mêlée comme avant avec les mioches de sa rue, les poings en sang, quand la crosse d'un fusil lui avait enfoncé le côté droit du visage. Il changeait de version selon l'humeur, sans jamais donner la bonne à sa fille – ça aurait été la fin du jeu.

Alice ramena du sable au creux de ses mains, un œil sur l'océan qui lui tendait les bras.

— Tu es sûr que tu ne viens pas te baigner?

— Je t'ai dit, je suis déjà assez fripé comme ça… Et puis elle caille.

La préado détruisit son château, se leva d'un bond et partit dans un rire qu'il ne comprenait pas vers les vagues paresseuses. Le borgne releva la tête, huma l'air marin. Les garçons sur la plage faisaient des figures athlétiques, sauts et roues de paon alambiquées. Alice passa et les voilà poirier : pas de doute, l'homme descend du singe... Mc Cash déplia le journal, géopolitique du désastre, quand un chien massif vint renifler sa serviette. Il venait de se baigner et frétillait comme une anguille dans l'herbe.

— Ça va, tête de nœud?

Le bull-terrier dressa le museau et, de joie, mit du sable mouillé sur sa serviette. Mc Cash se leva pour lui balancer son pied dans les côtelettes quand une silhouette féminine surgit de son angle mort.

— Vous vous êtes fait un ami, on dirait!

Une jeune blonde souriait comme si elle était une coccinelle, tee-shirt rouge moulant, toutes jambes dehors.

— Ah oui?

Elle fit jouer ses cheveux dans la brise, aspirant au splendide dans le grand leurre de ses vingt-cinq ans.

— Les chiens sont les meilleurs amis de l'homme, renchérit-elle, vous ne saviez pas?

— Faut vraiment être con.

— Vous n'aimez pas les chiens?

— Non plus.

La coccinelle perdait ses ailes à vue d'œil. Elle jaugea le type sur la serviette mais à vingt-cinq ans, elle manquait de flèches. Le bull-terrier piétinait, comme si le sable le grattait.

— Allez, viens Jimmy! Viens!

Du revers de la main, Mc Cash expulsa les pâtés

laissés par le clébard, aperçut Alice dans les vagues – manquerait plus qu'elle se noie –, se concentra sur les pages centrales du *Ouest-France*. On y parlait d'attentats mais c'est l'entrefilet du localier qui fixa son attention.

«L'étrave d'un bateau de plaisance a été retrouvée hier matin, dérivant au large des côtes espagnoles. D'après les photos des débris flottant à la surface, il s'agirait du voilier porté disparu au large d'Alicante, appartenant au Breton Marc Kerouan, dont on reste sans nouvelles. Aucun radeau de survie n'a été repéré malgré les recherches, qui ont été officiellement abandonnées. Une expertise est en cours.»

La nouvelle lui fit un choc.
Marco... Marco-le-dingue, perdu en mer...

3

Marco avait grandi sur les quais de Concarneau, au milieu des terre-neuvas en transit sur le plancher des vaches, quand chaque tournée comptait triple avant de retâter de la mer. Le colosse avait la rhétorique facile, un cœur en méthane et des yeux couleur Atlantique à vous fendre l'âme.

La famille Kerouan était issue de la vieille droite traditionaliste quimpéroise, catholique lefebvriste tendance Breiz Atao (le parti régionaliste qui avait pactisé avec les nazis durant l'Occupation), rentière (ardoise, granit, la moitié des constructions de la région se fournissaient chez Kerouan de génération en génération) et rigide par principe. Tirant les leçons de la guerre, les parents de Marco étaient honnêtes dans la mesure du légal, cultivés et d'une paresse intellectuelle commune, le genre à renvoyer dos à dos communisme et nazisme.

Marc Kerouan avait écumé les pensions et les internats jusqu'à sa majorité : il en gardait une haine pour la chasuble et ce qui se passait dessous, mais il avait appris à naviguer très tôt grâce à un jeune abbé passionné de voile qui les emmenait en excursion sur une vieille caravelle. Un premier sentiment de liberté, qui avait tout emporté : Marco n'avait pour ainsi dire plus mis les pieds à terre, sinon pour suivre ses études de droit, condition parentale au financement de ses lubies nautiques. Il avait traîné avec les pêcheurs de Concarneau, les voileux et les soudards, qui lui avaient appris à tenir le cap en toutes circonstances. Une bonne école pour qui rêve de bordées. Enfin il avait passé son diplôme d'avocat et pris le large. Ses meilleures années à l'entendre.

Équipier, skipper, Marco avait parcouru les océans avec des marins aussi givrés que lui, chassé les sponsors comme autant de baleines blanches, dormi par tranches de vingt secondes sur les crêtes des lames du Pacifique Sud, tiré des méridiens de coke sur les cartes de navigation, gagné quelques courses parfois, à coups de paris contre le vent et de surf au portant. Après des années d'aventure au grand large, Marco avait fini par renoncer à la voile de haut niveau, mais pas aux genres de bordées qui suivaient les retours à terre.

Si, à jeun, le visage de Marco impressionnait jusqu'aux putes à matelots, l'alcool et la défonce le transformaient en animal d'un genre peu commun : ses yeux globuleux triplaient alors de volume, il braillait dans toutes les langues, invectivait ratés, poivrots et bites molles avec une verve littéraire presque aristocratique. Bloy, Cravon, Drieu, Huysmans, Céline, Marco datait d'une autre époque et tenait à ce que ça se sache.

— Force et honneur ! il gueulait, centurion d'une légion romaine sortie de son imaginaire en position de tortue.

Entre deux ruptures d'anévrisme alcooliques, Marco avait travaillé dans différents cabinets d'avocats avant de monter sa propre agence. Mc Cash l'avait rencontré à Rennes, lors d'une affaire où Kerouan représentait les intérêts de la défense – un gros dealer d'ecstasys, que le borgne avait serré. Endurants, borderline, les deux hommes s'étaient aussitôt plu.

Mc Cash se fichait de la voile mais Marco l'avait emmené chez lui, à Concarneau, où il gardait son Pongo. Ils avaient commencé par vider une bouteille de whisky sur le bateau, quelques litres de vin dans un des restaurants du port et avaient gobé deux ecstasys pour faire passer la gnôle.

Marco avait des talents de conteur que l'alcool galvanisait. Il lui avait relaté son naufrage au large de Cuba, alors qu'il ramenait un sept-mètres vers les Antilles en compagnie de trois jeunes Français pris en bateau-stop. La queue d'un cyclone venait de passer quand l'un des apprentis matelots avait pris le quart de nuit. Le jeune skipper, qui visiblement s'était endormi à la barre, ne vit pas le cargo qui lui coupait la route : ils l'avaient percuté de trois quarts, ouvrant une voie d'eau comme une mâchoire de requin. Le voilier avait coulé en moins d'une minute… Éjecté de sa bannette, une douleur vive au pied, Marco avait vite compris qu'il sombrerait avec lui : suivant les enseignements zen de sa sœur, il s'était alors mis en position du lotus, calquant sa respiration sur celle de la méditation orientale. Son pied saignait abondamment mais il n'avait plus songé qu'au poids mort du voilier, qui lentement finissait sa chute. Par chance, le fond était à moins de vingt mètres. Marco s'était extirpé de la cabine engloutie et avait regagné la surface, à bout de souffle.

Le cargo, alerté du naufrage, avait stoppé les machines et envoyé une chaloupe à la mer.

L'avocat s'en était tiré avec une approche métaphysique de la mort, une phobie des cargos de nuit et deux orteils en moins, arrachés lors de la collision.

— Et les petits jeunes ? avait demandé Mc Cash.
— Aux bulots, nom de Dieu !

Les postillons volaient tous azimuts.

Ayant perdu ses huit dents de devant à la suite d'un accident de voiture qui avait failli lui pulvériser la face – un camion s'était couché en travers de la quatre-voies de Rennes alors qu'il déboulait, bourré –, Marco arborait un dentier amovible, que le flibustier sortait pour les grandes occasions. Leur rencontre en était une. Pour la première fois cette nuit-là, Mc Cash le vit ôter son dentier, faisant place nette au comptoir, attraper à la gorge l'impudent qui avait moqué le bandeau de son nouvel ami, éructer sa rage de la bêtise humaine, un trou noir au milieu de la bouche, puis sortir d'une main le malotru et l'envoyer dinguer dans le port comme un bâtonnet Miko.

— Aux bulots, nom de Dieu !

Marco riait comme un dément. Avec ses gencives grimaçantes, ses yeux bleus en cavale et sa gueule de sorcière écrasée contre la vitre, même les dockers se méfiaient. Les deux hommes attaquaient la vodka-champagne quand l'ecstasy avait explosé au milieu du champ de mines.

— Je t'aime bien, toi, le pirate ! avait décrété Marco.
— T'es pédé ?
— Hé hé hé ! T'as de la chance d'être borgne…

— La moitié du monde en moins : ça a ses avantages.

— Je comprends ça. Y a quoi sous ton bandeau ?

— Quatre-vingts kilos de « va te faire foutre ».

— Fais voir.

— Plutôt traverser ton bled d'alcoolos avec une pintade dans le cul.

— Banco ! avait ricané Marco avant de partager la dernière ecstasy.

Ils avaient trouvé deux Bretonnes dans la boîte du coin, qu'ils avaient emmenées sur le green du golf voisin, poursuivi leur after dans un bar à ploucs près du marché qui ouvrait, enquillé les petits blancs secs au rythme des huîtres avant de gagner le ponton et partir en mer, direction Ouessant. Des tonnes d'embruns sur leurs yeux froissés et des sourires féroces avaient fini de sceller le pacte. Une amitié celte, semblable à un vieux grille-pain déglingué : difficile d'y entrer, impossible d'en sortir.

Marco-le-dingue, disparu en mer...

Le vent balaya la page du journal que Mc Cash ne lisait plus, le regard perdu vers le large. Alice jouait dans les vagues. Il ne la surveillait plus. Les souvenirs revenaient par strates : ses yeux bleu néon, son visage taillé à la serpe, la tendresse de son sourire... Marco, mort. Il imaginait le corps de son ami flottant au gré des courants, la tête fracassée, et les bulots qui le grignotaient par petits bouts. Les éboueurs de la mer, qui s'attaquaient d'abord aux orifices, les yeux, l'anus, ces saloperies de bulots qui lui rongeaient l'œil, à lui aussi... Il débloquait.

*

— On sait ce qui est arrivé ?

L'employé de la capitainerie fit une moue de mérou qui allait bien avec le décor de son bocal.

— Un pétrolier sans doute, répondit-il, ou un cargo de nuit... Avec le trafic qu'il y a dans la zone du naufrage, c'est un peu le hérisson qui traverse l'autoroute.

— Tabarly aurait bouffé son rafiot pour courir avec Kerouan, renvoya Mc Cash. Il avait cinq tours du monde dans les pognes, convoyé des dizaines de voiliers sur toutes les mers du globe : il n'aurait jamais traversé le rail comme un hérisson.

Mc Cash avait laissé sa fille sur la plage voisine, prétextant une panne de tabac : une colère sourde perlait de son regard.

— Votre ami était un marin chevronné, tempéra l'employé du port, mais Tabarly aussi est mort bêtement.

— Sauf que Kerouan, on n'en sait rien. Vous avez des détails ?

L'homme qui lui faisait face avait une courte barbe rousse, un polo vert troué et le nez nécrosé des Alcooliques anonymes. Il consulta son registre.

— Kerouan est parti de Grèce aux alentours du 10 juin, dit-il bientôt, à bord d'un voilier qu'il venait d'acheter pour le ramener au port d'Audierne, où il a son ponton. On l'attendait en Bretagne vers le 30 mais il n'est jamais arrivé. Des avions ont survolé la zone présumée du naufrage sans rien trouver, jusqu'à hier matin, quand ils ont repéré l'étrave d'un voilier qui flottait au large d'Alicante. Un expert a certifié les clichés : il s'agit du même voilier, en tout cas le même modèle... Vu ce qu'il restait de l'épave, il est probable que votre ami ait percuté un navire marchand. Il en passe des dizaines toutes les nuits.

— Raison de plus pour se méfier.

— Kerouan était seul à bord d'après sa femme, fit Barbe-Rousse dans un haussement d'épaules, il a dû être surpris durant son sommeil.

Une ombre glacée passa sur le visage du borgne : la masse énorme du cargo, sa coque d'acier qui perfore la cloison, la voie d'eau, Marco expulsé de sa couchette, écrasé, broyé par le rouleau compresseur, aspiré, l'instant de panique dans la cabine inondée, le froid, le monstre qui n'en finit pas de mâcher sa pauvre coque de noix, ses derniers gestes de survie, sa dernière pensée... Un cargo l'avait envoyé par le fond, aux bulots, comme dans ses pires cauchemars.

— Tout a dû se passer très vite, renchérit l'employé comme s'il devinait ses pensées macabres.

— Il vaudrait mieux pour lui, oui...

Dents serrées, cœur bouilli, Mc Cash était toujours sous le choc.

— Oui, c'est triste, compatit Barbe-Rousse. Je ne connaissais pas beaucoup Kerouan mais je le croisais de temps en temps sur les quais. Il avait son bateau au ponton, comme je vous ai dit. Un gars qui disparaît en mer, c'est toujours moche, surtout pour la famille. Il avait une femme et une gamine de quatre ans ; si c'est pas malheureux...

Mc Cash resta de marbre. Il ne savait pas que Marco s'était marié, qu'il avait un enfant. Trop d'années sans se voir.

— Le navire qui l'a percuté ne s'est pas dérouté ? demanda-t-il.

L'autre hocha la tête en prenant un air inspiré.

— Au jour d'aujourd'hui, la collision n'est qu'une hypothèse. Et puis vous savez, la plupart des cargos ne se rendent même pas compte qu'ils ont percuté quelque chose ; épaves, baleines, c'est pas ça qui manque dans la mer. Dans le cas où ils auraient vu le voilier, le capitaine l'aurait signalé par radio et dépêché des secours : c'est une loi maritime de base.

— Ces types sont des chauffards, fit Mc Cash, ils transportent n'importe quoi dans leurs bateaux-poubelles, ne respectent aucune règle de droit et dégazent en mer dès que l'occasion se présente. Sans compter les équipages trop bourrés pour écouter les appels radio, ou qui s'en foutent.

— Tous ne sont pas comme ça : heureusement !

— Quelqu'un a ouvert une enquête ?

L'employé gratta le brûlis de sa barbe éparse – était-ce cet œil unique qui le fixait comme une mangouste le serpent, le blindage menaçant du bandeau de cuir qui lui traversait le visage ? Ce grand escogriffe penché sur son comptoir dégageait quelque chose d'intimidant.

— Le procureur de la République s'en occupe, répondit-il.

— On aura ses conclusions quand ?

— Pas avant six mois.

Mc Cash esquissa la queue d'un sourire : dans six mois il serait mort... Rogné de l'intérieur, comme Marco.

— Qui a prévenu les secours ?

— Sa sœur, répondit Barbe-Rousse.

Marie-Anne. Ils avaient dîné chez elle une fois ou deux. Pas son type mais une fille sur qui on pouvait compter. Quelque chose continuait de le chiffonner. Les marins qui naviguaient en solitaire montaient sur le pont tous les quarts d'heure, faisaient un trois cent soixante degrés pour vérifier le trafic et le vent, avant de redescendre dans la cabine : une règle de base que Marco n'aurait pas négligée dans une zone dangereuse.

— Qui peut me renseigner au sujet du naufrage ?
— La direction des Affaires maritimes, sans doute... À Brest.

Mc Cash avait travaillé cinq ans là-bas avant de jeter l'éponge.

Il quitta la capitainerie avec l'envie de couler le port.

4

Des nuages gris souris passaient sous le soleil, nuées éthérées poussées par le vent du large qui n'augurait rien de bon. Mc Cash jaugea la meute anthracite depuis la terrasse du Bar de la Mer où Alice dévorait son kouign-amann.

— Le temps se gâte, fit-elle remarquer, la bouche demi-sel.

La couleur de ses iris changeait avec le ciel, des yeux grands tout verts qui ne lui rappelaient même pas sa mère.

— Tu sais ce qu'on dit ici, baragouina Mc Cash : il ne pleut que sur les cons.

— Ils doivent être nombreux alors. Autrement il ferait beau tout le temps.

— Hum…

Il avait mal dormi, comme chaque fois qu'il ne se couchait pas abruti d'alcool ou de pétards – rêve de rupture, de sentiments violents, de femme éviscérée, d'enfants violés, de bulots qui lui bouffaient l'orbite, l'anus, tout se mélangeait dans la chambre des morts. Il commanda une autre bière pour passer le goût d'inachevé qui le poursuivait et un Breizh Cola pour la petite.

Le port d'Audierne s'animait à l'heure du marché, les premiers touristes profitaient de l'éclaircie pour déambuler sur les quais, les mains emplies de victuailles ou de cochonneries acidulées. Parmi eux quelques locaux, facilement reconnaissables à leurs jambes de serins – teint buriné, mal rasés, une veste de survêtement sans âge sur les épaules, des alcoolos au long cours qui regardaient le monde avec des yeux dessalés jusqu'à ce que la première bière les envoie au diable –, aussi quelques jolies filles tellement plus jeunes que lui, des plaisanciers à casquette sous des drapeaux multicolores battant au vent pour singer la fête, un ou deux minables en 4 × 4, et puis des familles, des familles par paquets, des anonymes qui se prenaient par la main, comme si tout cela ne tenait qu'à un fil, le lien fragile qui les unissait encore, l'illusion d'être ensemble, sachant déjà que l'amour se déliterait à la première névrose soulevée et les réduirait au silence endimanché du poulet hebdomadaire.

C'était foutu, la famille. Il suffisait de voir la sienne.

— Tu as vu, fit Alice en achevant son gâteau dégoulinant, il y a des maisons à louer sur le port.

Mc Cash se tourna vers les petits immeubles blancs d'avant-guerre, dont le charme contrastait avec les maisons de lotissement qui vérolaient la côte bretonne.

— Ça doit être mort en hiver, dit-il pour couper court à toute idée de sédentarisation.

— Oui, mais c'est beau l'été. C'est ça qui compte, non ? On pourrait peut-être chercher par ici ? C'est sympa, le bord de la mer.

Il n'y voyait que des cadavres. Le sien, celui de Marco.

La gamine se léchait les doigts, pleins de beurre.

— Tu l'imagines comment, toi, notre maison ?

— Je ne sais pas. Avec un toit.

Alice le regarda de travers – c'était lui, le mal léché. Elle fit des bulles au fond de son verre.

— On fait quoi aujourd'hui ?

— Comme tu veux.

— On peut faire les boutiques, proposa-t-elle.

— Pourquoi, tu as besoin de fringues ?

— J'ai rien de neuf.

— Tu n'as qu'à te dire que tu viens de les acheter.

— C'est pas marrant !

— C'est ça la vie de princesse...

Mc Cash n'avait pas envie de lui dire qu'ils n'avaient plus d'argent. Il passerait pour un radin, un pauvre type. Il avait la même garde-robe depuis des années, veste et pantalons noirs, quelques chemises et son vieux Harrington, le blouson de toile des prolos britanniques récupéré par les punks et les Red Skins, aussi défraîchi que lui. Mc Cash n'avait besoin de rien, surtout pas de choses matérielles, mais il fallait résoudre ce problème d'argent. Vite. Mille euros : à ce rythme, ils ne tiendraient pas une semaine.

— Il ne fait pas assez beau pour aller à la plage, décréta Alice, une idée derrière la tête. J'ai vu qu'il y avait un aquarium à Audierne : il paraît qu'il y a des loutres.

— Ça m'étonnerait.

— On pourrait aller vérifier, non ?

Ses yeux avaient fondu dans l'eau verte du port.

— OK.

Mc Cash acheta tout ce qu'elle voulait dans les boutiques du coin, la mena à l'aquarium où les loutres se lissaient les moustaches avant de filer comme des torpilles sous l'eau domestique, en vain : le visage de son ami le hantait. Un vaisseau fantôme.

*

Marco émaillait ses beuveries de récits fantastiques : celui du *Copenhague*, le plus grand voilier du monde, seul cinq-mâts de l'époque avec ses cent quarante mètres de long, quand le navire, son état-major et ses soixante cadets avaient disparu un jour de 1924. Le *Copenhague* que des marins argentins identifièrent pourtant un an plus tard au large du Chili, puis du Pérou, avant qu'il ne se volatilise pour de bon, sans qu'on retrouve jamais sa trace… Jusqu'à ce que, des années plus tard, une bouteille repêchée en mer délivre un message indiquant la position du navire et quelques mots de mauvais anglais, encore lisibles : «icebergs», «encerclés»… Des histoires de bateaux disparus que des dizaines de marins certifièrent avoir vus de leurs yeux, aux quatre coins du monde, sans qu'on pût jamais les aborder, des navires fantômes qui écumaient les mers et qu'on croisait en pleine tempête, toutes voiles dehors, des équipages de cadavres qu'on retrouvait vingt ans plus tard, errant sur des navires rongés de moisissures, des histoires de squelettes encore enserrés sur le pont, de capitaines gelés agrippés à la barre, des histoires de pendus, univers spectraux des mers du Nord où des vaisseaux passaient au gré des courants, encastrés dans la glace des icebergs pour une étreinte mortelle, la ronde macabre des *derelicts*, ces écueils flottants ou bateaux disparus en partie immergés responsables de la plupart des naufrages, des histoires de cimetière marin, les îles noires et glacées de la Géorgie du Sud, entre le cap Horn et l'Antarctique, où s'entassaient les restes des navires éventrés par les icebergs, broyés par les tempêtes, démâtés, chavirés, des bâtiments couchés sur les lames, leur chargement ripé, cernés par l'écume, des épaves couvertes de morceaux de vergues brisées, les voiles déchirées, clippers martelés par les vagues géantes, trimarans, vieux vaisseaux de la Compagnie des Indes, trois-mâts roulés par l'océan, les caprices du courant oriental qui dans sa furie avait balayé leurs débris et les avait jetés là, en un seul endroit, comme une gigantesque poubelle...

En disparaissant en mer, Marco avait rejoint ses mythes. Une fin tragique, fidèle au personnage.

Ça ne consolait pas Mc Cash : au moins les flics avaient des éléments de base, un corps, parfois des empreintes, des témoins, un ou plusieurs mobiles de meurtre, des traces ADN, des indices à partir desquels on pouvait déterminer quand et où le drame avait eu lieu, entamer un début d'enquête et le deuil pour les proches. Là, ils n'avaient rien. Des suppositions.

Faute d'informations, la plupart des enquêtes sur les disparitions maritimes n'aboutissaient pas : Mc Cash, qui avait été flic à Brest, était bien placé pour le savoir.

Deux jours qu'il tournait autour du pot.

Deux jours que les crises l'épargnaient.

La cérémonie avait lieu demain, sur le port, et il n'avait toujours rien décidé.

*

Le soleil se couchait sur la baie des Trépassés. La mer déboulait entre les falaises, s'engouffrait dans le goulot, recrachait ses rouleaux, comme autant de lettres mortes venues d'Amérique. Mc Cash regardait Alice sur la plage déserte. Elle déambulait au milieu des embruns, tâtant du bout du pied les nids de mousse molle arrachés à l'écume, voir s'ils bougeaient encore.

Il avait besoin de réfléchir, mais tout le ramenait à son inconséquence. Cette histoire d'endroit pour vivre lui mettait la cervelle au court-bouillon. Il n'avait pas envie de spéculer, sur quoi que ce soit, encore moins de chercher une maison. Une maison pour quoi faire : un tombeau douillet, avec la gamine pour lui tenir la main jusqu'à son dernier souffle comme elle l'avait vécu avec sa mère ? Ah ! sacré programme de papa poule ! Ils avaient l'été devant eux, mais après ? Il ne l'avait pas sortie du foyer de la Ddass pour la ramener deux mois plus tard en expliquant que tout compte fait, elle ne convenait pas : il voulait quoi, la tuer ?

La vie foutait le camp alors qu'il l'avait devant lui, quarante-deux kilos de grâce chassant les mouettes égarées comme pour s'emparer de leurs ailes, quarante-deux kilos, pas un de plus, et le même sang mélangé. De la graine de trois fois rien qui le voyait tourner en rond, comme un ours dans sa cage.

Le vent du soir ramenait de sombres échos de la mer. Mc Cash rumina depuis son coin de galets. Non, il ne pourrait pas abandonner Alice comme un chien au piquet d'autoroute. Pas après ce qu'elle avait vécu. Autant la jeter aux bulots – *aux bulots, nom de Dieu !*

La voix de Marco se superposait à sa vision éborgnée, son sourire ébréché, ses mains rongées par le sel... Il frémit dans l'air du soir. Alice revenait vers lui, ses pieds nus picorant les coquillages concassés.

— J'ai faim, dit-elle.
— Tu ne penses qu'à manger, toi...
— Il faut bien que je grandisse.

Le sourire d'Alice au crépuscule dévalait ses abysses. Mc Cash écrasa la larme jaunâtre qui suintait de son moignon.

— Tu as envie de bouffer quoi, demanda-t-il, des chips ?
— Je ne sais pas... Elle haussa les épaules. N'importe...

Il fourra la main dans sa poche, ne trouva qu'un billet de dix.

— Un plateau de fruits de mer, ça te dit ?

*

Ils s'étaient installés la veille à l'Hôtel de la Baie des Trépassés, à la pointe sud du Finistère, un bâtiment singulièrement laid planté devant une mer pocharde, mais les baies vitrées du restaurant donnaient sur la plage, fantastique.

Les surfeurs avaient rangé leurs planches, fumaient du shit dans leur van customisé de post-baba, des jeunes qui rêvaient de révolution en faisant les soldes chez Décathlon.

— Qu'est-ce qu'il y a ? fit remarquer Alice. Tu as l'air tout préoccupé.

Mc Cash avala deux huîtres coup sur coup, se rinça au vin blanc, envoya péter les bigorneaux.

— Hein ? elle insista. Qu'est-ce qui se passe ?
— Rien.
— Je ne te crois pas.
— Rien, je te dis… Un copain qui a disparu en mer.

Le visage d'Alice s'assombrit au milieu des langoustines.

— Quand ça ?
— Je ne sais pas, une semaine ou deux… On a retrouvé des débris de bateau. Le sien apparemment.
— Et ton copain ? s'inquiéta-t-elle.
— Bouffé par les poissons, faut croire.

Exsangue après la baignade de tout à l'heure, Alice pâlit un peu plus. Mc Cash soupira dans son verre – il n'avait pas envie de parler de ça. De rien.

— Qu'est-ce qui lui est arrivé ?
— Il s'est pris un cargo dans la gueule, dit-il.
— Ah… Tu le connaissais depuis longtemps ?

Qu'est-ce que ça pouvait lui faire ? Il était mort nom de Dieu : aux bulots ! Le borgne les voyait sur le plateau, les lascars : gras, boursouflés…

— Oui, dit-il.
— Quand tu travaillais à Brest ?
— Non, à Rennes. Marco était avocat. On s'est perdus de vue quand je me suis séparé de ma femme.

L'empathie fit place à l'étonnement.

— Tu t'es marié ?
— Deux fois.
— Non ?!
— Avec la même, précisa Mc Cash : une première fois pour les papiers, la deuxième fois par amour.

Les grands yeux d'Alice prenaient la lumière comme une star de l'entre-deux-guerres.

— C'est encore une blague ? lança-t-elle à son père.

— Non.
— C'était quoi son nom ?

Il broya une pince d'araignée, en répandit la moitié sur la nappe blanche.

— Angélique.

Alice fit la fine bouche devant les amandes.

— C'est bizarre, comme nom.
— C'était une fille bizarre, concéda-t-il.
— Elle était comment ?
— Faut aimer les négresses...
— Elle était noire ?
— Très.
— Ah bon ?
— Du Sénégal.
— Et vous êtes restés longtemps ensemble ?
— Non, dit-il en remplissant son verre.
— Pourquoi ?
— Elle avait la rage.
— La rage ?
— Oui : comme les chiens. J'ai été obligé de la piquer.

La gamine pouffa de rire. Pas lui. Angélique était la frappée atomique qu'il avait épousée vingt ans plus tôt, une passion avec casque intégral, de celles qui finissent dans le mur ou à la fosse commune.

— Et maman ? renchérit Alice.
— Quoi ?
— Vous étiez amoureux ?

Mc Cash récura le corail de l'araignée de mer, soudain concentré :

— Évidemment...

Il mentait. Il connaissait à peine Carole. Il avait même oublié son visage. Il ne se souvenait que de son cul sur les capots de bagnole, et sa jolie voix éraillée sous les étoiles qui lui murmurait des mots bleus depuis le fond de son ventre. Carole : un rêve contraceptif aux joies sans lendemain, croyait-il. Il ne savait pas son nom de famille jusqu'à l'envoi de sa lettre testamentaire, son âge, ses goûts, ce qu'elle avait vécu pour échouer la nuit dans ses bras et repartir sous la bruine, pleine de lui, dans un sourire de bakélite qui valait toutes les comètes. Il avait oublié Carole, les autres, même Angélique. Il aimait toutes les femmes avec une avidité compulsive qui confinait à la névrose et se moquait de savoir s'il était beau ou non, pourvu qu'elles tombent dans ses bras. Les braves se relevaient le plus souvent amochées – on ne s'accroche pas aux ronces.

Avec lui, pas de week-ends en amoureux, de vacances, pas de trucs à la bougie ou aux chandelles, de plan épargne, de projets, il n'était bon qu'à les caresser, à caresser le temps qu'ils passeraient ensemble, après quoi c'était la grande débandade. Il aimait sans s'attacher. Il n'arrivait pas. L'amour qu'il n'avait pas reçu le débectait. Il courait après ses mythes féminins, recomposant à mesure des bouts de femmes qui, chacune apportant ses morceaux choisis, constitueraient l'impossible puzzle : un amour total. Un qu'il ne pourrait pas trahir. On lui disait qu'il finirait seul, il se disait qu'il finirait à mille, tout rempli d'elles et sans regret. Fin du puzzle. Mc Cash vivait sans prénom, sans passé. L'avenir on verrait : rien.

Une jeune serveuse aux cheveux auburn demanda si « tout se passait bien », comme on lui avait appris à l'école hôtelière, repartit avec un sourire télécommandé. Alice observait son père de l'autre côté de la table.

— Maman ne parlait pas beaucoup de toi. Enfin, jusqu'à ce qu'elle tombe malade…

Il massacra son araignée.

— On s'est connus il y a longtemps, dit-il. Je ne savais pas que Carole était enceinte, c'est normal qu'elle n'ait rien dit à mon sujet.

— Tu serais resté avec elle si tu l'avais su ?

Alice avait de ces questions…

— Peut-être. Mais je l'aurais quittée un jour ou l'autre, il ajouta. C'est mon genre de quitter les gens.

— Pourquoi ?

— On se lasse de tout. Regarde tes nounours : même eux, tu as fini par les laisser tomber.

— Mais je ne les oublierai jamais.

— Eh bien moi, avec les femmes, c'est pareil.

Alice resta un moment dubitative, faisant le tri entre le sérieux et ce qui était du domaine de la blague.

— En tout cas, plus tard je n'aimerais pas être seule, dit-elle.

— Si tu crois au prince charmant, tu risques de dormir longtemps. Les hommes en général ne valent pas un clou.

Elle fit la moue devant les carcasses de crustacés.

— C'est réjouissant de discuter avec toi. Tu n'as jamais été heureux ?

— Si… Enfin, par moments.

— Lesquels ?

— Tu es encore trop petiote pour qu'on parle de ça.

— De quoi, d'amour ?

— Bah…

— Maman me disait que c'était le plus important

dans la vie, fit Alice. Que si on ratait une histoire d'amour, on pouvait toujours en recommencer une autre, et ça jusqu'à la fin de nos jours.

— Oui… Oui, sans doute.

Mc Cash se traita de pain noir, d'imbécile épais face à cette gamine seule au monde et plus mature que son âge. Il tenta de se radoucir.

— Tu as encore de la place pour un dessert ?

*

L'océan ronronnait par la vitre ouverte de la chambre. Les vagues roulaient sur la plage, ramassaient les coquillages dans un bruit de mitraille, repartaient grossir les premiers rangs. Mc Cash fumait accoudé à la fenêtre, n'arrivait pas à dormir. Il songeait toujours à Marco. Marco-le-dingue. Avait-il traversé toutes ces tempêtes pour échouer quelque part au fond de la mer, sans sépulture ? Non, il n'était pas venu là par hasard. Quelque chose pourtant lui échappait, comme si son instinct de flic avait repris le dessus, avec ses suspicions et son lot d'interrogations. Si son ami avait été victime d'un navire de commerce ou d'un bateau de pêche espagnol, deux institutions maritimes pouvaient l'aider à savoir ce qui s'était passé cette nuit-là : l'ITF et le BEAmer, tous les deux basés à Brest. En recoupant leurs informations, il avait une chance de dénicher le coupable…

Il se réveilla à l'aube, petit-déjeuna d'un simple café dans la salle de restaurant vide. Alice dormant encore, il lui laissa un mot à la réception.

Le vent virait la pluie à coups de pied au cul quand il quitta la baie des Trépassés.

5

Quatre-vingts pour cent des naufrages étaient dus à des erreurs humaines, ce qu'on appelait des fortunes de mer : vagues, *derelicts*, hauts-fonds non ou mal répertoriés, qui parfois se déplaçaient. Avec la déréglementation du commerce international, entre le lieu de l'accident, le pays du propriétaire du navire, celui de l'armateur, de l'immatriculation, du capitaine et de l'équipage, une demi-douzaine de pays étaient impliqués en cas d'accident ; au moment de départager les responsabilités, les avocats faisaient en sorte d'annuler les procès, ceux-ci n'ayant jamais lieu au bon endroit, laissant les personnes lésées sur le carreau. Les pavillons de complaisance, inaugurés à Panama par une compagnie américaine du temps de la prohibition, finissaient de noyer le poisson.

Ces paradis fiscaux flottants ayant reçu l'aval des Nations unies – au grand dam de l'ITF, la Fédération internationale des ouvriers du transport –, un navire sur cinq battait aujourd'hui sous des pavillons de complaisance, lesquels se retrouvaient impliqués dans près de la moitié des sinistres.

L'ITF avait sa propre liste noire, consignant le nom des entreprises d'affrètement, propriétaires de navires, armateurs ou agents maritimes peu recommandables.

Équipages surmenés, sous-payés, voire pas payés du tout, mal formés, mal soignés, mal nourris, manquant d'eau potable, parfois incapables de communiquer entre eux, le transport maritime était une zone de non-droit pour un million de marins. Naufrages, faillites, détention de navires pour contrôles, arraisonnements ou mises en quarantaine, tous les motifs étaient bons pour que certains armateurs sans scrupules abandonnent leur équipage – des dizaines de cas tous les ans.

Mc Cash avait ramassé plus d'une fois ces marins qui, engagés à la va-vite, s'étaient retrouvés sans le sou après que leur capitaine eut déserté le navire. Philippins, Albanais, Russes, ils venaient s'échouer dans les bars du port de commerce, à Brest. La plupart finissaient à la rue ou au Samu social, où l'on cherchait un moyen de les renvoyer chez eux. Mc Cash, étranger partout, tâchait de les aider. Il travaillait notamment en collaboration avec Yvon Legouas, le responsable de la section maritime de l'ITF de Brest.

Les frais de port, de manutention, d'arrimage, de douanes et de pilotage coûtant le plus cher, lorsqu'un navire était contrôlé, les chambres industrielles, le port autonome et les intérêts locaux se conjuguaient pour faire en sorte que le port ne soit pas réputé pour effectuer des contrôles trop stricts, de peur de voir déguerpir les armateurs. Quant aux marins qui s'avisaient de défendre leurs droits, ils étaient vite classés comme « agent provocateur de l'ITF » dans le livret de débarquement – quand ils n'étaient pas carrément emprisonnés à leur retour à terre.

Un job déprimant, qu'Yvon Legouas exerçait avec un relatif stoïcisme : les moulins contre lesquels l'ITF se battait ne brassaient pas que du vent, les sommes en jeu l'autorisaient à balayer les miettes les plus voyantes mais il fallait bien que quelqu'un fasse le boulot.

La voix tonitruante du bon vivant virant grassouillet, Yvon Legouas accueillit le borgne comme s'ils s'étaient vus la veille. Les bruits les plus farfelus couraient depuis sa démission soudaine, six mois plus tôt : cancer, cécité, suicide, tour du monde à la voile, mariage, on parlait même d'une croisière à bord d'un paquebot de luxe avec une princesse russe alcoolique... Des rumeurs.

Legouas ne s'épancha pas sur le cas Mc Cash. Le responsable de l'ITF de Brest avait une frange drue qui pendait sur ses sourcils, l'œil vif malgré l'heure matinale et du respect envers les gens en général.

— Je ne savais pas que tu étais ami avec Kerouan, dit-il après que l'ex-flic lui eut expliqué le but de sa visite. J'ai eu le procureur de la République au téléphone. C'est lui qui s'occupe de l'enquête.

— S'il a contacté l'ITF, c'est qu'il soupçonne un cargo ou un pétrolier, non ?

— Ça peut aussi être un pêcheur espagnol. Ils ont des chalutiers de vingt mètres, en fer, capables de découper les voiliers comme du beurre.

— Hum... Mc Cash reposa le café brûlant qu'il venait de lui offrir. C'est qui, le procureur ?

— Ton vieux copain Leguen...

Le borgne grimaça sous son bandeau – il avait sodomisé sa femme, plusieurs fois, sous prétexte qu'elle adorait ça. Son mari avait eu vent de leur liaison. Il lorgna l'ordinateur high-tech sur le bureau de Legouas.

— Tu as une liste noire des armateurs, n'est-ce pas ?
— C'est la base de mes données.
— Je peux y jeter un œil ?

Legouas reflua sur son siège. Mc Cash avait quitté la Grande Maison sans explications, réapparaissait six mois plus tard comme un fantôme.

— Je croyais que tu n'étais plus flic, dit-il en substance.
— J'ai pris ma retraite pour m'occuper de ma fille.

Il mentait. Il avait donné sa démission parce que son dernier œil valide était en train de crever.

— Depuis quand tu as une fille ? s'étonna Legouas.
— Six mois. Sa mère est morte... Il désigna l'ordinateur sur le bureau. Alors, cette liste noire ?

Le chef de l'ITF opina – il ne le croyait qu'à moitié –, releva la tête, croisa son œil cramoisi.

— Tu comptes mener une enquête parallèle ?
— C'est juste pour apaiser ma conscience, éluda Mc Cash dans un sourire lugubre. Il me faudrait aussi le nom des armateurs, le pavillon, le maximum d'informations sur ces chauffards. Tu as ça en stock ? insista-t-il.
— Pourquoi tu poses des questions alors que tu connais la réponse ? C'est comme si les flics ne savaient rien des repris de justice.
— C'est un service que je te demande, pas un ordre.

Legouas jaugea l'ex-flic, un coriace dans son genre,

cliqua sur son clavier : une liste de noms apparut bientôt.

— Pas de conneries, hein ?

*

Alice venait de terminer son année de cinquième et ne regrettait rien. À l'école, les garçons de son âge ne songeaient qu'à jouer au foot ou dégommer un maximum de monstres avec leurs pouces, et elle avait peu de copines proches. Non pas qu'elle fût plus solitaire qu'une autre mais elle se sentait légèrement décalée. Les ragots ne l'intéressaient pas beaucoup, ni se fondre dans la norme coûte que coûte. Depuis qu'Alice était petite, sa mère la laissait lire jusqu'après l'heure du coucher quand elle ne lui lisait pas elle-même *Harry Potter* ou Jack London. L'imaginaire avait fait le reste. Une vie à inventer, sans elle... Alice ne se faisait pas à sa disparition, c'était comme s'il lui manquait un os dans le corps, l'ablation d'une part d'elle-même revendue sur le marché de l'horreur. À douze ans, on se croit immortel. Soi-même et ceux qui nous entourent. La leçon avait été amère. Peut-être est-ce pour ça qu'elle se sentait différente des autres, pour ça qu'elle avait hérité d'un père comme Mc Cash...

Alice bâillait encore quand elle découvrit le mot laissé pour elle à la réception de l'hôtel. La patronne, une femme à l'air revêche surmonté d'un chignon de caniche particulièrement daté, lui glissa l'enveloppe sur la table du petit déjeuner. Elle lut, les yeux embués :

« Je suis parti à Brest pour la journée. Prends ce que tu veux au bar et mets ça sur la note de la chambre. Si la vieille de l'hôtel la ramène, dis-lui que je fous le feu à son chignon en rentrant. À tout à l'heure. »

Il n'y avait rien d'autre, que son humour menaçant en guise de signature, pas même un mot de tendresse paternelle.

*

Mc Cash poussa la double porte de verre fumé. Ça sentait le plastique dur et la plante en pot dans le hall du BEAmer. Une secrétaire au sex-appeal de rascasse se tortillant sur le pont se tenait derrière le comptoir de l'accueil, une blonde chiffonnée avant l'heure au décolleté impressionnant.

— Le chef est là ?
— Qui dois-je annoncer ?
— Mc Cash. J'ai appelé ce matin…

Ronan Magnan travaillait au Bureau enquêtes-accidents/mer depuis vingt-deux ans. Son père avait disparu un matin d'hiver avec cinq autres marins, à bord du *Providence*, le chalutier de leur patron. Magnan avait treize ans à l'époque. Pris dans une purée de pois, le *Providence* avait dû entrer en collision avec un sous-marin ou un bâtiment de guerre, et sombrer dans la foulée. Aucun contact radio. Aucun contact radar. Aucun survivant. Si un navire de guerre était incriminé, il avait pris la fuite. L'enquête n'avait rien donné. Ou plutôt, Magnan l'apprit des années plus tard en menant sa contre-enquête, on l'avait enterrée : secret-défense.

L'avocat qu'il avait fini par contacter pour préparer la demande de réouverture d'enquête l'avait dissuadé de poursuivre sa démarche : il dépenserait l'argent qu'il n'avait pas pour se voir envoyé sur les roses. Vingt ans étaient passés depuis le naufrage du *Providence*. Si le chalutier de son père avait été victime d'un sous-marin comme Magnan le pensait, il n'avait aucune information susceptible d'engager la réouverture de l'enquête. Point mort, la colère coulée par le fond. Ronan Magnan avait intégré le BEAmer de Brest. Il ne connaîtrait jamais la vérité au sujet de la disparition de son père, mais cela ne se reproduirait pas – pas avec lui aux commandes des enquêtes.

L'accidentologie était devenue son domaine, les eaux territoriales son champ d'investigation. Chargé des corps d'inspection et de contrôle, Magnan sourit à l'homme qui venait d'entrer dans son bureau : Mc Cash, ce vieux fantôme... Il l'invita à s'asseoir.

Direct, caustique, méprisant pouvoir, hiérarchie et argent, Mc Cash était le pire flic qu'il ait rencontré en matière de procédures, le dernier à venir à votre enterrement, mais un cœur d'ogre qui ne reculait devant aucun excès ni danger pour arriver à ses fins. Il l'avait aidé à tirer les vers du nez des dockers lors d'un naufrage au large de Sein deux ans plus tôt. Magnan le soupçonnait d'avoir couché avec sa femme mais comme le pirate aurait été capable de lui répondre la vérité, l'enquêteur du BEAmer avait préféré en rester aux suppositions.

— On m'a dit que tu avais filé ta dém' l'année dernière, dit-il bientôt, tu aurais pu appeler !

— Pour dire quoi ?

— Ça fait toujours aussi chaud au cœur de te revoir, singea Magnan. Bon, si Monseigneur a pris la peine de se déplacer jusqu'ici, j'imagine qu'Il a une faveur à me demander.

— Tu as entendu parler du naufrage de Marc Kerouan ?

— Au large de l'Espagne, oui, je suis au courant.

— Marco a disparu autour du 26 juin à bord de son voilier, dit-il en allumant une cigarette non tolérée en ces lieux : il me faudrait la liste des bateaux présents sur le rail de Gibraltar cette nuit-là.

— Le BEAmer n'a autorité à enquêter que dans les eaux territoriales, rappela le fonctionnaire.

— Je veux juste la liste des bateaux susceptibles d'avoir été témoins du naufrage.

— Témoins ou coupables, insinua l'autre.

— À toi de me le dire.

Mc Cash lui présenta la liste des chauffards répertoriés par l'ITF que venait de lui donner Legouas : une vingtaine de navires, pour la plupart enregistrés à Panama, Chypre ou Malte.

— À comparer avec les navires présents autour de cette nuit-là, ajouta-t-il.

Magnan dévisagea le grand borgne qui le dominait, enveloppant le bureau de tabac. Son œil était rouge, son teint malade malgré le soleil.

— Tu as repris dans le privé ? demanda-t-il.

— Marc Kerouan était un vieil ami et il laisse une gamine derrière lui, dit-il en guise d'explication.

Un père disparu en mer, une orpheline : le borgne attaquait le point sensible. De fait, Magnan ne tenta même pas de résister.

— OK... Je vais voir ce que je peux faire avec mes collègues espagnols. Tu as un mail ou un numéro où je peux te contacter ?

*

Des mouettes picoraient sur la plage, en ressortaient le bec plein de sable. Alice avait collectionné douze coquillages orange, six gris, deux noirs, pour passer le temps. Elle pensait toujours à sa mère. Quand elle se sentait seule comme aujourd'hui, c'était pire. Elle la revoyait à la fin de sa vie, caressant ses cheveux en tentant de sourire, sa main frêle sur son visage, ses doigts d'araignée malade, ces affreux doigts de mourante qui couraient sur ses joues rondes comme si elle voulait l'enregistrer une dernière fois avant de l'emporter tout entière avec elle, dans le Grand Nulle Part... Des souvenirs qui la glaçaient jusqu'à l'os.

Moins d'un an s'était écoulé depuis son décès, Alice avait le même trou dans le ventre, ce manque, un vide sidéral où l'amour avait été aspiré – à jamais. Son père avait surgi du néant et ne la remplacerait pas. Ce n'était pas le but visiblement. Mc Cash ne faisait que lire, fumer des cigarettes, ruminer ses idées noires, attendre sur la plage qu'elle finisse de se baigner, seule toujours. Pourtant Alice s'était faite à lui, son odeur, sa façon de la regarder, ou plutôt de ne pas la regarder. Qu'avait-il donc à cacher pour être si pudique ? Était-il mal à l'aise parce qu'elle était une enfant ou parce qu'elle était une fille ? Elle sentait qu'il l'aimait, mais qu'il était incapable de le formuler, s'en tirant toujours avec une pirouette ou une blague de son cru, comme s'il s'adressait à une adulte. Était-ce une forme d'éducation ? Du désespoir ?

L'ombre du cyclope obscurcit soudain le soleil tombant. Alice releva la tête, vit le borgne au-dessus d'elle, se concentra sur ses coquillages. Son père l'avait laissée seule toute la journée. C'était la première fois depuis le début des vacances.

— Qu'est-ce que tu fais ?

— Un collier de coquillages, dit-elle sans le regarder.

Mc Cash se pencha.

— C'est joli.

Avec sa vue qui baissait, il devinait à peine ce qu'elle tenait entre ses mains.

— C'est pour maman, dit-elle.

Mc Cash eut un méchant pincement au cœur. Pauvre gamine, qui croyait encore au père Noël – lui, sa mère, le futur, le monde était fichu et elle ne le savait pas.

— Ça lui aurait fait plaisir, dit-il.

— C'est elle qui m'a appris à bricoler des trucs.

— Quel genre de trucs ?

Alice haussa les épaules. Sèche-mots, peinture sur mer, attrape-ego, elles confectionnaient ensemble de petites choses étonnantes à partir de matériaux récupérés çà et là. Son père ne comprendrait pas.

— Tu y penses souvent ?

— À maman ? Ben, tous les jours.

— C'est normal. Ne t'en fais pas, ça passera... Enfin, tu t'y feras, et tout ira bien.

Mc Cash se voulait amical, il avait l'impression de s'enfoncer dans des sables mouvants, jusqu'au nez.

— Il me faudrait du fil à pêche pour faire un collier, dit Alice. Et un petit foret pour percer les coquillages.

— Je t'en achèterai demain.

— Mm.

Alice ne portait qu'un jean, des sandales et un tee-shirt de fille. Le soir tombait et le vent fraîchissait.

— Tu vas attraper froid comme ça, dit-il.

— C'est déjà fait.

Elle empoigna ses coquillages et les fourra dans la poche de son pantalon.

— C'est pas très malin.

— Je ne parlais pas du temps, insinua Alice.

Sa mère. Bien sûr.

— Les gens ne meurent vraiment que quand on les oublie, dit-il pour la rassurer.

— Tu dis ça parce que tu es vivant.

Ça ne durerait pas – Mc Cash sentait le froid qui sifflait dans son orbite morte, le même qui avait emporté Carole.

— On n'a que ça dans la vie, se ressaisit-il. Même si parfois c'est pas marrant : être vivant.

La gamine acquiesça. Bel effort. Mc Cash vit le reflet du crépuscule dans ses yeux, le feu rasant qui les brûlait. Sa main n'osait prendre celle de la petite, même une fois, alors qu'ils ne demandaient que ça.

— Un chocolat chaud, ça te dit ?

Alice fit un signe d'approbation. Mc Cash visa la façade de l'hôtel derrière les haies, grogna tout le chemin – putain, voilà qu'il avait encore envie de chialer.

6

La commémoration avait lieu à midi dans le port d'Audierne. Mc Cash savait ce que cela signifiait pour la famille : pas de corps, pas de deuil. On emporterait son souvenir à défaut de sa dépouille, une couronne de fleurs qu'on jetterait au large, en hommage au disparu.

Mc Cash n'avait pas revu Marco depuis sa déroute avec Angélique quinze ans plus tôt : l'avocat avait monté son cabinet à Quimper et ne venait plus à Rennes, où le policier poursuivait son suicide affectif, coupant les ponts avec tout le monde, y compris lui-même. Il ne savait pas que Marco s'était marié, ni avec qui : la famille Kerouan ayant annoncé les « obsèques » de leur fils dans le journal, c'était l'occasion d'interroger ses proches.

Le temps était frais, le soleil vif sur les toits. Un bateau à moteur clapotait le long du ponton où Marco amarrait son voilier, d'après le type de la capitainerie. Un vieil homme en blazer bleu marine rangeait les bouts d'un zodiac, un septuagénaire corpulent et presque chauve qui guettait le quai en consultant sa montre. Richard Kerouan, le patriarche, un gros bonnet de la région. Une petite femme vêtue de noir l'accompagnait du bout des souliers, Madeleine, sa femme, rabougrie par le chagrin et les années à l'ombre du chef. Un groupe de personnes approcha du ponton où ils attendaient. Mc Cash reconnut Marie-Anne, la sœur de Marco, qu'il n'avait pas vue non plus depuis des années, et d'autres gens qu'il ne connaissait pas. Les frères et sœurs sans doute, et leurs enfants endimanchés pour les funérailles virtuelles de leur oncle. Ils échangèrent quelques mots. Il n'y avait pas de fleurs, pas de gerbes, que des mines basses sur le ponton du disparu.

Mc Cash les apercevait de la terrasse du Bar de la Mer. Un petit comité : Marco n'aimait pas grand monde...

— Pourquoi tu n'y vas pas ?

Alice mâchait son troisième bubble-gum depuis le petit déjeuner.

— Où ça ?

— Eh bien, avec les gens, là...

— J'aime pas les gens, dit-il.

Alice fit une grimace de l'autre côté de la table, comme quoi elle parlait à un parfait demeuré.

— C'était ton copain, non ?

— C'était, oui.

Mc Cash ne téléphonait jamais à personne, encore moins pour prendre des nouvelles. Les deux hommes s'étaient perdus de vue, certains de se recroiser un jour. Ils se trompaient.

— Tu ne connais personne ? insista Alice en visant le groupe.

— Non.

Avec sa vue qui baissait, c'est à peine si Mc Cash

distinguait les contours des petits hommes sur le ponton – sa lentille de contact, sa seule coquetterie, aussi commençait à dater. Ils étaient maintenant une douzaine à faire le pied de grue devant le gros bateau à moteur, dont trois gosses habillés de bleu marine et blanc. D'après ses souvenirs, la famille Kerouan ne brillait pas par son excentricité. Une petite silhouette apparut alors sur le quai : une fillette, qui portait une gerbe de fleurs trop grande pour ses bras. La gamine de Marco ?

Une femme en bottes et robe noire l'accompagnait, le visage recouvert d'une voilette ; ce cou gracile, cette peau d'ébène qui brillait au soleil comme une lame... Mc Cash retint son souffle : c'était Zoé, la sœur d'Angélique.

Elle embrassa la fillette mais resta sur le quai, sa main gantée posée sur son chapeau que le vent malmenait. La gamine avança seule vers le zodiac amarré au ponton, des petits pas maladroits qui avaient du mal à faire le compte. La gorge de Mc Cash se serra devant la gamine couleur pain d'épice : une demi-orpheline, comme Alice. Il campait devant sa bière, l'œil rivé sur la fillette que la famille Kerouan accueillait maintenant, sans un regard pour sa mère sur le quai... Bizarre. Pourquoi Zoé restait-elle en retrait ?

On s'agita au bout du ponton, le patriarche invitant ses proches à grimper sur le zodiac. Montée la dernière, Marie-Anne adressa un bref signe de la main à Zoé, auquel celle-ci ne répondit pas. Le moteur se mit en branle, créant un petit bouillon dans l'eau verte du port d'Audierne, emportant chagrin, fleurs et enfants.

Mc Cash se concentra sur la silhouette féminine qui fumait du bout des gants, hésitait à aller lui parler.

Longue, svelte, la peau noire et lisse, délicieusement invisible sous sa voilette, l'objet de son péché lui revenait, madeleine cosmique...

Le zodiac avait disparu derrière la digue. Zoé fumait toujours, perdue dans ses pensées, quand une voix dans son dos la fit sursauter.

— Salut Zoé...

Elle eut un mouvement de recul en voyant l'homme qui approchait, un grand brun aux lunettes noires cerclées de chrome, plutôt beau mec malgré sa chemise débraillée et sa peau rougie par le soleil, avec un je-ne-sais-quoi d'ultra-violence dans ses gestes pourtant mesurés. Mc Cash avait sacrément vieilli : il faudrait qu'elle pense à le lui dire.

Zoé n'avait pas digéré le fait d'avoir couché avec le mec de sa sœur, de s'être laissé embobiner par cet escogriffe trop beau pour être honnête.

— Qu'est-ce que tu fais là, Mc Cash ?
— J'ai lu la nouvelle dans le journal. Je peux te parler ?
— Non.

Zoé s'était blindée sous la dentelle de sa voilette, rien ne filtrait, qu'une tension diffuse. Mc Cash ne savait plus qui avait provoqué l'autre, lui sans doute, comment ils s'étaient retrouvés ensemble emboîtés dans un lit d'été, juste que le plaisir avait été à l'aune de la débandade qui avait suivi.

— J'aimerais te parler du naufrage de Marco, dit-il pour couper court à leur vieux contentieux. Ils n'ont pas été foutus de me renseigner à la capitainerie.
— Je n'ai pas envie de te parler.
— Deux minutes : tu peux faire ça pour lui ?

Zoé serra ses jolis crocs. Il devinait le contour de

sa bouche, ses lèvres, mais toujours pas l'expression de ses yeux derrière la voilette.

— C'est votre fille, la gamine partie sur le bateau ? demanda Mc Cash.

— Oui.

Marco et Zoé s'étaient rencontrés à l'époque où ils habitaient à Rennes ; Mc Cash supposait qu'ils s'étaient revus après sa séparation avec Angélique.

— Je ne savais pas que vous étiez ensemble, ni que vous aviez une fille. Je n'ai pas eu Marco au téléphone depuis des années, dit-il pour faire la conversation.

— Il y a beaucoup de choses que tu ne sais pas, Mc Cash. Désolée mais je n'ai pas envie de parler, à personne.

— Tu n'es pas conviée à la cérémonie ?

Zoé le toisa de son mètre soixante-dix-sept.

— Pourquoi tu ne retournes pas d'où tu viens, inspecteur ?

— Je ne suis plus inspecteur.

— Tiens donc. Qu'est-ce qui s'est passé ? Tu as eu une révélation, un éclair qui t'a frappé au front ? Ou la voix d'une vierge peut-être, qui serait venue te murmurer des choses durant ton sommeil ?

Mc Cash n'avait pas envie de parler de ça.

— Vous êtes des durs à cuire dans la famille, hein, renvoya-t-il d'un ton peu amène. Écoute, la moitié des bateaux qui prennent le rail de Gibraltar sont des chauffards, enchaîna-t-il : l'un d'eux a pu percuter le voilier de Marco sans s'arrêter pour le secourir.

— Toujours à chercher la merde, hein.

— Non. Non, je veux juste savoir ce qui est arrivé.

— Demande à la mer.

— Marco avait la phobie des cargos de nuit, poursuivit Mc Cash : j'ai du mal à croire qu'il se soit laissé surprendre. Surtout dans une zone aussi dangereuse.

Zoé soupira, fuma jusqu'au mégot.

— Tu crois quoi ? Que les enquêteurs n'ont pas fait leur boulot ?

— Je ne sais pas encore.

Les drisses claquaient dans la brise.

— C'est pour ça que tu es venu ?

— Je passais par hasard quand j'ai lu la nouvelle dans le journal.

— C'est trop tard.

Zoé aperçut alors une gamine dans l'ombre du borgne, une préado aux yeux vert doré. Mc Cash bougonna en la voyant.

— Alice, dit-il en guise de présentation : ma fille…

La petite curieuse recomptait ses doigts en bordure du quai. Zoé croisa l'expression déconfite de son père.

— Depuis quand tu as une fille ?

— Je sais pas trop. Tu as quel âge ? lança-t-il à Alice.

— Bientôt treize ans.

— Treize ans, répondit Mc Cash.

— J'aime ton sens de l'humour.

— Moi aussi.

Zoé sourit comme un caïman sous sa voilette.

— Par hasard, hein…

Il ne savait pas ce qu'elle voulait dire par là, ce qui se tramait dans la caboche de la sœur de son ex-femme, de toutes les femmes. Zoé jeta sa cigarette sur le quai et l'écrasa sous sa botte.

— On n'a pas besoin de toi, Mc Cash, dit-elle. Ne le prends pas mal mais rends-nous service : va-t'en.

— Zoé…

— Oublie-moi, tu veux.

Leurs regards se croisèrent, saturés d'ecchymoses. Mc Cash pensa à sa sœur, deux inséparables qui n'avaient rien de perruches. Bizarre qu'elle ne soutienne pas sa cadette un jour pareil.

— Angélique n'est pas là ? s'enquit-il.

L'expression de son visage changea.

— Quoi ? s'assombrit le borgne.

— Tu n'es pas au courant ? renvoya Zoé.

— Non, quoi ?

Ses yeux se gonflèrent.

— Rien…

Zoé tourna subitement les talons et s'éloigna sans un regard pour Alice, souveraine sous sa voilette, sans se douter que ses larmes se voyaient à des kilomètres. Mc Cash la rattrapa et la tira par le coude.

— Hey !

— Où est Angélique ?

— Tu me fais mal !

Mc Cash lui pinça plus fort le bras.

— J'ai plus beaucoup de temps à vivre, feula-t-il tout près de son visage. Marco était mon ami et ta sœur la femme de ma vie, alors arrête tes enfantillages et dépêche-toi de me répondre.

Les yeux noirs de Zoé étaient remplis de larmes.

— Angélique…

— Quoi ? la pressa-t-il.

— Elle était sur le voilier, dit-elle, avec Marco.

Il reçut le choc, un coup de poing au plexus qui lui fit relâcher son étreinte.

— Angélique a disparu en mer, elle aussi, tu comprends ?!

Zoé échappa à ses serres pour rejoindre l'homme qui l'attendait sur le parking. Mc Cash ne songea plus à la retenir. Un ange noir passait dans le ciel : Angélique...

Angélique, morte.

7

Ils s'étaient rencontrés dans une salle de sport, un soir d'hiver en banlieue parisienne. Krav-maga, ou comment tuer des gens à mains nues. Elle était déjà une experte de l'art martial, lui commençait à peine. C'était à la fin des années quatre-vingt-dix.

— Comment tu t'appelles ? avait-il demandé, en sueur après leur assaut.

— Angélique.

— Très approprié. Je crois que tu m'as cassé le nez.

Il pissait le sang, *poc poc*, les gouttes faisaient des frappes chirurgicales sur le tatami.

— Tu t'es trop approché de ma zone de défense, dit-elle. C'est la sanction minimale.

Mc Cash aimait bien l'idée de se faire casser la gueule par une femme. Ça les mettait sur un pied d'égalité, seule base acceptable d'un rapport humain. Il tenta de maîtriser le flux tiède qui s'écoulait de son nez.

— On ne se méfie pas des femmes, la taquina-t-il.

— Misogyne ?

— Plutôt lesbienne. Je m'appelle Mc Cash.

Elle serra la main propre qu'il lui tendait.

— C'est ton prénom?
— Je n'ai pas de prénom. Trop familier, dit-il en fouillant dans sa poche.
— Ah oui.

Il essuya son appendice à l'aide du mouchoir.
— Non, pas mon genre.
— C'est quoi ton genre, alors, Mc Cash?
— Toi, dit-il.

Angélique ne s'était pas démontée. Elle avait jaugé le mètre quatre-vingt-dix de l'homme qui retenait son nez de couler : belle bête, svelte, musclée, un seul œil mais vert d'eau, couleur océan, malin c'est sûr, dangereux autant qu'on pouvait l'être. C'est lui qui reprit la parole.

— Je peux t'offrir un verre, pour te faire pardonner mon nez cassé?
— Je suis sûre qu'il n'est que déplacé. Mais si tu me laisses payer le deuxième verre, j'oublie tout.

Angélique avait vingt-deux ans, le borgne au tee-shirt rouge sang dix de plus, ça n'avait aucune importance. Leur première sortie se déroula dans un bar de Saint-Ouen, près du club de krav-maga où ils s'entraînaient. Mc Cash commanda deux ti-punchs à l'Antillais qui tenait le bistrot. Angélique portait un legging, une veste à capuche repoussée dans le dos et deux yeux de miel coupé au vert pilé. Il glissa son rhum sur la table. Le sujet du krav-maga épuisé sur le chemin qui menait au bar, il se lança.

— Tu fais quoi dans la vie, à part casser des nez?
— Ça ne se voit pas?
— Hum... Il fit semblant de réfléchir. Maçon?
— Non.
— Secrétaire de mairie?

— Non.
— Forçat ? Forçat sur une île ?
Elle secoua la tête.
— Chiropracticienne, c'est comme ça qu'on dit ?
— Non plus.
— Foraine ?
— Non.
— Liseuse de bonne aventure, tenta-t-il.
— On approche. Je suis rappeuse.
— Tu rappes quoi, des morceaux de fromage ?
— Tu sais qu'à la brigade du rire, tu serais le sergent Garcia ?
— Hé hé. Tu as un groupe ?
— Oui, un duo avec D'. Un poète urbain, rappeur à ses heures. « Colère Noire », c'est le nom du groupe. Ça défonce tout.
— J'ai vu ça.
Son nez avait triplé de volume. Angélique voyait qu'il se fichait du rap, de ce que la culture hip-hop pouvait véhiculer, mais son œil unique la dévorait crue. Une marque de fabrique peut-être.
— Et toi, relança-t-elle en mélangeant son ti-punch, tu es quoi : coiffeur pour dames ? Charcutier ? Pêcheur d'Islande ?
— Mademoiselle a des lettres.
— Tu dis ça parce que je suis noire ou parce que je suis une femme ?
— Ni l'un ni l'autre, ça fait juste plaisir à entendre. J'ai parfois l'impression de vivre dans un monde où le dernier tirera la chasse en partant.
Ce type commençait à l'amuser.
— Pas mal, fit Angélique, mais tu ne m'as pas répondu.

— Non.
— Alors?
— Je suis flic.
— Aaaah…

La rappeuse partit dans un long râle et bascula en arrière sur sa chaise.

— Vos chansons cassent du keuf, c'est ça?
— Non… Non, reprit-elle en souriant, c'est juste que d'après ton administration, je ne suis pas complètement française. Ma sœur et moi, on est venues du Sénégal avec le regroupement familial, ajouta-t-elle, mais nos parents n'ont que des permis de séjour prolongés.
— Et?

Angélique soupira dans son verre.

— Quoi?
— Non, rien…
— Tu m'en as trop dit : alors?

Elle eut un sourire de dominant.

— Tu me plaisais bien pour le rôle, mais là c'est foutu.
— Qu'est-ce qui est foutu?
— Je cherche quelqu'un pour me marier, fit Angélique tout de go. Un Français pure souche. Pour les papiers, et avoir enfin la paix avec votre putain d'administration. Être libre de ne pas me faire virer comme une malpropre.
— Ce serait dommage, concéda-t-il.
— N'est-ce pas.
— Et tu pensais me demander en mariage, comme ça, là?
— Toi ou un autre. Pour les papiers, c'est tout.

Il acquiesça dans son ti-punch, quasi vide.

— Je ne sais pas si j'aurais fait l'affaire ; je ne suis qu'à moitié français et en guerre avec moi-même.
— C'est-à-dire ?
— J'ai grandi à Belfast.
— Ah... C'était comment ?
— Violent.
— C'est pour ça que tu es devenu flic ?
— Non, c'est pour ça que j'ai perdu mon œil.
— Désolée...
— C'est vieux, laisse tomber.
— Pourquoi tu es devenu flic, alors ?
— J'aime bien cogner sur des connards.

Angélique adhérait à son humour.

— Pas de chance, sourit-elle, tu es tombé sur moi ! Allez, dit-elle en se levant, c'est ma tournée.

Quelle beauté, songea-t-il tandis qu'elle commandait deux nouveaux ti-punchs à l'Antillais.

— J'ai bien réfléchi à ton histoire de papiers, dit-il quand elle fut revenue : si tu veux te marier, je suis d'accord.

La Sénégalaise avait grimacé dans le fond de son verre.

— Tu as dit quoi, Mc Cash ?
— Si tu penses que ça va te rendre service de te marier avec moi, tu te trompes, mais je veux bien t'aider à le croire. Mais à une seule condition.
— Laquelle ?
— Qu'on divorce aussitôt.
— Bah... oui... Pourquoi ?
— Parce qu'il y a beaucoup de femmes en détresse dans le monde et que je ne résiste à aucune.

Angélique dut boire un autre ti-punch avant de comprendre que Mc Cash était sérieux. Les histoires

de papiers ne poseraient pas de problèmes au policier, il pouvait même aider sa sœur Zoé à en obtenir. Quant à jouer aux jeunes mariés devant l'administration, c'était une façon originale de se rencontrer et s'il pouvait rendre service à une femme en détresse...
Ils sortirent du bar une heure plus tard.

— Bon, fit Mc Cash au moment de se quitter, si on commençait par la nuit de noces ?

— Ha ha ! Ha ha ha !

Angélique riait de bon cœur. Ça lui allait même bien.

— Mariage ou pas, tu me plais aussi beaucoup, Angel.

Elle plissa ses yeux de miel pilé.

— Tu serais capable de me plaquer aussitôt, dit-elle en le sondant, j'ai pas confiance. Non, je te propose qu'on couche ensemble le soir de notre mariage.

— Aussi si tu veux, sourit-il.

— Après le mariage, insista-t-elle. Ce sera plus romantique. Surtout pour un mariage blanc. Mais ne t'en fais pas, le rassura-t-elle, je ne suis plus vierge depuis longtemps. Tu ne perds rien pour attendre, petit toubab.

Angélique avait grandi au Sénégal avec sa sœur dans un village de bord de mer face à l'île de Gorée, pendant que leur père trimait comme manœuvre en France. Angélique vomissait les cars de touristes qui venaient compatir comme on se mouche sur l'île de malheur et repartaient le soir même, la compassion au chaud, aussi imperméables au sort des survivants que rétifs au métissage de retour dans leur patrie.

La grand-mère leur avait raconté ce qui s'était passé à Gorée, les gens qu'on poussait à coups de bâton, les chefs tribaux achetés, les bateaux des Blancs qui attendaient, ces morts en tas dans les soutes, comme d'autres plus tard étouffés dans les trains, les plantations, les esclaves en fuite à qui on coupait les oreilles, puis le nez, puis le tendon d'Achille, ceux qui fuyaient quand même et qu'on attachait aux arbres et qu'on battait à mort sous les yeux des femmes et des enfants, et qu'on laissait pourrir là, parmi les mouches. Angélique avait grandi comme ça : au bord de l'asphyxie.

« Héritage de négros
Teint sombre, des boucles et des nœuds sous le bonnet,
Un regard urgent sur le monde comme si le clash sonnait. »

Les parents avaient donné des prénoms français à leurs filles pour les aider à s'intégrer le jour où elles pourraient rejoindre leur père en France, mais dix ans déjà étaient passés. La famille d'Angélique avait pu migrer en région parisienne dans les années quatre-vingt, quand on avait encore besoin d'eux. Regroupement familial, école républicaine, permis de séjour prolongé mais pas de nationalité française en vue. Le pays où son père s'était usé les mains, pour du bitume. Du bitume français. Agent de voirie, c'était son métier. Du Nègre qui grille au soleil sous le regard impassible du patron, mais c'était ça ou rien – ou alors la crasse, une vie sans espoir, l'Afrique.

Tombé d'un échafaudage comme un fruit trop mûr, leur père était décédé sur le coup, ça avait marqué le début de leurs ennuis. Papiers, tampons, file d'attente, demande de régularisation, elles pouvaient rentrer chez elles, non ?

> *« Des traces de ceinturon sous le gilet*
> *À chaque correction*
> *comme si la peau de nos ancêtres pleurait »*

Si Zoé avait poursuivi ses études après le bac, Angélique avait toujours pris l'attaque pour une défense : elle avait intégré un collectif de rap dans le 93 où elles vivaient et passé ses nerfs en pratiquant un sport de combat. Samuel, le prof de krav-maga de Saint-Ouen, avait vite pris la jeune révoltée sous son aile. C'est là que la Sénégalaise avait cassé le nez de Mc Cash, avant qu'il ne lui offre sa main.

Les futurs mariés s'étaient battus en attendant la date de leur union, tous les coups étaient permis, surtout les plus retors, peaufinant les contacts. Ils s'étaient tués virtuellement plusieurs fois (Angélique avait une technique d'étranglement et une vitesse de frappe sous la ceinture impressionnantes), se tenant au courant de l'évolution des papiers administratifs sans échanger d'autres caresses qu'un sourire en se retrouvant au club. Gentleman, Mc Cash n'était pas revenu à la charge. Leurs noces enfin fixées, ils ne se battirent plus que tous les deux, refusant de saluer les autres : Mc Cash était plus grand d'une tête, ses bras des tentacules, il était rapide et puissant mais Angélique avait de la hargne pour plusieurs générations et le côté aveugle du borgne lui laissait des brèches.

« Rêver d'avoir l'esprit blanc dans la peau couleur du lait
Regarde les traces de fouet sur notre peau !
Héritage de négros

Allergie plutôt violente au fouet
Convaincu que les policiers noirs sont des saloperies de jouets »

Regards suturés, sueurs mêlées, poings épuisés, ils s'étaient sauté dessus six semaines plus tard, après le passage devant le maire du Xe où il habitait. Mc Cash avait rencontré Zoé pour la première fois, belle plante et tempérament à peine moins calme que sa sœur, qui venait de s'installer en Bretagne. Les jeunes mariés n'avaient pas traîné. Angélique baisait comme elle dansait l'afro-beat, en transe et en fermant les yeux, lui empalé sur elle rêvait en bloc, la sculptait de ses grandes mains aimantes, créant une œuvre nouvelle à chaque salve d'extase. La foudre était tombée sur la savane. Mc Cash l'avait aimée tout de suite, dès leur première nuit l'un contre l'autre, aussi profondément qu'Angélique ouvrait grand les cuisses, et elle aussi semblait aimer ça. Mais il fallait divorcer. C'est ce qui était convenu.

— Pourquoi ?
— Pour se sentir libre.

Angélique avait dit oui à tout, le divorce, l'idée de se revoir. C'était ça ou lui casser les dents.

À peu près tout les opposait, elle était noire et militante, il était blanc et désengagé, elle appelait sa vieille grand-mère restée au pays tous les dimanches, lui avait oublié sa famille en Irlande, ses amis, avait paumé leur numéro de téléphone, ils étaient l'aube et le crépuscule mus par des élans contradictoires, mais Angélique l'aimait.

Ils avaient recouché ensemble sous la douche du club de Saint-Ouen après l'entraînement, trois jours avant la prononciation du divorce. Ça sentait le sexe et la sueur des autres dans le vestiaire déserté. Angélique en avait encore le ventre tout tapissé d'étoiles.

— Je fais un concert samedi soir, dit-elle en se rhabillant.

— Ah oui… C'est quoi, du zouk ?

Elle lui aurait volontiers crevé l'autre œil.

— Non, fit-elle entre ses dents, rien de domestique. D' sera avec moi. Mon binôme sur scène.

— Il est si bon que ça ?

— Aussi bon que moi.

Samedi, c'était le jour de leur divorce. Autant fêter ça en musique. Mc Cash s'était rendu au concert de la rappeuse et ils ne s'étaient plus quittés. Il faisait volontiers le mariole en présence d'Angélique mais ils restaient parfois des heures le corps transi, encastrés l'un dans l'autre, ces nuits sans orage où ils se serraient si fort qu'on voyait leurs fissures, sans comprendre ce qui leur arrivait : ils tremblaient d'amour l'un contre l'autre, incapables de se détacher, comme si les larmes qui leur coulaient à l'intérieur les empêchaient de parler.

« Souvenir de la cage,
Susceptible quant à la question cruciale de l'égalité,
Négro,
Je suis pas dans les PTT, ni agent de sécurité,
Négro ! »

Ils s'étaient remariés un an plus tard, par amour.

Mc Cash avait prévenu sa femme qu'il avait le cœur trop grand, impossible à rassasier, que l'inassouvi était son créneau, un bastion retranché, sa solitude, il n'était pas seulement amputé d'un œil, il était amputé d'un horizon, mais Angélique l'aimait.

— Fais-moi du bien au lieu de te faire du mal.

Elle ne savait pas que son homme était de la pire espèce, de celles qui se piquent elles-mêmes. Mais Angélique l'aimait, radicalement. Ils se voyaient toutes les semaines, après l'entraînement au club de Saint-Ouen, impatients d'en découdre. Mc Cash ne parlait jamais de son travail à la Criminelle, il n'aimait que ses jambes quand elle s'accrochait à lui et l'afro-beat de son cœur contre le sien, tendre et douce enfant cabossée. Ils faisaient tout à l'envers, vivaient séparés, se retrouvaient au krav-maga, se quittaient tard dans la nuit.

Il est facile d'effacer ses traces à Paris. Les mois étaient passés, les années, avant que Mc Cash, las du chaos de la capitale où il perdait ses nuits, se fasse muter à Rennes. Angélique ne connaissait pas la région mais sa sœur Zoé y avait trouvé du travail. D' volant de ses propres ailes, la rappeuse avait quitté sa banlieue et le hip-hop pour suivre son «mari».

Ça n'avait pas duré, la foudre sur la savane. Malgré la proximité avec Zoé, Angélique ne trouvait pas ses marques dans l'appartement qu'ils louaient au dernier étage de la tour des Horizons. Instinct close combat, confiance en elle niveau *Ground Zero*, le regard comme un percuteur quand il revenait le soir, sûre qu'il l'avait trompée, Angélique ravalait ses démons.

« Chaque fois que je pleure
J'entends le sanglot des nouveau-nés captifs
Je vis avec un seul poumon et un pieu planté dans le
  cœur

*Ce qui nous tient
C'est de savoir que nous sommes les descendants de survivants :
Incassables »*

Il lui fallait du solide. Quelque chose pour l'apaiser. Un bout de lui quand il n'était pas là, n'importe quoi pour se sentir vivre. Angélique lui avait dit un matin, a priori anodin, alors qu'ils prenaient le petit déjeuner :

— Je veux un enfant, Mc Cash.

Le borgne avait à peine relevé la tête de son café. Il ne fallait pas trop lui parler le matin.

— Pour quoi faire ?

— Je suis sérieuse.

— Pas moi, Angel. On ne peut pas compter sur moi. Ce n'est pas nouveau.

Il n'avait jamais vécu avec une femme pour éviter ce genre de scène. Mc Cash n'était pas persuadé que l'humanité passe le siècle, l'avenir du monde était pour lui une farce macabre, et nos dents jaunes sous les masques. Il lui expliqua que faire un enfant était du suicide, mais elle insistait.

— Tu es seul. Moi aussi. Deux bonnes raisons de se multiplier, non ? plaida sa femme.

— Je ne tiens pas à me multiplier. Tous les bouquins d'éthologie disent que notre race est vouée à disparaître. Prends un chien si tu veux de la compagnie.

— Pauvre con.

— Ouais.

Mc Cash n'aimait qu'elle mais il ne demandait pas l'exclusivité – un vieux mythe libertaire. S'il croyait qu'on le remercierait pour ça, il se trompait. L'orage avait tourné à la tempête quelques jours plus tard quand, Angélique racontant à Zoé son refus de lui faire un enfant, celle-ci, honteuse et rongée de remords, lui avait appris qu'ils avaient couché ensemble, l'été dernier, un soir d'ivresse. Ce salopard avait couché avec Zoé, sa propre sœur.

Mc Cash n'avait pas eu le temps de s'expliquer (le fait se suffisait à lui-même), de s'excuser (aucune excuse ne valait), il avait juste eu le temps de parer les coups. Angélique frappant sans crier gare, Mc Cash s'était retrouvé au milieu de la cuisine, asphyxié, les testicules dans la gorge. Un combat à mort, à en croire la folie dure qui traversait les yeux de la lionne. Relent d'opprimée, fracture à l'os, haute trahison, Angélique avait profité de sa paralysie momentanée pour arracher le bandeau qui cachait son œil mort, avant de s'attaquer au survivant : son poing avait touché l'arcade, manqué de peu la rétine. Des larmes de haine coulaient quand il avait riposté. Son pied était parti comme un boomerang et l'avait touchée au ventre, de plein fouet. Angélique avait reculé d'un mètre, catapultée contre la vaisselle dégringolée.

Une odeur de sang flottait dans la pièce, détestable. La Sénégalaise se tenait le ventre comme si ses entrailles allaient se répandre sur le carrelage, des larmes de rage et d'impuissance perlant à ses paupières.

Mc Cash l'avait laissée là, sans souffle au milieu de la cuisine, avec ses grands yeux miel suppliants, désemparée. Il était parti sans même prendre un sac. C'était ça ou se tuer.

Quand il était revenu, Angélique avait disparu. L'appartement était vide, sans même un mot d'adieu sur la table. Ils s'étaient mis la peau à l'envers sans cesser de s'aimer, et l'avaient payé cher.

« Ce qui nous lie,
C'est de sentir gronder en nous cette folie cette rage :
Incassable... »

*

Un amour au miroir sans tain, coupable d'on-ne-sait-quoi et qu'il portait aujourd'hui encore comme un fardeau... Le meilleur moyen de ne pas redescendre, c'est encore de jeter l'échelle : Mc Cash n'avait plus eu de nouvelles d'Angélique après leur rupture, ni de sa sœur, il croyait les avoir oubliées mais il se trompait, comme d'habitude. Il revoyait la silhouette de Zoé sur le quai du port d'Audierne, ses larmes cachées sous la voilette, sa gamine couleur pain d'épice et le bouquet pour son père qu'elle tenait à la main... Pour Angélique aussi...

— Tu en fais une tête, nota Alice tandis qu'ils revenaient vers la Jaguar.

Mc Cash était encore sous le choc de la révélation.

— C'était la femme de ton copain Marco ? poursuivit sa fille.

— Mm.

— Pourquoi tu lui as tordu le bras ?

— C'est une prise indienne : les Sioux faisaient ça pour montrer qu'ils étaient contents de se voir.

— N'importe quoi.

Oui, mais il fallait trouver quelque chose pour faire diversion. Il n'avait pas envie de lui parler d'Angélique, de la perte qu'elle représentait pour lui, Alice

ne comprendrait pas sa détresse, la confondrait avec sa mère qu'il avait si peu aimée, si peu longtemps...
— Tu es tout pâle, dit-elle. Tu es sûr que ça va?
Non. Il pleurait les nuits où ils se serraient à s'en lever concassés, unis par cette solitude qui suintait d'eux comme une gelée minable. Il avait tué leur amour. Maintenant Angélique était morte, cent lieues sous les mers. Aux bulots, elle aussi...

8

Pourquoi Zoé n'avait-elle pas participé à la commémoration en souvenir de son mari disparu ? La sœur d'Angélique répugnant à lui parler au nom d'un passé pourtant révolu, Mc Cash attendit le lendemain pour rendre visite à Marie-Anne. La sœur cadette de Marco vivait à Plougonvelin, un village sur la côte nord du Finistère au bout de la rade de Brest.

Grande gueule comme son frère, Marie-Anne se tenait loin de ses parents, des gens toxiques à l'entendre. La cadette entretenait en particulier de mauvaises relations avec sa mère qui, toujours à l'entendre, l'avait harcelée ou dénigrée tout au long de l'enfance. Barbie, sorties, jupe courte, maquillage, tout était interdit pour la fille aînée de la fratrie. Les remarques acerbes et désobligeantes de sa mère confinant à la maltraitance, Marie-Anne radotait sur le sujet pour peu qu'on la lance, ressassant malgré vingt ans de psychanalyse sur elle sans effet. Mal aimée, Marie-Anne aimait mal, tournée sur un moi en souffrance, sans amitié ni empathie, un amour de cadavre qu'elle maintenait en vie avec un acharnement pour ainsi dire thérapeutique. Elle avait réussi à tenir dix ans avec un homme, qui lui avait laissé la maison de Plougonvelin avec vue sur mer et une fille, Julie, aujourd'hui âgée de douze ans.

Marco était sorti du carcan familial avec la voile, elle avec la sophrologie orientale. Ils étaient liés par un contrat de solidarité tacite, sans amis communs ils se voyaient peu, mais l'affection restait la même. C'est elle qui l'avait initié au zen. Cartésien affiché, Marco avait d'abord raillé le mysticisme new age de sa cadette avant de revenir vanné de ses cours de yoga. C'est ce qui l'avait sauvé à Cuba, lors du convoyage cauchemardesque. Mc Cash avait dîné une fois ou deux chez elle à l'époque où ils traînaient ensemble, et en gardait un bon souvenir : Marie-Anne recadrait son frère quand il déraillait trop ou revenait plus mort que vif de cuites suicidaires.

La maison que lui avait laissée son ex était bâtie sur la colline qui dominait la plage de Plougonvelin, une des rares constructions en bois et en verre dont les Bâtiments de France toléraient l'existence sur la côte bretonne, plus adeptes des pavillons blancs à toiture d'ardoise réglementaire qui enlaidissaient les rivages. Les baies vitrées du salon, ouvertes, donnaient sur un jardin fleuri que le soleil avait déserté.

Mc Cash apparut entre ciel et mer, affublé d'une jeune adolescente – sa fille, d'après le coup de fil laconique passé un peu plus tôt. Le borgne portait son éternel bandeau, un jean et une veste noire. Ses nouvelles rides aussi lui allaient plutôt bien.

— J'ai pas trouvé la sonnette, dit-il en approchant.

La sœur de Marco attendait à la table de céramique.

— Ça va ? fit-il en l'embrassant.

— Bof.

Grande, massive, blonde, le visage tiré par le chagrin, la peau blanche parsemée de taches de rousseur, Marie-Anne lui faisait penser à un phare plein de sel. Alice dit bonjour du bout des lèvres. Sa fille, Julie, se présenta à son tour sur la terrasse, un joli visage aux yeux pâles qui avaient trop pleuré – Marco était son oncle préféré. Ils échangèrent quelques civilités, mirent les enfants à l'aise avant de les envoyer dans la chambre de Julie. Mc Cash n'était pas venu pour une visite de courtoisie. Il accepta le thé au gingembre, fuma une cigarette sans y toucher. La disparition de Marco les avait remués, chacun à leur façon.

— L'enquête en est où ? demanda-t-il bientôt.

— Le procureur de la République ne donnera pas ses conclusions avant plusieurs semaines, répondit Marie-Anne. La baraterie étant exclue, la thèse de l'accident n'est pas remise en cause.

— La baraterie ?

— Couler son propre bateau pour toucher la prime d'assurance.

— Mm. J'imagine que Marco n'avait pas de problèmes d'argent ?

— Notre famille est trop riche pour ça, railla sa sœur. Avec son métier d'avocat, il aurait fallu qu'il ait des goûts de footballeur pour manquer d'argent. Et tu connais ton pote.

Elle parlait encore de lui au présent.

— Qu'est-ce qu'il faisait au large de l'Espagne, du cabotage ?

— Non, Marco venait d'acheter un voilier du côté d'Athènes. Il était en route pour la Bretagne quand il y a eu l'accident.

— En Grèce ? Ça fait loin pour acheter un bateau, s'étonna-t-il.

— Je n'y connais rien mais il paraît que le voilier était un petit bijou. Il n'a pas eu le temps d'en profiter.

Mc Cash opina.

— Tu l'as eu quand pour la dernière fois ?

— Mon frère ? Quelques jours avant son départ en Grèce, dit-elle en croisant les chevilles sous ses fesses. Marco ne donnait pas beaucoup de nouvelles quand il partait en mer mais on avait l'habitude ; je ne me suis pas inquiétée. C'est quand Zoé a vu qu'il ne rentrait pas qu'elle m'a appelée. J'ai aussitôt prévenu la police.

— Marco est parti d'où ?

— Du port du Pirée, à Athènes. Le 7 juin.

— Et tu as signalé quand la disparition ?

— Le 28. Zoé n'avait plus de nouvelles depuis deux jours. Comme elle avait eu Marco par téléphone le 25, on estime que l'accident a eu lieu dans la nuit du 26. Les secours ont mis quatre jours avant de retrouver les débris du voilier. Le bout d'épave a dû dériver.

Mc Cash pensait à autre chose.

— Ça fait plus deux semaines entre son départ et le naufrage, nota-t-il.

— C'est loin, la Grèce.

— On est sûr qu'il s'agit de son voilier ?

— D'après les photos, oui. L'étrave a pu dériver mais comme c'était la seule disparition déclarée dans la zone…

L'océan clapotait au bout du jardin, séparé par un simple muret de pierres. À marée basse, on devinait une bouée jaune échouée sur le sable. Les iris vert feuille de Marie-Anne fixèrent l'ex-flic pensif.

— Pourquoi tu me poses toutes ces questions ? dit-elle enfin.

— Des tas de gens disparaissent tous les ans sans donner d'explication, biaisa-t-il.

— Tu as du mal à croire qu'un marin comme Marco se soit laissé surprendre par un cargo, hein ?

— Il en avait une peur bleue.

— C'est pourtant ce qui a dû arriver. Il se sera fait découper par un bateau de pêche, ou un navire de commerce.

— Ou un chauffard, qui ne lui a pas porté secours.

— Peut-être, concéda-t-elle dans un soupir. On ne le saura jamais. C'est trop tard maintenant. On verra les conclusions du procureur, mais ça ne changera rien à l'affaire.

— Marco avait une raison de disparaître ?

— Comment ça ?

— Son couple était solide ?

— Il ne s'en plaignait pas. Et il adorait sa fille.

— Des problèmes de jeu, d'alcool, de santé, avec la justice ?

Marie-Anne secoua la tête, négative.

— Personne qui aurait pu lui en vouloir, ici ou ailleurs ?

— Toujours flic, hein ?

— Je cherche à comprendre, c'est tout.

— Il s'agit d'une disparition, Mc Cash, fit-elle, pas d'un meurtre. Une fortune de mer, à des centaines de milles de son point de départ.

Mc Cash n'écoutait pas.

— Marco avait contracté une assurance-vie pour sa petite ?

— Il faudrait voir avec Zoé. Mais si tu penses à

un suicide maquillé ou une opération du genre, c'est hors de propos. Marco était un homme globalement heureux.

— Hormis sa famille, il était proche de qui ?

— Mon frère a toujours été un sauvage, dit-elle. Avec le temps, il avait presque fait le vide autour de lui.

Comme quand il était bourré.

— Il était quand même proche d'Angélique, remarqua Mc Cash. Assez pour partir ensemble.

— Oui... Oui, ils sortaient en mer de temps en temps...

Marie-Anne parlait de manière anodine du sujet qui le bouleversait.

— S'ils convoyaient le bateau depuis la Grèce, reprit-il, c'est qu'ils étaient très liés.

— Comment ça ? renvoya Marie-Anne, les yeux ronds.

— Angélique était avec Marco lors du naufrage : tu ne le savais pas ?

— Angélique ? Bon Dieu, d'où tu sors ça ?!

— De Zoé, dit-il. Je l'ai vue hier, lors de la commémoration.

Marie-Anne resta incrédule.

— Mais... Enfin, personne n'est au courant, ni ma famille ni personne ! Pourquoi Zoé ne m'a rien dit ?

— Si tu as une explication, je la prends.

La prof de yoga avait perdu son stoïcisme.

— C'est bizarre... Vraiment, je ne comprends pas.

Un filet d'acide coula le long de son cœur, comme si on l'avait trahie.

— Zoé ne s'est pas jointe à vous lors de la commémoration sur le port : tu sais pourquoi ?

— Mes parents ne sont pas des gens très ouverts, renvoya-t-elle dans un euphémisme.
— Sa couleur de peau?
— Disons qu'ils avaient rêvé d'un mariage plus dans le sérail.

Le vent frissonnait dans les feuillages, balayait ses cheveux blonds. Mc Cash sortit son carnet de la poche de sa veste.
— Zoé habite où?
— Penmarc'h, répondit Marie-Anne, la mine sombre. Sur la côte sud.

Mc Cash griffonna l'adresse. Penmarc'h. Spécialité dentelle et sardines, à l'autre bout du Finistère...
— Je peux te laisser ma fille un moment?

*

La Jaguar était garée près d'une haie de cyprès, qui coupaient le vent d'ouest. Un homme corpulent guettait sous les branches : il surgit au moment où Mc Cash ouvrait la portière. Quelques cheveux châtains plaqués sur un crâne bosselé, deux bajoues qui lui tombaient comme un costume trop grand, Yann Lefloc était un ex-flic de Brest reconverti dans le privé. Il était seul, mâchant un chewing-gum au goût éventé.
— Eh ben, Mc Cash, qu'est-ce que tu fais là?
— La même chose que toi, mon gros : je prends l'air.

Lefloc approcha, épais comme une bûche. Les deux hommes s'étaient connus lors d'une affaire de trafic d'héroïne, alternative à l'alcoolisme qui sévissait dans le quartier de Recouvrance, et ne s'étaient guère appréciés. Méthodes de travail, comportements, ils s'opposaient par magnétisme. Mc Cash avait la réputation d'un loup prompt à mordre la main qui le menaçait, mais Lefloc n'avait pas peur de s'y frotter. Du nez, il désigna la maison d'architecte qui dominait la plage.

— Qu'est-ce que tu fichais chez la fille Kerouan? relança-t-il.

— Donne-moi une seule raison de te répondre.

Lefloc fixa l'œil unique du borgne, le vent chahutant ses rares cheveux.

— Je suis au boulot, dit-il, ça se voit pas?

— Détective, c'est ça?

— Tu n'es plus flic d'après ce qu'on m'a dit, qu'est-ce que tu fiches là? réitéra-t-il.

— Marc Kerouan était un vieux copain.

— Ah ouais.

— Ouais.

— Une visite de courtoisie à sa sœur, c'est ça?

— Le deuil, ça te dit quelque chose ou tu comptes mourir en léguant tout aux pissenlits?

Lefloc eut une moue.

— Depuis quand tu te soucies des gens?

— C'était jusqu'à ce que je vous voie, toi et ton bidon qui dépasse des arbres.

— Toujours aussi drôle, le borgne. À propos, comment va ton œil? Il paraît que tu n'en as plus pour longtemps avant de tomber aveugle.

Mc Cash sourit jaune. L'oculariste de Brest avait dû vendre la mèche. Des mois pourtant qu'il ne l'avait pas vu. Lefloc revint à l'attaque.

— Tu es un vrai fouille-merde, dit-il d'un air convaincu. Je sais que tu n'es pas là pour des condoléances. Alors?

— Commence par me dire pourquoi tu me suis comme un chien moche.

— La famille Kerouan m'a engagé pour éclaircir deux ou trois points, répondit le détective privé. À commencer par l'argent de Marco. Tu te doutes bien que ton copain avocat en avait un paquet, et que tout revient à sa femme.

— Et à leur fille.

— À sa majorité. C'est-à-dire pas avant une quinzaine d'années, insinua l'autre.

— Tu veux dire que les Kerouan ont du mal à encaisser le fait que la femme de leur fils hérite du magot ?

— Sans corps pour attester du décès, on peut faire traîner les procédures pendant des années.

— C'est beau ce que tu dis.

— Il y a aussi des choses louches, renchérit Lefloc : par exemple pourquoi Marc Kerouan a acheté un bateau si grand et si cher. Pourquoi en Grèce, alors qu'on peut trouver le même en France et d'autres choses encore qui mettent la puce à l'oreille de la famille.

— Dis plutôt que les Kerouan n'ont jamais accepté qu'une femme noire entre dans la danse, fit Mc Cash. Athée par-dessus le marché.

— Les parts de Marc dans l'entreprise familiale ne sont pas négligeables, rétorqua le privé. Les rapports de Zoé Kerouan avec le reste de la famille ne sont peut-être pas bons mais leurs craintes sont fondées : leur fils a fait un testament quelques semaines avant de partir en Grèce, léguant tout à sa femme et sa fille, ses parts des entreprises Kerouan comprises.

— Tant mieux. Comme ça elles auront de quoi vivre en attendant de se consoler.

Lefloc montra les dents, pas brillantes.

— Ta naïveté serait presque touchante. Qui te dit que tout ça n'est pas un coup monté ?

— Tu as bu trop de chouchen, mon gros père.

Mc Cash allait partir mais le détective s'interposa.

— J'aime pas qu'on marche sur mes plates-bandes, dit-il : tu enquêtes sur la disparition du fils Kerouan ?

Il puait l'after-shave et la testostérone.

— Non. Maintenant fous-moi la paix.

— Alors à quoi tu joues ?

— Je t'ai dit de dégager, rétorqua-t-il, glacial.

Mc Cash tira la portière mais Lefloc la retint de la main.

— C'est toi qui dégages de cette affaire, OK ? Je t'aime pas, le borgne, mais c'est un conseil que je te donne si tu ne veux pas avoir affaire à moi. Pigé ?

Mc Cash détestait les combats de coqs. Il maintint le poignet du privé sur la portière et la claqua violemment. Lefloc étouffa un cri devant ses doigts pris au piège, mais Mc Cash l'avait déjà libéré ; il tira l'homme en arrière, prit le volant pendant que l'autre valsait dans les conifères et démarra sans s'attarder sur les jurons.

*

Le village de Penmarc'h abritait l'un des plus fameux phares de la côte sud. Mc Cash arriva en fin d'après-midi, passablement énervé après son altercation avec Lefloc. Il comptait demander des précisions à Zoé mais la femme de Marco se tenait devant la maison familiale, installant sa fille à l'arrière de la voiture. Les valises étaient déjà dans le coffre, le chien sur le tapis de sol à l'avant. Zoé vit le borgne qui sortait de la Jaguar et se tint immobile dans l'allée fleurie, regard au poing.

— Comment tu as eu mon adresse? lui lança-t-elle.
— C'est Marie-Anne qui me l'a donnée, dit-il en approchant.
— Qu'est-ce que tu veux encore? Si c'est pour me casser le bras, tu repasseras.
— Tu pars?
— Ça te regarde?
— Je sors de chez Marie-Anne. J'aimerais te parler deux minutes.
— Tu es dur d'oreille, Mc Cash.
— Deux minutes et tu n'entendras plus parler de moi. C'est au sujet de ta sœur. Et du voyage en Grèce avec Marco. Pourquoi tu n'en as parlé à personne?

Ils se regardèrent en chiens de faïence.

— Écoute, dit-il d'une voix conciliante, il y a un privé sur le coup, un détective qui cherche à savoir s'il n'y a pas quelque chose de louche dans la disparition de Marco, et sur le fait que tout cet argent te revienne.
— Quoi?!

Son expression de stupeur et de colère rappelait sa sœur.

— Je crains que les Kerouan aient du mal à encaisser le coup, résuma Mc Cash. On n'a pas retrouvé le corps de Marco; avec des bons avocats, ils peuvent bloquer l'héritage. Je t'en prie, fais-moi confiance pour cette fois.

Zoé soupira, un regard pour sa fille sur la banquette arrière de la Citroën.

— Qu'est-ce que tu veux savoir ?

— Angélique naviguait avec Marco depuis longtemps ?

— Tu connais ma sœur : tu la laisses seule dans la campagne, elle est capable de s'engueuler avec les arbres. La mer la calmait.

— Ils sont partis ensemble en Grèce pour convoyer le bateau jusqu'en Bretagne ?

— Oui.

— Celui qu'il a acheté à Athènes ? Marco avait déjà un voilier, pourquoi aller jusque là-bas ?

— C'étaient ses lubies, répondit sa femme. Et les histoires de bateau ne m'ont jamais intéressée.

— Ton mari t'en a quand même parlé : alors ?

Zoé soupira de nouveau, impatiente – sa fille Lila jouait avec une poupée sur le rehausseur mais ça ne durerait pas.

— C'était un Class 40, dit-elle. Un bateau de course. C'était son cadeau pour ses cinquante ans.

— Passés depuis deux ans.

— Comme si ça pouvait changer quelque chose pour lui.

— Et Angélique ?

— Il lui fallait une équipière.

— Ce qui contredit un peu plus la thèse d'une collision avec un cargo de nuit : à deux, ils pouvaient se relayer, prendre leur quart et repérer les dangers.

Zoé ne broncha pas.

— Tu connais le nom du vendeur ? reprit-il.

— Pourquoi ?

— C'est peut-être l'une des dernières personnes à les avoir vus vivants, fit Mc Cash.

— Non... C'est Marco qui s'est occupé de tout.

Il la dévisagea sous le soleil déclinant. Zoé lui cachait des choses.

— Pourquoi tu n'as dit à personne qu'Angel était avec Marco en Grèce?

— Écoute, Mc Cash... Personne ne peut me sacquer chez les Kerouan; pour eux je n'ai jamais été qu'une négresse, travailleuse sociale en plus, et leur fils le dernier des demeurés en m'épousant. Je n'ai jamais mis les pieds chez eux, ils tolèrent à peine notre fille et ne l'ont jamais considérée comme leurs autres petits-enfants. C'est pour ça qu'ils veulent m'empêcher d'hériter.

— Marie-Anne aussi est en froid avec sa famille, objecta Mc Cash.

— Mais elle continue à les voir à la première occasion.

— C'est pour ça que tu pars d'ici?

— Cette maison est hantée, répliqua Zoé en se tournant vers les volets clos. Je vais vivre un temps chez une copine avec ma fille, faire le deuil dans un endroit sain et pourquoi pas trouver un logement près de mon lieu de travail en espérant ne plus jamais voir la famille Kerouan, ni personne qui les connaisse, lâcha-t-elle. Maintenant adieu.

Zoé fit tinter ses clés de voiture et prit place au volant d'une DS4 rincée par la pluie. Elle disparut bientôt au coin de la rue, comme un autre fantôme amoureux englouti... Mc Cash soupira dans le vide. Avec le crépuscule qui pointait, le borgne n'y verrait bientôt plus que des ombres.

*

La nuit couvrait le ciel de nuages inconnus. Mc Cash pianotait sur son ordinateur connecté à Internet, seul dans la chambre d'hôtel. D'après ses infos, Marco avait vendu son ancien voilier, un Pongo de huit mètres, pour un bateau de course plus grand, plus rapide, qu'il finit par retrouver dans les annonces spécialisées des mois précédents – c'était le seul Class 40 en vente au port du Pirée.

La perle rare était un MC TEC AKILARIA 40 RC2 de quarante pieds, une bombe d'après la fiche technique, construit en 2011 ; le prix de vente allait en conséquence : cent quatre-vingt-dix mille euros... Il imaginait Marco à la barre du voilier de course, ses yeux de dingue rongés d'embruns, vingt nœuds à la gîte et la coque sortie de moitié, s'enquillant bière sur bière et autant de rails de speed dans les sinus. Avec ce genre de bolide, le marin pouvait tenir une cadence de dix nœuds sans faiblir, vingt-quatre heures sur vingt-quatre. Mc Cash calcula la vitesse de croisière du Class 40, soit près de trois cents milles par jour : en partant le 7 juin du port du Pirée, Marco et Angélique auraient dû atteindre Alicante aux alentours du 12 ou 13. Or ils avaient disparu deux semaines plus tard... Quelque chose ne collait pas. Mc Cash connaissait assez le flibustier pour savoir ce qu'il pensait du tourisme. Ce n'était pas son genre de traîner sur les îles grecques pendant quinze jours. Ni celui d'Angélique.

On le baratinait, depuis le début.

9

La mer grondait au-delà de la baie vitrée du restaurant. Avec le soleil du matin, des arcs-en-ciel paradaient dans l'écume atlantique. Mc Cash releva l'œil de son café.

— Tu ne manges rien ?
— Non.

Alice boudait devant ses crêpes. Il était passé la prendre la veille chez Marie-Anne après son aller-retour chez Zoé. Ils avaient discuté dans la voiture en rentrant à l'Hôtel de la Baie des Trépassés, Alice s'était bien entendue avec la petite Julie mais quelque chose semblait la chiffonner. Mc Cash n'avait pas demandé quoi. Il pensait toujours à Zoé, à ses mensonges par omission. Il y avait forcément une raison, et il ne voulait pas croire que Lefloc ait vu juste… Un soleil maintenant lumineux se pavanait derrière les fenêtres de la salle de petit déjeuner. Mc Cash repoussa sa chaise.

— Tu vas où ? demanda Alice.
— Téléphoner à un type.

Les vagues roulaient sur la baie encore vide – les surfeurs cuvaient leur Jenlain dans les vans. Le borgne appela, laissa sonner jusqu'à la messagerie, rappela. Bob répondit enfin.

Robert Bodinot, alias Bob, avait travaillé au GER, le Groupe d'enquêtes et de recherches des RG, puis à la Section de traitement du renseignement chargée de l'antiterrorisme à la Direction centrale. Bob y avait appris les techniques brutales de coercition, l'absence de déontologie préconisées par ses supérieurs : il était devenu expert en menaces physiques et coups pour déstabiliser une «cible», en recrutement d'indicateurs sous la menace, écoutes téléphoniques sauvages et chantage aux mœurs.

Buveur mondain, joueur de poker, chasseur d'oiseaux de nuit, Bob avait travaillé avec Mc Cash sur une grosse affaire à Paris, à l'époque où l'ambition du borgne ne se résumait pas à survivre à la veille. Ils avaient passé des heures dans des planques exiguës, à traquer un type qu'ils recherchaient tous les deux. Ça ne faisait pas d'eux des amis.

— J'ai besoin de toi, annonça Mc Cash en expédiant les civilités.

— Cinq ans que je n'ai pas eu de tes nouvelles, ironisa Bob : qu'est-ce qu'il y a, tu veux de la dope ?

— J'ai arrêté ça aussi.

— Bon, dis-moi pourquoi tu es sorti de ton sarcophage.

— C'est au sujet d'un ami disparu, répondit l'ex-flic. On n'a plus de nouvelles depuis des semaines. Tu as de quoi noter ?

— Putain, geignit l'ami Bob, je suis encore dans mon lit !

— Tu n'as qu'à écrire sur la fille qui dort à côté de toi.

— Elle est déjà partie, ricana-t-il.

Comme tous les types qui refusaient de vieillir, Bob courait devant le malheur en fermant les yeux. L'Irlandais lui demanda la liste des derniers numéros composés par Marc Kerouan depuis son portable, les noms des destinataires, leur adresse, le maximum d'informations.

— C'est compliqué comme démarche, grogna Bob d'un air entendu. Tu as une commission rogatoire ?

— Ça te prendra cinq minutes.

— Ben voyons... Bob bâilla sans vergogne. On peut savoir de quoi il retourne ?

— Si on te demande, tu diras que tu es muet.

— Toujours aussi marrant à ce que je vois.

— Tu diras aussi que tu es aveugle.

— Ha ha. Bon, et qu'est-ce que j'ai à gagner dans l'affaire ?

— Un coup de main quand tu auras besoin de moi, répondit Mc Cash.

— Non, merci. La dernière fois que tu m'as aidé pour un truc, les types ont fini à l'hôpital.

— C'est vieux... Bon, c'est d'accord ?

— Mm... Je vais essayer de te trouver ça... Autrement ça va ?

— Super, mentit le borgne.

Ça faisait un an qu'il chiait du sang tous les matins. Intéressant comme discussion.

— Appelle-moi dès que tu as des nouvelles, abrégea-t-il. C'est urgent évidemment.

— C'est ça : salut.

Mc Cash raccrocha son portable sans se demander comment il payerait ses renseignements au flic de Paris : il venait d'apercevoir sa fille près des rochers...

Alice avait percé des trous au foret mécanique et

avait enfilé les coquillages sur du fil de pêche. Son père lui avait acheté aussi un lot de fermoirs et une boîte à compartiments pour ranger l'outillage. Mc Cash ne savait pas ce qu'elle comptait en faire. Carole avait été incinérée au crématorium de Montfort-sur-Meu, le bled où il avait tiré sa fille de la Ddass, son cadeau serait virtuel, un collier de coquillages qu'elle pouvait envoyer comme des fleurs pour Marco, à la mer.

Il rejoignit la gamine, assise sur un rocher plat, devant une flaque où aucune étrille n'écartait les pinces.

— Tu fais la gueule ?
— Non, répondit-elle.

Ce n'était pas compliqué de voir qu'elle mentait.

Mc Cash vit son petit chantier sur le sable, les coquillages enfilés sur les colliers, il y en avait trois, pria secrètement pour qu'elle ne lui en offre pas un. Il le balancerait dans la corbeille de la chambre d'hôtel, dans la poubelle de la salle de bains, au milieu des cotons imbibés de pus. En l'apprenant, elle pleurerait le soir dans son lit, l'idée même que sa fille lui offre quoi que ce soit lui fichait un cafard monstre, de ceux qu'on ne démolit pas à coups de colliers.

Alice se taisait, examinant ses confections avec un intérêt feint. Mc Cash n'aimait pas les gens. Il n'aimait personne. Que cette gamine qui boudait.

Une larme jaunâtre coulait sous son bandeau.

— Bon, qu'est-ce qu'il y a ? dit-il en nettoyant sa joue du revers de la main. Hein ?
— Rien, dit Alice. Je m'ennuie.

Qu'est-ce qu'elle s'imaginait en partant avec lui ? Il était en carton-pâte, un empire soviétique qu'elle prenait pour un champ d'étoiles, une catastrophe paternelle, la tendresse sur la paille avec le feu, le feu partout.

— Il paraît que ça sert de s'ennuyer, dit-il, pour plus tard. Arrête de faire la gueule.

— Je ne fais pas la gueule, je m'ennuie.

— C'est pareil.

Mc Cash scruta la mer derrière ses lunettes. C'était partout marée basse.

— Tu as envie de quoi ?

— Je ne sais pas.

— Une partie de pêche, ça te dit ?

Alice releva enfin la tête.

— Pêcher quoi ?

— Je sais pas, dit-il en visant les rochers : des crabes... T'as un marteau ?

Elle oublia ses coquillages, secoua la tête pour dire non.

— C'est pas grave, on va faire ça à la celte : au caillou.

Alice sourit malgré elle.

Les crabes verts déguerpissant sous leurs pas, ils suivirent le sentier côtier qui longeait les falaises jusqu'à la pointe du Van ; des métastases de roches brunes et grises découpées au scalpel de la mer grondaient d'aise tout en bas. L'air était pur à plein vent, fleurs couchées et papillons à la baille. Elle voulut prendre sa main mais le sentier était trop étroit.

C'est en revenant de balade qu'il reçut le mail du BEAmer.

*

Magnan avait envoyé la liste des bateaux ayant passé le rail de Gibraltar la nuit du drame, et un rapport de quelques pages particulièrement documenté.

Mc Cash attendit d'être seul dans sa chambre d'hôtel pour comparer la liste noire de l'ITF avec celle du Bureau enquêtes-accidents/mer. L'iode ramassé de la promenade avait aiguisé son appétit et ses sens.

Cargos, vraquiers, tankers, OBO (pétrolier-vraquier-minéralier), trente-six navires avaient pris le rail au large d'Alicante la nuit du 26 juin. L'un d'eux figurait sur la liste noire de l'ITF : le *Jasper*.

D'après le rapport de Magnan, le cargo appartenait à Alex Zamiakis, un armateur grec au passif lourd. Zamiakis était notamment l'ex-propriétaire d'Adriatic Tanker, une flotte d'une soixantaine de bâtiments : au moment de sa faillite en 2006, Zamiakis devait plus de cinq millions de dollars d'arriérés de salaires à ses marins. L'état de ses navires était tel que la liquidation de la flotte n'avait pas permis le recouvrement de ses dettes, ce qui ne l'avait pas empêché de reprendre ses activités. Plusieurs de ses bâtiments faisaient la navette entre l'Afrique et la mer du Nord. Quant au *Jasper*, le cargo avait déjà eu maille à partir avec la justice deux ans plus tôt, lors du naufrage d'un bateau de pêche au large d'Ouessant.

La collision ayant eu lieu dans les eaux territoriales, seul le pays où le bâtiment était immatriculé pouvait engager des poursuites : équipage originaire d'Azerbaïdjan, affrété par un armateur grec, possédé par une société basée aux îles Marshall, immatriculé à Kiribati – une île pauvre du Pacifique –, le *Jasper* n'avait jamais été inquiété, et la justice française était restée impuissante malgré les plaintes des rescapés. Quelles que soient les circonstances de la collision, le droit maritime affirmait la priorité aux bateaux de pêche en face d'un cargo : non seulement le *Jasper* était resté sur zone sans porter secours aux naufragés, mais il avait pris la fuite.

Comme pour Marco ?

D'après le document, le *Jasper* avait quitté Tanger le 25 juin au matin. Le cargo devait joindre Brest le 29, où il déchargerait ses conteneurs : à l'inspection lors de l'escale, on avait relevé dix-neuf déficiences, dont six sur équipements de sécurité et trois sur système radio. Jusqu'à nouvel ordre, le *Jasper* était bloqué dans le port de Brest pour travaux.

Magnan avait ajouté un mot au document : « *Si tu peux m'aider à coincer ce salopard, je suis preneur.* »

Alex Zamiakis. Un armateur grec. Un de ses cargos avait pris la mer la veille du naufrage, le *Jasper*...

Mc Cash attendit la nuit pour agir.

*

Un rai de lumière filtrait sous la porte de la chambre d'Alice ; Mc Cash frappa deux coups brefs et entendit la voix de sa fille.

— Tu ne dors pas ? fit-il en la trouvant dans son lit.
— Non...

Il n'était que dix heures du soir. Alice avait préparé tout son petit matériel pour dormir, MP3, zappette, bouteille d'eau, gâteaux. Il se pencha sur la couverture du livre qu'elle lisait. Pour une fois ce n'était pas un manga avec de jeunes sauterelles aux yeux disproportionnés toutes surprises d'avoir la culotte à l'air, mais un roman.

— C'est quoi ?
— *1984*, répondit Alice.

Le borgne réajusta son bandeau, fit le point sur le bouquin.
— C'est bien ?
— Je ne sais pas, je ne comprends rien.
— Tu devrais essayer *Boule et Bill*.
Elle ferma un œil et prit une grosse voix.
— Trop pédés, dit-elle en l'imitant.
Il la trouvait marrante.
— Bon, je sors, annonça-t-il. Je reviendrai tard.
Deux billes vertes bousculèrent l'espace.
— Tu vas où ?
— En boîte, avec des crabes.
Alice eut un rictus assorti au dessus-de-lit. Mc Cash zippa son blouson de toile noir.
— Tu ne bouges pas, hein.
— Où veux-tu que j'aille…
Ce n'était pas une question.
— OK, dit-il en se penchant pour l'embrasser. On se voit demain matin au petit déjeuner.
Alice opina mollement, un tee-shirt trop grand sur les épaules. Il sentit qu'elle s'inquiétait. Peur peut-être qu'il l'abandonne, qu'il ne revienne pas.
— Bonne nuit, dit-il.
— Bonne nuit papa…
Mc Cash quitta la chambre en serrant les dents – une flèche de feu élançait son œil, et elle l'appelait «papa»…

*

La pluie lavait le parking de l'hôtel où attendait la Jaguar. Il vit d'abord les éclats de verre sur le sol, puis la vitre brisée contre le trottoir.
— Putain…

Mc Cash se fichait des voitures mais ce genre d'anglaises avait un certain charme – un modèle cabriolet XJS noir, payé cash à un amoureux des vieilleries. Il pesta dans sa barbe : il n'y avait rien à voler, qu'un autoradio à cédés qui n'intéressait plus personne, le coin était sûr, le vandalisme en Bretagne aussi fréquent que les canicules... Un coup des surfeurs, défoncés à la colle ? Le borgne scruta les alentours, l'air mauvais, ne trouva que des mouettes planant sous la lune.

Les semelles de ses Doc craquèrent sur le verre pilé quand il ouvrit la portière. La vitre avait été brisée côté passager, répandant des éclats sur le siège, qu'il déblaya en s'écorchant les doigts. Au moins les voyous n'avaient pas lacéré les cuirs... Il mit le contact, constata qu'on n'avait rien volé, ni l'autoradio ni les chewing-gums à la menthe dans le vide-poches. Mc Cash passa la main sous le siège avant : son arme était toujours là.

Il avait une heure de route avant d'atteindre Brest. Son œil lui faisait mal depuis tout à l'heure – c'était bien le moment d'avoir une crise... Il sortait du parking quand un son enregistré crachota depuis les enceintes de la Jaguar. Ce n'était pas le cédé de Spoke Orkestra mais la voix d'un homme.

«Comme tu peux le voir, je sais comment te trouver, Mc Cash. Un de mes ongles est tombé mais tu ne perds rien pour attendre. En attendant de régler nos comptes, j'ai appris deux ou trois choses qui te concernent. Par exemple que Zoé Kerouan est la sœur de ton ex-femme, Angélique. Tu aimes les négresses, on dirait... Je sais aussi qu'Angélique faisait du bateau avec ton vieux copain, et qu'elle aussi a disparu dans la nature. Depuis plus d'un mois, comme Marc Kerouan ; tu ne trouves pas ça bizarre ? J'espère que tu n'es pas trop attaché à ton ex parce que j'ai de bonnes raisons de croire qu'elle était avec le fils Kerouan lors du naufrage. Eh oui, Mc Cash, ils étaient sur le même vol pour Athènes le 6 juin… Je ne sais pas encore jusqu'où Angélique est impliquée dans la disparition du voilier, si sa sœur Zoé est dans le coup : témoin, complice, ça reste à déterminer, mais s'il s'agit d'une machination ou d'un meurtre maquillé pour mettre la main sur l'argent de la famille, je trouverai les preuves qui les enverront au trou… Je ne les lâcherai pas. Et toi non plus. Je tenais à te le dire, pour que tu n'en dormes plus la nuit. Je suis ton fantôme, Mc Cash, celui qui va te pourrir la vie, et celle de tes proches. D'ici là, barre-toi de mon chemin ; cette fois-ci c'est pas un conseil que je te donne, c'est une menace. À moins bien sûr que tu ne sois de mèche avec les sœurs… »

C'était la voix de Lefloc, le privé qu'il avait amoché la veille, ménageant ses effets sur un cédé pour lui mettre la pression… Mc Cash retrouva le disque de Spoke Orkestra parmi les éclats de verre répandus sur le tapis de sol, et le poussa dans le lecteur.

« La poudre et la seringue m'avaient rendu dingue
Heureusement pour moi, il me restait mon flingue
Plus jamais seul
Plus jamais seul
Plus jamais seul
Plus jamais seul
Avec une bastos dans la gueule… »

10

Brest la nuit s'envenimait, paré pour l'oubli, les alcools et la haine de soi – de n'être que soi. Mc Cash baissa le son de Spoke Orkestra, snoba les quelques hères qui titubaient déjà sur les trottoirs et descendit vers le port de commerce.

Il finit le chemin à pied, sans plus penser au détective qui lui collait aux basques. Les flancs du *Jasper* clapotaient dans l'eau sombre de la rade.

Le quai était désert, le port à ses grues tentaculaires. Mc Cash les entendait grincer dans le vent de la nuit, quelque part au-dessus de lui. Il évalua la silhouette du titan cabossé sous la lune, dans l'expectative. La coque du navire avait souffert, la peinture peluchait comme d'un lainage, trop bosselée pour repérer une collision récente. Pas âme qui vive sur le pont du cargo, relié à terre par une passerelle ; un homme assis dans l'ombre gardait l'accès à bord, qui fumait une cigarette.

D'après Magnan, le *Jasper* était bloqué à quai depuis dix jours. Consignés dans leur cabine, les marins devaient trouver le temps long. Huit Maltais d'après ses infos, deux Philippins et trois Grecs : ces trois-là avaient embarqué au dernier moment, leurs noms enregistrés la veille du départ de Tanger. Si la passerelle était baissée, c'est que certains d'entre eux devaient être à terre…

La mouette qui l'observait depuis le bastingage le houspilla sans vergogne. Mc Cash la laissa à son perchoir d'acier et se dirigea vers les bars.

Le borgne connaissait les bistrots du port de Brest pour les avoir écumés les soirs de déprime, ces comptoirs où l'on buvait sans passion des demis au kilomètre. Les gens se connaissaient, ou faisaient semblant, des poivrots pour la plupart. Difficile de passer inaperçu avec son bandeau. Il reconnut quelques visages burinés, les salua, glissa deux mots aux barmen mais personne n'avait vu les marins du *Jasper* traîner dans le coin. Mc Cash rasa les murs, l'œil rouge de douleur. Il commanda une bière aux Gens de Mer, qui louait aussi des chambres à l'étage, repéra la seule fille présente au bar, une rousse usée qui ne devait pas sucer que de la glace, comme on disait par ici. Trois hommes buvaient un verre sous les enceintes qui crachaient un vieux morceau des Têtes Raides. Mc Cash n'aimait pas la musique festive, la fanfare, ni les gueules de ces types : une première impression qu'il mit sur le compte de la douleur lancinante qui depuis une heure lui taraudait l'orbite.

La fille au comptoir tournait le dos aux marins. Elle dévisagea le borgne, qui la dépassait d'une tête – une tête de loup, pensa la rousse. Mc Cash ne fit pas attention à elle, l'œil par-dessus son épaule. Les trois hommes étaient bruns et parlaient avec un accent étranger, qu'il reconnut à la fin de la chanson : du grec.

— Alcoolique ou solitaire ? lui lança la fille au comptoir.

Mc Cash oublia un instant le trio.

— Les deux, ma chère, répondit-il.

Son éclat de rire fusa dans le bar. Les types se turent en croisant le regard de Mc Cash. L'effet du bandeau. Des marins au pull troué, les mains écorchées, mal foutues, des yeux comme des scies, ceux du *Jasper* visiblement.

— Tu as un problème ? fit la rousse contre le comptoir.

— Non.

Il plongea dans ses pupilles animées, tenta un sourire au forceps pour détourner l'attention du trio.

— Tu ne me demandes pas ce que je fais dans un bar, toute seule ?

— Non.

Le borgne paya son verre et sortit.

*

Trois hommes marchaient en silence le long des docks, comme si le poids de toute cette flotte les tenait arc-boutés. Un crachat vola sur le quai, mousse blanche dans la nuit, l'ombre opaque du *Jasper* en ligne de mire : les marins rentraient à bord quand une silhouette apparut depuis l'ombre d'un hangar. Le cyclope croisé dans le bistrot leur barrait la route.

— Vous êtes marins sur le *Jasper*, n'est-ce pas ? lança-t-il en anglais.

Les deux premiers se tournèrent vers un grand frisé, leur boîte parlante, qui faisait office de meneur.

— Vous êtes bloqués depuis dix jours, je me trompe ? réitéra le borgne.

— Pourquoi ? répondit le frisé.

Des marins épais, trapus.

— Bureau des affaires maritimes, annonça Mc Cash en approchant. J'aimerais vous parler au sujet d'un accident survenu en mer il y a une dizaine de jours : dans la nuit du 26 juin au large d'Alicante.

Au moins deux marins comprenaient ce qu'il disait – un coup d'œil furtif du plus jeune trahit sa nervosité. Le frisé secoua la tête, pas inspiré.

— De quoi vous parlez ?

— Nous savons que vous avez percuté un voilier cette nuit-là, lâcha-t-il tout de go. Nous voulons juste votre témoignage. Vous ne serez pas inquiétés : votre capitaine est légalement l'unique responsable de l'accident. Vous serez payés et pourrez rentrer chez vous.

Un vent de suspicion passa sur les quais déserts. Les marins ne réagissaient pas, sur le qui-vive.

— Vous en pensez quoi, les gars ? reprit Mc Cash.

L'un d'eux dit une brève phrase en grec. Des mots qu'il n'était pas compliqué de prendre pour des menaces.

— On n'a rien à te dire, ni à toi ni à personne, répondit bientôt le chef du trio.

Ils firent un pas pour rejoindre le cargo mais Mc Cash s'interposa.

— Dites-moi ce qui s'est passé cette nuit-là.

— T'as pas compris ? Va te faire foutre.

Échange de regards polaires. Le marin était presque aussi grand que lui mais véloce comme un tank ; Mc Cash lui bloqua le poignet, l'aspira contre sa poitrine et lui tira brusquement le pouce. Pris dans l'étau, le frisé couina, au supplice.

— Un geste et je lui casse le pouce, feula le borgne.

Les deux Grecs regardaient leur compagnon qui se tordait debout, hésitant entre l'attaque et la reddition.

— Alors ? s'impatienta-t-il.

— Lâche-le, siffla une voix dans son dos.

Mc Cash fit une brève contorsion, aperçut la lueur pâle du calibre pointé sur lui : à trois mètres, un homme, trop loin pour qu'il puisse le désarmer.

— Lâche-le, je te dis !

L'homme parlait anglais avec un autre accent. Il restait dans l'ombre, à distance, releva le cliquetis du chien et répéta sa menace.

— Lâche-le maintenant ou je te troue la peau !

Un pic glacé traversa l'œil de Mc Cash, qui le fit vaciller. Une crise. Son étreinte se relâcha sur le pouce du frisé, qui se dégagea aussitôt. Mc Cash voyait double, triple. Une crise fulgurante, comme elles lui tombaient parfois dessus. Le frisé agita sa main endolorie en pestant. D'autres phrases dans leur langue, l'arme dans son dos, ses sbires qui approchent : Mc Cash vivait au ralenti. Il chancela, les vit à peine l'empoigner par le col de son blouson et le tirer derrière le hangar.

Ils chuchotaient dans leur langue, l'homme armé à leur suite. Les docks déserts, leurs pas pressés sur le bitume, les avant-bras puissants qui lui pressuraient la glotte, le réel avait suspendu son vol ; ils plaquèrent Mc Cash contre un mur de tôle et lui maintinrent les bras. Il ne résistait plus. D'un uppercut, le frisé le cueillit au foie.

Mc Cash avala ses poumons, en apnée. Une larme coula de sa prothèse tandis que des mains fouillaient ses poches. Il distinguait mal les visages à l'ombre du hangar.

— Pour qui tu travailles? fit l'homme en pressant le revolver dans son dos.

— L'I... L'ITF, souffla-t-il.

— Tu enquêtes sur quoi?

— La disparition d'un voilier, dit-il, au large d'Alicante.

— Qui a ouvert une enquête?

— L'ITF.

— Ces types-là sont dans des bureaux, pas à traîner la nuit sur des docks; alors?

— Alors rien.

Une main lui arracha son bandeau. Mc Cash se raidit. Sensation d'impuissance, de nudité, de honte. Son bandeau était tabou, source de putréfaction et de mort. Sans lui il devenait violent. Con. Méchant. Pluie pétrole sur ville en flammes. Une bête immonde tapie dans l'orbite fétide. Le frisé planta ses doigts sales sur sa prothèse.

— Réponds ou je t'arrache ton putain d'œil de verre! menaça-t-il.

Son haleine puait la bière. Mc Cash frémit quand il sentit ses doigts s'enfoncer dans l'orbite. Une douleur inconnue le tétanisa, qui faillit lui faire perdre la tête. Il ne vit pas l'homme armé se rapprocher mais sentit la gueule froide du canon contre ses cervicales.

— Tu as cinq secondes, fit-il : après je t'assure qu'on te fait sauter l'autre œil... Tu étais sur le quai d'Audierne avant-hier, qu'est-ce que tu faisais là-bas?

— Et toi?

— Réponds, fils de pute! Pour qui tu travailles?

— L'ITF, répéta le borgne.

L'homme toussa, une toux grasse, puis fit un signe aux marins. Les doigts du frisé fouillèrent plus profondément dans l'orbite de Mc Cash. Une nausée l'envahit tandis qu'un liquide tiède s'échappait de ses paupières. L'arme martyrisait ses vertèbres, la pince du marin se recroquevillait sur sa prothèse, il l'entendait haleter près de son visage mais les autres le tenaient fermement. Mc Cash lâcha un cri quand le marin expulsa son œil de verre. Un filet de sang s'écoula sur sa joue.

— Regardez ce que j'ai trouvé ! railla le frisé en brandissant la sphère sanguinolente.

— Alors ? insista l'homme au calibre. Pour qui tu travailles, hein ?!

Mc Cash chancela. Ses jambes le lâchaient. Le marin jeta l'œil de verre sur le sol goudronné.

— Alors ? siffla l'autre. Tu veux que je te bute, c'est ça ?

— L'ITF, répéta Mc Cash entre ses dents.

L'homme releva le chien du revolver, fit un pas de côté.

— Tuez-le, dit-il d'une voix neutre.

Les marins se regardèrent un instant, acquiescèrent sans relâcher leur étreinte.

— Et jetez-le dans le port, ajouta-t-il d'une voix blanche. Je vais chercher ce qu'il faut pour le lester.

L'homme rangea son arme et disparut en direction du cargo. Mc Cash entendit ses pas s'éloigner quand une lame jaillit dans l'ombre du hangar. Le frisé avança d'un pas, un couteau à cran d'arrêt prêt à frapper. Mc Cash ne tenait plus qu'à ses larmes de sang, mais son cerveau avait gardé le cap : muscles relâchés, concentration maximale avant l'assaut.

Les leçons du vieux juif. Topographie. Obscurité, position à genoux, environnement étroit, plusieurs agresseurs, un couteau. Les marins croyaient le tenir fermement, ils se trompaient. Mc Cash attaqua si vite qu'il échappa à leur étreinte, saisit le poignet du tueur qui s'apprêtait à lui trancher la carotide et le tordit violemment : un bruit d'os qui cède, un cri étouffé. Mc Cash frappa la gorge de l'homme à sa gauche, qui recula sous le choc. Le troisième s'accrocha à son épaule mais un coup de coude lui enfonça l'œil.

Mc Cash s'était redressé. Le frisé regardait son bras cassé, avec un mélange de surprise et d'effarement. Le borgne empoigna sa mâchoire et d'un coup sec lui brisa le cou. L'autre s'écroulait quand un feu brûlant s'enfonça dans ses reins. Mc Cash balaya le sol d'une rotation aveugle, percuta un genou. Il vécut le reste dans un état second, fou de douleur. Restait le monstre ; c'est lui qui se jeta sur le plus jeune et enfonça sa glotte dans sa gorge jusqu'à ce qu'il étouffe. Celui qui avait ramassé le couteau boitait bas. Il voulut enfoncer la lame dans son ventre mais Mc Cash le fit pivoter sur lui-même : sa tête heurta le bitume. Le marin resta un instant immobile, comme s'il ne comprenait pas ce qui lui arrivait. Mc Cash saisit sa main crispée sur la lame, et l'enfonça dans son ventre chaud. L'autre réalisa trop tard : la pointe effilée s'était enfouie de plusieurs centimètres. Il lâcha prise dans un spasme.

Coup de poing au sommet du manche : le couteau perça l'estomac.

Le cliquetis des drisses ne parvenait plus à ses oreilles. Mc Cash se tenait debout au milieu du carnage, plus mort que vivant. Un haut-le-cœur le fit hoqueter. Il se retint à la paroi métallique du hangar, reprit son souffle en ravalant ses larmes. Peine perdue : elles coulaient toutes seules de son orbite vide.

Il vit sa prothèse à terre, porta la main à la blessure qui irradiait ses reins, la ressortit couverte de sang. Il tituba entre les morts, ramassa son œil de verre et le bandeau de cuir qui gisaient un peu plus loin, tenta de remettre en place ce dernier. Effort dérisoire. Il crut entendre alors des pas au loin, depuis les quais, qui se rapprochaient…

Hallucination ? Instinct de survie ? Mc Cash abandonna les cadavres derrière l'entrepôt et louvoya vers la Jaguar. Tenir. Tenir au moins jusqu'à l'hôtel.

11

— Papa ?

La voix d'Alice ne pesait pas lourd à côté du cyclope répandu sur le lit de la chambre. Il distingua sa silhouette menue au-dessus de lui, retomba dans un semi-coma. La vie à plat, bousillée pissenlits par la racine.

Mc Cash était rentré à l'hôtel dans un état second. Il s'en souvenait par bribes, le vent par la vitre cassée de la Jaguar, les pointillés sur la route, les bandes blanches qu'il avalait à toute vitesse de peur de s'évanouir, le fluide tiède qui coulait de son orbite meurtrie et la douleur lancinante au fond de ses reins. Le sang s'était répandu sur le siège, coulait le long de ses cuisses. Sa chemise et sa veste étaient imbibées. L'œil valide avait doublé de volume, semblait lui aussi vouloir sortir de ses gonds, c'était un miracle d'y voir encore. Il avait serré les dents jusqu'à la baie des Trépassés, trouvé les clés de l'hôtel et grimpé l'escalier en se tenant aux murs.

Mc Cash n'avait pas osé regarder l'état de son moignon dans le miroir de la salle de bains. La douleur ne le lâchait pas ; il s'était concentré sur la plaie dans son dos, qui n'en finissait plus de saigner. Il avait nettoyé la blessure à l'eau claire, sommairement, trouvé de l'antiseptique dans sa trousse de toilette. La blessure n'était pas large mais assez profonde.

Il avait posé des compresses contre la plaie, déchiré un pansement en guise d'adhésif. Après quoi ses nerfs étaient retombés d'un coup : il s'était laissé glisser sur le lit avant de s'enfouir dans un sommeil sans rêves.

Peur, ombre, ultra-violence, les morts dansaient autour de lui comme des soleils noirs... Mc Cash avait sombré. Sombrait encore.

— Papa ? Papa !

Alice retenait ses larmes au-dessus du lit. Tout ce sang répandu, ces vêtements déchirés sur le sol de la salle de bains, son visage affreusement pâle, ses joues barbouillées de sang caillé, son bandeau poisseux et lui qui ne répondait pas... S'il était mort ? S'il ne se relevait pas ? S'il l'abandonnait, comme sa mère ? Non. Non, elle ne voulait pas, le foyer, les autres, toute cette tristesse enfantine, elle n'en voulait pas. Elle étouffait.

Le temps resta suspendu, passant inutile. Alice hésita, ouvrit la fenêtre de la chambre, garda les rideaux tirés. Papa, papa, mais il ne répondait pas. Elle se pencha sur le lit où il gisait : un liquide avait coulé sous son bandeau, un mélange de pus et de sang formant une croûte le long de sa joue. Il y avait aussi un pansement dans le bas de son dos, sanguinolent, l'auréole sur les draps... Son père respirait faiblement, c'était du moins son impression, allongé sur le côté pour soulager son dos blessé. Elle ne savait pas s'il fallait le soigner d'urgence, ce qui lui était arrivé, ce qu'on lui avait fait. Alice approcha, plus près. Il ne bougeait pas ; il semblait dormir.

— Papa ?

Alice retint son souffle, le cœur à cent à l'heure. Son bandeau était secret, tabou, mais il fallait qu'elle évalue l'étendue des dégâts. Du bout des doigts, elle souleva le bandeau de cuir imbibé de sang. Alice s'attendait au pire mais pas à ça. Une riposte en forme d'attaque. Ses doigts avaient à peine soulevé le bandeau que le coude de Mc Cash partit comme un ressort, percutant son visage. La gamine recula d'un pas et resta bouche bée. Une chaleur désagréable grandit alors dans son nez : Alice porta la main à son appendice, vit le sang sur ses doigts.

Mc Cash ouvrit un œil au moment où sa fille fondait en larmes.

12

— Qu'est-ce qui vous est arrivé ?

Une voix douce flottait dans la chambre. Une voix de femme. Mc Cash sortait de son coma. La tête lui tournait, kaléidoscope en surchauffe, cinquante de fièvre et le mercure dans les jambes. Il porta d'instinct la main à son visage, sentit le contact rassurant du cuir sur son moignon.

— Rassurez-vous, je vous ai mis un bandeau propre, poursuivit la voix au-dessus de lui. L'ancien était franchement peu hygiénique.

La femme qui le surplombait était plutôt avenante malgré son air narquois. Alice aussi était là, adossée dans l'embrasure de la salle de bains qui jouxtait la chambre d'hôtel. On entendait la mer par la fenêtre ouverte, les cris des mouettes, toutes ces tranches de vivant. Mc Cash chercha à faire le point, ressentit une vive douleur dans les reins, se concentra sur les créatures penchées à son chevet. Elles commençaient à se stabiliser, le reste baignait dans le flou.

— Comment vous vous sentez ?
— Super, articula-t-il.
Elle haussa les sourcils.

— Ça m'étonnerait.

La femme semblait sûre de ce qu'elle disait, une presque-blonde aux yeux de chatte, la cinquantaine épanouie, à dix mille lieues de lui.

— Vous êtes qui ? demanda Mc Cash.

— Docteur Latimier, répondit-elle. C'est votre fille qui est venue me trouver. Vous pouvez lui dire merci : sans elle vous seriez à moitié mort à l'heure actuelle.

— L'autre moitié ne vaut guère mieux, bredouilla-t-il.

— Laissez tomber l'autodérision, vous n'êtes pas en état.

Il pouvait à peine remuer le pouce. L'équilibre revenait à petits pas pluvieux. Le soleil brillait pourtant par la fenêtre, Alice se taisait adroitement, sans le quitter des yeux. Elle aussi était pâle malgré son maquillage de midinette. Brave gamine – elle n'avait pas appelé les flics.

— Où est votre prothèse ? demanda la médecin, assise sur le rebord du lit.

Mc Cash revit dans un flash les marins sur le port, les doigts crasseux du frisé qui fouillaient dans son orbite, l'œil de verre sanguinolent qu'il avait brandi à l'ombre du hangar avant de le jeter, lui qui l'avait ramassé sur un coin de bitume...

— Perdue, mentit-il.

— Vous êtes distrait, remarqua Latimier. Et il y a longtemps qu'elle s'est, disons, envolée ?

— Pourquoi vous me demandez ça ?

— Je suis médecin, pas fossoyeuse. J'ai nettoyé l'orbite mais cela risque de ne pas suffire. Je vais vous faire une ordonnance pour qu'ils vous prennent en priorité à l'hôpital. Il y a un CHU à Brest, ajouta-t-elle, vous verrez, ils sont très bien.

— On verra, dit-il sans en croire un traître mot.

— C'est plus qu'un conseil que je vous donne, fit-elle sans équivoque. Votre moignon est dans un sale état : sans prothèse, il a des chances de s'infecter. Sans compter qu'à terme, vous risquez un affaissement de l'orbite oculaire.

Mc Cash se redressa sur le lit, cala les oreillers, dans le cirage. Sa prothèse devait être bien amochée après son passage sur le bitume. Hors de question de la mettre en l'état. Latimier insista.

— Vous voulez ressembler à Elephant Man ?
— Oui.
— Vous aurez l'air malin… Bon, et la blessure en bas du dos, vous vous l'êtes faite en ouvrant des huîtres ?

Alice l'observait sans un mot et il ne voulait pas parler de ça devant elle.

— En attendant la plaie est assez profonde et vous avez perdu pas mal de sang. Heureusement, la plaque abdominale n'est pas touchée. Pas de péritonite non plus. Vous avez de la chance que la lame ait touché le muscle.

Elle croisa le regard de Mc Cash, qu'elle décoda enfin : la gamine n'était pas au courant.

— Alice, tu peux nous laisser un moment, s'il te plaît ? lança-t-il à l'adolescente.

Mc Cash tenta un sourire, étendu sur le lit, ce sourire qu'il avait parfois. Alice abandonna sa position de repli et, obéissante, quitta la chambre sans un mot.

— C'est un coup de couteau que vous avez pris, non ? demanda Latimier plus bas.

Il fit une moue qui ne voulait rien dire. La médecin s'assit sur le rebord du lit. Il aperçut la frise de dentelle couleur prune dans l'angle arrondi du décolleté, pâle comme un linge sous son masque.

— Je ne sais pas ce que vous faites dans la vie, monsieur Mc Cash, dit-elle, mais vous devriez changer d'activité.

Il ne répondit pas. Il revoyait les types derrière le hangar, qui voulaient lui faire la peau. Le *Jasper*... Son orbite vide lui faisait honte, comme si le bandeau ne suffisait plus à la cacher. Il était confus, ne savait plus s'il devait montrer sa prothèse abîmée à la médecin.

— La lame a raté de peu votre rein, dit-elle. J'ai nettoyé la plaie mais il va falloir vous recoudre. Il faut vous transporter au CHU.

— Oubliez le CHU : faites-le maintenant.

La blonde hocha la tête.

— Je crois que ce n'est pas très raisonnable, monsieur Mc Cash.

— Je m'en bats l'œil, si je puis dire, madame Latimier.

— Bon, comme vous voudrez... Vous êtes allergique à certains produits anesthésiants ?

— Non.

— Vous voulez toujours que je vous recouse ?

— Passionnément.

Elle le trouva plutôt beau malgré sa crânerie déglinguée, mit ça sur le compte d'Hippocrate et des salades romantiques qu'elle s'était fichues dans la tête. Latimier ouvrit le cartable de cuir posé au pied du lit, fouilla dans son bazar. Mc Cash observait ses gestes, nauséeux.

— Vous êtes prêt ? demanda-t-elle, son nécessaire à couture soigneusement posé sur le lit.

Mc Cash recouvrait ses esprits.

— Faites comme si je n'étais pas là, dit-il, résigné au pire.

— Je vais vous recoudre à vif, annonça-t-elle.

— C'est toujours mieux que mort.

— Très amusant. Allez, tournez-vous.

Elle ôta le pansement avec une infinie précaution, hocha la tête en inspectant la blessure. La coupure était nette. Elle nettoya la plaie et fourra l'aiguille sur les bords. Un, deux points...

— Ça va ?

— Bof.

Latimier acheva son ouvrage en silence. Soigneuse, appliquée.

— Vous avez des doigts de fée, fit-il remarquer.

— N'est-ce pas... C'est ma grand-mère qui m'a appris à coudre. Je suis de Penmarc'h, insinua-t-elle comme s'il en connaissait un rayon en dentelle. Bon, je vous ai fait une piqûre mais il vaut mieux que vous alliez à l'hôpital. Vous pouvez conduire ou je vous dépose ?

Mc Cash la regardait ranger son matériel de torture. L'âge mûr et le rose aux joues, petit bonheur sans cible.

— Ne vous en faites pas pour moi, dit-il.

— Oh ! ce n'est pas pour vous que je m'en fais, s'esclaffa la médecin, c'est pour la petite.

Elle referma sa mallette de cuir, un vieux sac de voyage qui devait dater de Jules Verne.

— Votre fille m'a dit que vous habitiez à l'hôtel, relança-t-elle d'un air anodin.

— Oui.
— En vacances dans la région ?
— Oui.
— Vous étiez policier, c'est ça ?
— Elle vous a dit ça aussi…
— Oui. C'est pourquoi je ne vais pas faire de signalement. En tout cas, vous feriez mieux de surveiller vos fréquentations, ajouta-t-elle.
— Promis.

Ses yeux bleus envoyaient valser les mers du monde. Égaré entre l'éther et la nausée, Mc Cash divaguait dans son nid d'oreillers mais il ne lui dirait rien.

— Bon, abrégea la médecin, maintenant vous devez vous reposer. Je passerai vous voir demain matin. D'ici là, tâchez de dormir.

Latimier empoigna sa mallette, rajusta ses longs cheveux blonds. De petites taches de rousseur couraient sur sa peau laiteuse au creux de son corsage, comme des traces de loup dans la neige.

— Merci, dit-il.
— Votre fille vous a sauvé la vie, dit-elle avant de partir. Sans elle, vous seriez en train de pourrir dans ce lit.
— Merci, répéta-t-il, un peu déboussolé. Combien je vous dois ?
— Vous avez une carte Vitale ?
— Perdue aussi.
— Bon, laissez tomber.

La médecin ouvrit la porte, échangea quelques mots dans le couloir avec Alice et la laissa entrer dans la chambre. Elle avança jusqu'au lit, peu rassurée.

— Ça va ?
— Oui. Oui, ne t'en fais pas, j'ai la peau dure.

Mc Cash se voulait rassurant mais le souvenir explosa alors, bulle crevée, dans son cerveau malade : le coup de coude, les larmes d'Alice, ce mauvais réflexe quand elle avait voulu soulever son bandeau... Bon Dieu, il n'était qu'une brute. Une sale brute.

— Et toi ? bredouilla-t-il. Ton nez ?

— Oh, ça va ! rétorqua-t-elle dans un sourire vaillant. Moi aussi j'ai la peau dure.

Elle mentait. Pour lui.

— Je suis désolé, dit-il. Je ne savais pas où j'étais...

— C'est rien, je te dis, enchaîna-t-elle. C'est plutôt toi qui es mal en point.

Les vagues revenaient, nauséeuses ; Mc Cash reposa sa tête sur l'oreiller et, las, ferma les yeux sur le désastre de son existence. Les mouettes criaient par la fenêtre ouverte, emportant le silence.

Le temps passa, inerte. Alice ne savait pas qui avait agressé son père, pourquoi, juste qu'il s'en tirerait pour cette fois. Elle attendit qu'il soit profondément endormi pour prendre sa main dans la sienne. Elle était grande, douce...

13

Les informations se bousculaient dans le cerveau de Mc Cash. Le naufrage au large d'Alicante, le *Jasper* sur sa route, les marins bloqués au port de Brest prêts à lui faire la peau, l'homme de l'ombre, armé...

Il parlait anglais avec un accent des Balkans. Un tueur professionnel, lui disait son instinct de flic. Que faisait-il à Brest près du cargo immobilisé? Et sur les quais du port d'Audierne? Le *Jasper* avait appareillé depuis Tanger la veille du naufrage, transportait du minerai venu d'Afrique. Les types croisés sur les docks savaient ce qui était arrivé à Marco et à Angélique, forcément.

Tanger... *Jasper*... Grèce... Mc Cash réfléchissait au ralenti, en proie aux effets secondaires des antalgiques. Il avait éliminé les trois marins sur les docks mais le tueur avait son signalement. Il ne pouvait pas rester là, on finirait par le débusquer, sans parler d'Alice...

Chute, rechute, Mc Cash évoluait au point d'impact, entre la lame et la bûche. Angélique. Alice. Angélice. Tout s'embrouillait.

Il dormit par strates, sur la crête des vagues qui

l'assaillaient, comme Marco lors de ses courses au grand large. Depuis combien de temps était-il allongé là, sur son lit de souffrance ? La mer se fracassait sur la plage, ses échos lui parvenaient parfois. Où était la petite ? Il y avait ces fleurs des champs sur la table de nuit, un pauvre bouquet qu'Alice avait ramassé pour lui. Sa fille qui lui avait sauvé la vie…

Mc Cash pestait dans son malheur, délirant. Il s'enfermait avec ses sentiments à double tour dans un donjon sans clé ni oubliettes et regardait le monde agoniser depuis ses meurtrières, de peur de dévoiler ce qu'il y avait derrière son bandeau, ce puits de rien qui lui ressemblait. La médecin avait nettoyé son moignon, mais après ? Il était seul avec la gamine, son écrin, diamant de chair et d'os, ses cheveux châtains et ses yeux embués. Il avait maintenant un vide affreux, une orbite creuse derrière son bandeau, et son œil valide qui se faisait la malle. Le docteur Latimier avait raison : il ne pouvait pas rester dans cet état.

Il se traîna jusqu'à sa veste de toile déchirée, qui reposait sur la tablette, trouva sa prothèse au fond d'une poche. Un des marins l'avait écrasé sous son talon mais l'œil de verre avait tenu le choc. Pas beau à voir pourtant, avec les traces laissées par la rugosité du bitume, comme une bille d'écolier trop usée, un boulet. Il n'était pas capable de le remettre seul dans son orbite. Il faudrait aussi le désinfecter… Pourquoi n'avait-il pas laissé faire la médecin : s'avilir un peu plus ?

Mc Cash regagna le lit de la chambre d'hôtel, porté par ses brumes.

Une heure passa, ou cinq. La sonnerie du portable le tira de son sommeil amnésique. Mc Cash fit le point sur l'écran, et décrocha avant la messagerie – c'était Bob, le spécialiste des écoutes.

— Commet ça va, vieux chacal?! aboya le flic.

Il était onze heures du soir; Mc Cash pouvait à peine articuler.

— Tu as des nouvelles? dit-il.
— Oui.
— Accouche.
— Ha ha ha! Bon, reprit Bob. Eh bien, d'après les fadettes, ton ami Kerouan a téléphoné plusieurs fois depuis la Grèce, à un numéro local, entre le 6 et le 9 juin, puis le 19 juin.

Mc Cash mit quelques secondes à raccrocher les wagons, allongea le bras vers la table de nuit, nota le numéro grec.

— Tu as le nom du correspondant?
— Non, répondit le policier.
— D'autres appels?
— Oui. Kerouan a joint plusieurs fois le même «06», un numéro français donc, jusqu'à sa disparition présumée. Enfin, il a appelé un troisième numéro, une seule fois, le 20 juin.

Mc Cash voulut se redresser sur son lit, oublia l'idée. La douleur de son moignon diminuait mais son rein le tiraillait. Il nota les infos, les jours et les horaires des appels.

— C'est tout?
— Pour mille cinq cents, oui.

Le prix de sa requête initiale, argent que Mc Cash n'avait pas en poche.

— Combien pour avoir les noms qui correspondent aux numéros d'appel? tenta-t-il.
— En Grèce, c'est impossible sans une commission

rogatoire. Les « 06 » français, ça doit chercher dans les deux mille.

— Laisse tomber.

— Qu'est-ce qui se passe ? fit Bob. Tu n'as pas l'air d'aller bien.

— Rien... Rien.

Sa voix marchait sur des coquillages. Marco, Angélique, l'attaque sur le port, l'envie de mourir passait, pas celle de tout foutre en l'air. Il remercia le flic parisien, raccrocha puis appela les trois numéros qu'il venait de lui donner.

Le numéro grec ne répondait pas, comme si la ligne était coupée, celui que Marco avait appelé le 20 juin sonnait dans le vide, puis il tomba sur le répondeur de Zoé... Il ne laissa pas de message.

Enfin, il appela Magnan au BEAmer de Brest et pesta contre le sort : le *Jasper* avait quitté le port la veille, après que l'armateur eut payé une amende. Magnan n'expliqua pas pourquoi le litige avait été réglé si vite, juste que le cargo gagnait Le Pirée, à Athènes...

La fatigue et les médicaments le mettaient sur le flanc et Mc Cash n'avait pas la force de poursuivre ses recherches. Il dormit dix heures de suite pour la première fois depuis des années, se réveilla vaseux. Une assiette froide reposait sur la table de nuit – un cadeau de sa fille sans doute. Il ne voulait pas parler à Alice de l'affaire, pas maintenant. Il fallait la tenir à l'écart en attendant d'y voir plus clair. Il prit les médicaments, une douche, et nettoya sa plaie. Enfin il s'habilla, mesurant ses gestes, constata qu'il tenait globalement debout. Pour la prothèse, on verrait plus tard.

Il passa au ralenti devant la patronne au chignon suranné, retrouva la Jaguar à l'endroit où il l'avait garée deux nuits plus tôt. La pluie s'était infiltrée par la vitre fracassée mais personne n'en avait profité pour saccager le tableau de bord. Le siège, en revanche, était trempé, il y avait du sang coagulé un peu partout. Mc Cash plia sa carcasse, passa mécaniquement la main sous le siège – le .38 était toujours là.

Le vent par la vitre pulvérisée lui redonna un peu vie.

*

La pluie tombait quand Alice se réveilla. Son portable affichait neuf heures moins dix. Elle tira le rideau de la chambre, épousseta le sommeil poudré sur ses yeux. De lourds nuages avaient balayé le ciel, crevaient çà et là, picorant l'océan gris qu'elle observait depuis la fenêtre, ailleurs. Les images remontèrent une à une : son père inanimé sur le lit, son visage barbouillé de sang, les compresses sur le carrelage de la salle de bains, l'odeur qui lui donnait mal à la tête, son souffle irrégulier, le liquide visqueux qui avait coulé sous son bandeau, sa joue toute croûteuse, le cuir imprégné, les questions affolées – que lui était-il arrivé, qui l'avait mis dans cet état, et mille autres interrogations –, elle qui avait voulu constater l'ampleur des dégâts, sa main soulevant le bandeau du bout des doigts de crainte de le réveiller, son visage fiévreux tout près du sien, puis soudain son coude en ressort qui lui percute le visage, le recul et la surprise, les fourmis à toute vitesse qui lui courent sur le visage, les larmes en cavale, et cette grimace comateuse qu'il lui avait lancée, mélasse de peur et de stupéfaction, avant de retomber chiffe molle sur les draps à auréole...

C'est elle qui avait appelé SOS médecin – le numéro figurait sur les papiers de l'hôtel –, entre deux sanglots que l'appréhension avait vite réprimés. Elle ne voulait pas retourner au foyer, jamais, ni en famille d'accueil. Son père était sans doute loin du modèle standard mais elle n'en avait pas connu d'autre et s'en fichait aujourd'hui plus qu'hier. La médecin l'avait rassurée – il vivrait. Ça n'expliquait pas ce qui lui était arrivé, qui l'avait agressé ni pourquoi.

Alice avait déposé à manger dans la chambre de son père, la veille au soir, au cas où il aurait faim – ça faisait presque douze heures qu'il dormait – mais aucun bruit n'avait filtré de la pièce voisine. Elle s'habilla en vitesse, arrangea ses cheveux devant la glace, voulut filer vers la chambre voisine mais trouva un mot glissé sous sa porte. Un papier à lettres de l'hôtel, griffonné à la va-vite, plié en deux :

> « Je suis parti chez Zoé, la sœur de mon ex. Reste dans ta chambre et n'ouvre à personne, même pas à la vieille en chignon. Je t'expliquerai tout en rentrant. Mais fais ce que je te dis. Promis ? »

Il y avait un coquillage au fond de l'enveloppe : un petit, jaune citron.

14

D'après les neurophysiologistes, les mêmes zones du cerveau sont activées quand nous réalisons un acte et quand nous regardons un autre le réaliser : ce mécanisme d'identification dit « en miroir » est encore plus important chez l'enfant. Quand il caresse un chien, il n'a pas le recul d'un adulte, l'abstraction qui nous permet de dire que nous sommes en train de caresser un chien : à sa manière, l'enfant *est* le chien qu'il caresse. Cette empathie explique en partie son amour pour les animaux, qui se dissipe plus ou moins avec le temps. De la même manière, quand un enfant voit un de ses copains se faire expulser de leur école, c'est une sorte d'amputation qu'il subit, une amputation de son corps social et affectif. Le lien, la solidarité et la justice sont des choses concrètes : un enfant témoin d'une violence faite à un autre se sent directement impliqué.

L'objectif de la chasse aux sans-papiers n'était pas tant la fermeture des filières d'immigration que le conditionnement des futurs citoyens, pour qu'ils acceptent passivement le nouveau monde qu'on leur construisait, qu'ils apprennent qu'il n'y en aurait pas pour tous, entérinent cette frontière et la défendent.

Angélique et Zoé tenaient la permanence du RESF (Réseau éducation sans frontières) de Douarnenez depuis les années Sarkozy : salaire minable, colère garantie, mais une raison de vivre debout sans avoir un jour à rougir devant Lila. Les familles qu'elle et sa sœur accueillaient avaient tout bravé, les voyages entassées sur des pirogues jusqu'au Maghreb, les passeurs qui vous abandonnent au milieu du désert, les profiteurs de guerre, les voleurs, les violeurs sur le chemin, la brutalité de la police marocaine puis espagnole lorsqu'une poignée d'entre elles atteignait les enclaves, les coups, la peur, les barbelés à escalader en horde et les courses éperdues jusqu'au bureau d'immigration qui enregistrerait la demande d'asile ; les sans-papiers qui arrivaient en France méritaient une médaille, au lieu du traitement qu'on leur réservait.

Venue du hip-hop contestataire, naturalisée au forceps, Angélique était bien placée pour savoir que la scolarisation des enfants de sans-papiers était leur seule chance d'avoir une vie meilleure, et leur expulsion de l'école une violence collatérale à plus d'un titre. Elle et Zoé militaient pour que ces enfants aient une chance de grandir loin des guerres et des famines, garçons et filles à égalité. Ici en Europe les femmes ne se faisaient pas exciser, elles conduisaient des voitures, divorçaient, se faisaient déflorer par qui elles voulaient, jouissaient de leur propre personne sans dépendre d'aucune autorité et Dieu restait à sa place, dans l'âme de ceux qui y croyaient.

Il fallait n'avoir jamais mis un pied en Afrique ou au Moyen-Orient pour s'imaginer que c'était mieux là-bas.

Un premier déni de démocratie avait eu lieu après

le référendum sur le traité européen quand, alors que les Français avaient majoritairement voté «non» à la poursuite de la politique néolibérale, Sarkozy avait passé outre l'avis du peuple en signant le traité de Lisbonne. Pour Zoé et Angélique, le message était clair, «ils feraient sans nous». De fait, les Hollandais, puis les Grecs devaient subir le même sort. «Il n'y a pas d'alternative», disait déjà Thatcher, qui avait vendu son pays au plus offrant. L'Europe, continent-refuge, se passerait-elle de démocratie? Combien de temps encore avant que les technocrates du capitalisme financier ne prennent le pouvoir sur les peuples? Combien de temps encore avant que les chiffres ne prennent le pouvoir sur les mots – liberté, égalité, fraternité?

Les guerres en Irak et en Syrie allaient tout précipiter. Avec la crise migratoire, l'Europe marchait sur la tête, marchandait le flux des réfugiés avec un autocrate turc qui emprisonnait les écrivains et les journalistes, chiffrait le malheur à coups de quotas, signait des contrats d'armement avec les pays du Golfe qui soutenaient des groupes terroristes responsables des mouvements de population vers le seul endroit qui pouvait les protéger : l'Europe.

Angélique se posait des questions la nuit, s'endormait avec, en faisait part à Zoé : comment la France avait-elle accueilli les gens qui fuyaient le nazisme dans les années trente? Que signifiait au juste «toute la misère du monde»? Un jugement à géométrie variable selon que le fuyard s'avérait européen ou basané? Six mille personnes étaient mortes l'année dernière en voulant traverser la Méditerranée : que faire?

Angélique et Zoé bouillaient. Leur passé africain revenait comme un boomerang, les confinait à l'impuissance, à l'instar de millions d'autres personnes qui écoutaient les nouvelles à la radio ou voyaient les images des réfugiés de guerre repoussés derrière les barbelés d'une Europe qui tous les jours se barricadait un peu plus.

Puis Angélique avait eu cette idée folle. Assez folle pour qu'ils acceptent de la suivre.

Et aujourd'hui Zoé n'avait plus que ses yeux pour pleurer…

*

Un crachin brumeux s'était emparé de Douarnenez et ne semblait plus vouloir le lâcher. Des prospectus gorgés d'eau traînaient sur le trottoir, devant la porte. Zoé les repoussa du pied, ouvrit la permanence de l'association, laissa le chien entrer le premier. Elle avait déposé Lila au centre aéré – la copine qui les hébergeait n'avait pas à supporter la garde de sa fille. C'était la première fois qu'elle ouvrait le bureau depuis la disparition, tout lui semblait vain mais Zoé n'avait pas le choix. Il lui faudrait élever leur fille, faire le deuil de deux des êtres qu'elle aimait le plus au monde, trouver une nouvelle maison de préférence sans fantômes pour lui rappeler leur folie.

Zoé espérait ne plus avoir affaire aux parents de Marco, mais les Kerouan savaient où elle travaillait et reviendraient à la charge, comme si l'argent que lui laissait l'avocat était illégitime.

Elle remonta les stores de la vitrine, recroquevilla les écouteurs de son MP3 dans la poche de sa parka, prépara un café selon le rituel qu'elle affectionnait avec sa sœur. D'elle, il ne restait que son chien, Ali, un bâtard noir à poil long dont Angélique lui avait laissé la garde.

Zoé achevait sa tasse quand la porte du local s'ouvrit en grand. Un vent humide s'engouffra aussitôt, figeant les larmes qui dansaient dans ses yeux.

— Salut, fit Mc Cash en refermant derrière lui.

Le chien lui fit la fête.

— C'est quoi, ce clébard ? maugréa-t-il en repoussant le bâtard qui s'essuyait les pattes sur son pantalon.

— Ali, le chien d'Angélique.

Mc Cash n'était pas très chiens – trop collants. Zoé nota qu'il marchait avec précaution, et son teint fiévreux trahissait pas mal de soucis.

— Qu'est-ce qui t'arrive ? demanda-t-elle.

— Des types me sont tombés dessus, dit-il, alors que je fouinais autour d'un bateau bloqué au port de Brest.

— Quoi ?

Le borgne plia sa carcasse sur une chaise vacante, sans un regard pour le chien qui agitait la queue à ses côtés.

— Le *Jasper*, dit-il, un cargo parti de Tanger. Je le soupçonne d'avoir éperonné le voilier de Marco. L'armateur est un escroc notoire et ses marins ont essayé de me tuer. Ce n'était pas un accident de mer.

Bouffées de chaleur, effets secondaires des analgésiques, picotements sur l'épiderme, Mc Cash chassait dans un univers chimique. Zoé ne réagit pas tout de suite, prostrée sur la chaise de son bureau. La nouvelle semblait l'ébranler.

— Il va falloir que tu m'en dises plus, fit-il d'une voix lasse. Ne te dérobe pas, pas cette fois.

La sœur d'Angélique resta un moment les mains serrées sur ses genoux, se demandant jusqu'où elle pouvait faire confiance à ce diable d'homme. Bien sûr elle avait fauté avec lui, un soir d'ivresse où elle aurait mieux fait de se foutre des claques, mais l'ex-flic s'était démené pour régulariser sa situation à elle aussi. Et il avait risqué sa peau pour découvrir la vérité sur la double disparition qui l'affligeait... De guerre lasse, Zoé décida de tout lui dire, depuis le début.

— Tu te souviens de l'émotion quand on a découvert les premiers SDF dans la rue, les premiers morts de froid ? commença-t-elle. C'est aujourd'hui entré dans les mœurs. Comme d'arrêter des enfants de sans-papiers dans les écoles et les enfermer avec leur famille dans des centres de détention tellement pourris que les flics qui les gardent sont régulièrement relevés pour leur éviter de déprimer, avant de les renvoyer dans des pays dévastés qu'ils ont réussi à fuir au péril de leur vie... Aujourd'hui il arrive la même chose avec les réfugiés de guerre. On prend un enfant noyé en photo sur une plage, on pleure sur son sort et on en laisse des milliers se noyer en Méditerranée en arguant qu'on ne peut pas accueillir toute la misère du monde. On cherche à nous insensibiliser en masse. Ça fait partie du discours sécuritaire.

Mc Cash n'avait pas l'esprit assez clair pour encaisser ses digressions.

— Où veux-tu en venir ?

— Angélique pensait comme moi, répondit sa sœur. Sauf que chez elle, tout est exacerbé.

— À quel point ?

— Au point d'imaginer un moyen de les sauver, répondit Zoé.

— De sauver qui, des réfugiés de guerre ?

— Oui. Irak, Syrie, Sahel, Golfe, ce n'est pas ça qui manque… Angel comptait ramener une poignée d'entre eux jusqu'ici, par bateau, avec Marco.

Mc Cash saisit vite le coup à trois bandes.

— Une filière d'immigration illégale en somme.

— Ils ne sont pas les bienvenus en France et l'Europe se barricade, se défendit Zoé ; il faut bien que quelqu'un se bouge pour les sortir de là.

— Une goutte d'eau dans un océan de misère, commenta le borgne.

— Chaque vie compte, Mc Cash. Dix personnes sauvées, c'est dix désespoirs ressuscités, et un peu moins de honte pour nous qui les regardons se noyer. Ces gens fuient Bachar, l'État islamique et toutes ces milices de merde, pour sauver leur peau, pas pour venir prendre le travail de qui que ce soit ! Ils ont tout perdu, leurs amis, leur maison, leur travail, leur vie, tout : tu comprends ça ?

La travailleuse sociale avait repris sa posture de militante. Mc Cash admirait le côté dérisoire et généreux de la démarche, sans se sentir trop concerné – il répugnait à se battre pour lui-même, alors pour les autres… La pluie avait cessé de cogner aux carreaux de la permanence RESF. Le chien, lui, agitait toujours la queue.

— Ils sont partis d'où en Grèce ? demanda-t-il pour recentrer le débat.

— Astipalea. Une île proche de la Turquie.

Mc Cash soupira.

— Pourquoi tu ne m'as pas dit tout ça l'autre soir quand je suis passé chez toi?

— Parce que ce que nous faisons est illégal et qu'un flic reste un flic, répondit Zoé.

Toute cette chaleur humaine lui remontait le moral.

— Je t'ai déjà dit que je n'étais plus flic, et que tes proches étaient aussi les miens. Embarquer des réfugiés, c'était une idée d'Angel?

— Au départ, oui. Mais Marco et moi avons fini par y adhérer. Ma sœur avait besoin d'aide, seule elle ne pouvait rien.

— Monter une filière d'immigration clandestine est passible de plusieurs années de prison, rappela Mc Cash : Marco était fiscaliste et visiblement rangé, vous avez un enfant, pourquoi suivre Angélique dans cette histoire?

— Je t'ai déjà répondu : par dignité humaine. J'étais réticente au départ, uniquement en raison de notre fille, poursuivit Zoé, mais j'ai fini par changer d'avis, ni contrainte ni forcée. Peu importe le risque couru.

Il opina doucement.

— Et Marco?

— Marco est un pirate, répondit Zoé. Comme toi.

Un silence spectral passa dans la pièce. Mc Cash jeta un regard sur les affiches punaisées aux murs, les visages venus de tous les pays du monde qui souriaient pour la photo.

— C'est pour ça que Marco a acheté le Class 40 au Pirée, dit-il. Il avait un bateau plus grand et plus performant, sur place.

— Oui. Il lui fallait une équipière pour gérer l'intendance des réfugiés pendant le chemin du retour, prendre les quarts pour dormir un peu.

Le borgne n'ergota pas sur la folie de leur entreprise – c'était trop tard.

— Il y avait combien de réfugiés à bord quand il a sombré ?

— Huit. Huit femmes embarquées depuis une île grecque, précisa Zoé. Marco avait prévu une douzaine de jours pour relier Audierne.

Un scooter passa dans la rue, lui cassant les oreilles. Zoé semblait apaisée par la confession.

— Pourquoi la Grèce et pas Lampedusa ? demanda Mc Cash.

— Beaucoup de réfugiés sont bloqués en Turquie, où le régime se durcit, fit Zoé. Ceux qui réussissent à atteindre l'Italie sont en général pris en charge et ont un petit espoir de gagner le nord de l'Europe. Ceux qui sont bloqués par l'État turc sont condamnés à vivre dans des camps pendant des mois, des années, comme les Palestiniens en Jordanie et ailleurs… Depuis le marchandage avec l'Europe, la plupart des réfugiés sont renvoyés en Turquie, ajouta-t-elle. C'est pour ça qu'on voulait les sauver. Leur donner une chance.

Mc Cash hésita à allumer une cigarette – la tête lui tournait encore un peu. Il pensait au *Jasper*, en route pour le même port du Pirée, à Zamiakis qui avait payé l'amende.

— Comment vous vous êtes mis en contact avec ces fugitifs ?

— Un copain de Médecins sans frontières, qui a travaillé deux ans au HCR d'Athènes, répondit Zoé ; il nous a donné le contact d'un Grec qui pourrait nous aider. Stavros Landis, c'est son nom. Il travaille pour une ONG proche du Secours populaire.

— Il connaît des passeurs ?

— Je ne sais pas, Marco ne me disait pas tout. Mais je crois qu'il connaissait bien Astipalea, l'île grecque où débarquaient des réfugiés. Marco lui faisait confiance.

Stavros Landis : Mc Cash nota son nom dans son carnet.

— Tu as cherché à le contacter depuis le naufrage ?
— Oui. Mais son numéro ne répond pas.
— Celui-là ? fit-il en lui montrant les coordonnées vendues par Bob.

Zoé confirma : il s'agissait bien du même numéro grec, que Marco avait appelé plusieurs fois avant le naufrage.

— Tu les as eus quand pour la dernière fois au téléphone ? poursuivit-il.
— Le 25 juin : ils atteignaient l'Espagne, avec les réfugiées à bord. Marco m'a dit que l'embarquement en Grèce s'était mal passé mais que tout allait bien maintenant. J'avais du mal à le croire, mais c'était une tête de mule.
— Comment ça ?
— C'était mon mari : s'il braillait, c'est que tout était normal. S'il faisait profil bas, c'est qu'une tempête couvait.
— Il ne t'a rien dit d'autre ?
— Non.
— Et Angélique ?
— Je ne l'ai pas eue au téléphone. Pas depuis la Grèce. Ça non plus ça ne lui ressemblait pas.

Mc Cash gambergea un moment sur la chaise, chassant les nausées. Il lui manquait le correspondant d'un des trois numéros vendus par Bob.

— Marco a appelé une autre personne en France,

reprit-il, le 19 juin : vous aviez un complice, quelqu'un dont tu ne m'as pas parlé ?

Zoé céda devant le regard inquisiteur du borgne.

— Gilles... Gilles Raoul, avoua-t-elle, un copain. Il travaille à la préfecture de Brest. C'est lui qui devait nous fournir les papiers des réfugiés. Il était là l'autre jour à Audierne. On a pris un café sur le port après que tu es venu me voir. C'est là qu'on a décidé de ne rien dire à personne.

Les traits de Mc Cash se durcirent. Il pensait au type du *Jasper* qui avait voulu lui faire la peau l'avant-veille sur les docks : lui aussi était à Audierne pour la commémoration.

— Bon, dit-il en redressant son corps fatigué. Il vaut mieux que tu restes chez ton amie pour le moment. Ne remets plus les pieds chez toi jusqu'à nouvel ordre.

— Pourquoi ? s'inquiéta-t-elle.

— Le type qui m'est tombé dessus à Brest était aussi à Audierne l'autre jour.

Zoé pâlit malgré son teint d'ébène. Mc Cash quitta le local, les reins engourdis par les capsules de morphine, sans un regard pour le chien qui jappait devant ses pas.

— Qu'est-ce que tu vas faire ? demanda Zoé.

— Me pendre.

15

Mc Cash flottait sur un tapis chimique en quittant l'antenne RESF de Douarnenez. La ville s'éveillait à l'heure de la messe. Quelques vieilles assurées contre la mort faisaient le pied de grue sur le parvis, parapluie au poing, sous le regard des rares touristes. Mc Cash marcha jusqu'au bar-tabac, épicentre de l'animation dominicale. Réfugié sous une bâche, un couple de vieux Anglais riaient en buvant leur première bière à une table à l'écart.

L'Irlandais acheta le *Ouest-France* au buraliste aux yeux de panda qui essuyait ses verres et consulta le journal, un café à la main pour passer le goût de médicament embourbé dans sa bouche. Aucune nouvelle des trois marins laissés sur le carreau l'autre nuit à Brest, ni de l'enquête qui aurait dû suivre. Bizarre. Ou les flics gardaient l'information sous le coude pour une raison qui lui échappait, ou quelqu'un avait fait le ménage derrière lui. Le tueur sur les docks ? Dans tous les cas, le cargo était reparti en mer, avec ses mystères.

Mc Cash prit un autre café, l'œil torve. Ses reins lui tiraient des grimaces compressées et il avait l'impression que les regards se concentraient sur son bandeau, comme si les clients du bistrot savaient qu'il n'avait plus de prothèse… Sa paranoïa sans doute.

La pluie poissait son visage échaudé quand il quitta le bar. Il grimpa à bord de la Jaguar avec une infinie précaution et roula vers Daoulas où résidait le dénommé Gilles Raoul, tentant de recoller les morceaux sur la route. Que s'était-il passé sur l'île grecque lors de l'embarquement des réfugiées pour qu'Angélique ne parle pas à sa sœur ? Pourquoi le *Jasper* s'était-il détourné pour leur couper la route ? Comment Zamiakis et ses complices avaient-ils su que le Class 40 transportait des réfugiées ? Stavros Landis, leur contact grec aux abonnés absents, les avait-il trahis ?

Le cadran affichait onze heures trente lorsqu'il atteignit Daoulas, à l'entrée de la presqu'île de Crozon. Il suivit les indications de son smartphone. Une route serpentait à travers une forêt de chênes centenaires qui gouttaient encore sur l'asphalte gris, à la sortie du village. La Jaguar ralentit devant le numéro 167 – le portail était ouvert – et s'engouffra sous les branches de l'allée. Il y avait une écurie sur la droite, les vestiges d'un tracteur modèle soviétique sur les graviers de la cour, et un ancien moulin en cours de rénovation.

Un ruisseau coulait au pied du jardin. Plus loin un muret de pierres et une Renault blanche près de la table de ping-pong couverte de feuilles mortes. Immatriculée 29. Celle de Raoul probablement. On était aujourd'hui samedi. Mc Cash ne savait pas si le type de la préfecture était un lève-tard, si le crissement des graviers l'avait réveillé ; il se gara devant la Renault et fit un bref panoramique sur le jardin bucolique après la pluie.

Un rouge-gorge sautillait sur le muret. Mc Cash sonna la cloche, effrayant le volatile. La première partie du moulin avait été retapée avec soin, l'autre restait en chantier – grange écroulée, roue vermoulue rongée par l'humidité. Il fit tinter la cloche une seconde fois, sans obtenir de réponse.

Mc Cash se pencha sur la fenêtre du salon, une ouverture qui tenait plus de la meurtrière taillée dans la roche épaisse, ne vit que les mouches qui couraient derrière les rideaux. Ce n'étaient pas les premières mouches d'été, des petites noires électriques capables de vous harceler une nuit entière, et puis elles étaient trop nombreuses. Non, il s'agissait d'une espèce qu'il connaissait bien... Mc Cash épia le monde autour de lui, ne vit que la brume au-dessus de la haie. Il tourna la poignée : la porte était ouverte.

L'odeur d'abord le prit à la gorge : les murs, les meubles, la maison tout entière empestait. Il se colla d'instinct contre la porte, balaya le hall d'un regard nerveux. Son cœur battit plus vite. Devait-il retourner à la voiture pour chercher son arme ou sa paranoïa lui jouait-elle des tours ? La clé était encore sur la porte. Mc Cash ferma le loquet derrière lui.

Il faisait sombre dans la maison, le plafond était bas, la lumière opaque depuis les lucarnes. Un escalier menait à l'étage. L'autre entrée se situait après la cuisine, un vestibule avec machine à laver : Mc Cash posa une pièce de monnaie sur la poignée de la porte qui donnait sur l'extérieur, enfila les gants de vaisselle qui traînaient près de l'évier et suivit le cortège de mouches vertes qui zigzaguait au rez-de-chaussée.

Le bourdonnement se fit plus intense quand il poussa la porte de la chambre. Le lit était vide. Il y avait une bouteille d'eau sur la moquette, un placard à portes coulissantes entrouvert, quelques fringues sur une chaise à bascule. L'odeur pestilentielle l'accompagna jusqu'à la salle de bains. Le mort était dans la baignoire, à demi immergé.

Une nappe de merde flottait à la surface. Avec la rigidité cadavérique, les fluides accumulés dans le corps s'étaient libérés du cadavre, souillant l'eau d'un brun saumâtre. Mc Cash ravala ses poumons. Le visage était brûlé, méconnaissable, mais le sexe était celui d'un homme. Âge incertain : ses cheveux avaient grillé, ne laissant qu'une plaie purulente sur son crâne. Un fil électrique courait dans l'eau du bain, dont la prise était branchée près de la glace du lavabo. Raoul. La peau avait craqué à plusieurs endroits, causant des cratères inégaux, couverte de cloques sombres après le choc électrique. Quarante-huit heures au moins qu'il baignait là. Mc Cash fit abstraction de l'odeur pour inspecter le corps.

Il saisit la brosse à chiotte. Les mouches virevoltaient, au festin. Il se pencha sur l'eau trouble, repoussa les îlots de merde qui flottaient à la surface : il y avait un rasoir électrique au fond du bain. Raoul était mort électrocuté. Ou plutôt on l'avait aidé à cramer. Piètre mise en scène, songea l'ex-flic. Le cadavre était en trop mauvais état pour qu'on puisse y relever des marques de contusions, il faudrait voir après l'autopsie, s'il y en avait une.

Un tintement au bout du couloir le fit sursauter : celui d'une pièce de monnaie tombant sur le carrelage. Alors seulement il regretta de n'avoir pas pris son arme.

*

Xherban Berim tenait un Glock automatique à la main. Il avait mis du temps avant de retrouver la trace du borgne qui les avait interpellés sur les docks. Se méfier de ce type. Il avait tué les trois marins alors qu'il allait chercher de quoi lester son corps dans le port et réussi à s'enfuir malgré les traces de sang laissées sur le quai. Si, comme il le pensait, le borgne était impliqué dans le réseau de Kerouan, il finirait par se pointer chez son complice, Raoul, le type de la préfecture. Berim avait vu juste. Il pointa le canon vers le vestibule, atteignit le couloir en quelques enjambées et se tassa à l'angle qui donnait sur la chambre : la porte de la salle de bains était entrouverte.

Le borgne avait dû découvrir le corps mais il ne réagissait pas. Ou alors il n'était pas armé. Ou il chiait dans son froc – putain ce que ça puait. Berim se posta contre l'arête du mur, chercha une cible parmi les mouches. Pas un bruit. Pourtant le borgne était là, dans l'angle mort de la salle de bains. Le tueur sentit la sueur couler le long de son cou. Simple poussée d'adrénaline : il jaillit dans la pièce, du pied envoya valser la porte de la salle de bains, qui rebondit contre le mur.

Il vit le cadavre électrocuté, pointa le Glock sur le placard coulissant et tira trois coups étouffés, plein centre, à hauteur d'homme. Les portes du placard se fissurèrent sous l'impact, répandant une volée de poudre dans la pièce. Un vent de panique souffla alors sur sa nuque ; il fit volte-face, le doigt sur la détente, ne vit pas l'ombre violente qui planait dans son dos. Chassé avec élan, genou contre poitrine pour armer :

d'un coup de talon, Mc Cash lui brisa la colonne vertébrale.

Berim lâcha son arme sans même s'en rendre compte : une douleur fulgurante le saisit dans le bas du dos. Ses nerfs se vrillèrent, le cerveau aussi se dérobait, les mouches vrombissaient comme des bombardiers repus, ses jambes enfin cédèrent. Il étouffa un râle et s'affala sur le carrelage.

Mc Cash grimaça en éloignant l'arme qui gisait sur le sol carrelé. Gestion du stress, vitesse de combat maximale : son pied avait frappé de plein fouet la moelle épinière, malmenant ses sutures. Il souffla pour effacer la peur, chassa les mouches du revers de la main.

À ses pieds, le tueur tentait des gestes désespérés pour se relever mais aucun de ses membres ne réagissait. Il gémit, tortue sur le dos, ne réussit qu'à cogner sa nuque contre le carrelage. Une, puis deux mouches se posèrent sur son visage. Mc Cash s'agenouilla pour empoigner le Glock, jaugea l'homme allongé contre la baignoire. Taille moyenne, type basané, barbe peu fournie, yeux bruns, nez busqué, vêtements passe-partout de qualité médiocre, il répondait au signalement du tueur sur le port. Il fouilla les poches de son veston, trouva des pièces d'identité. L'homme esquissa un geste, en vain. Autour de lui, les mouches étaient devenues folles. Xherban Berim, nationalité albanaise d'après les papiers. Mc Cash ouvrit la lucarne pour chasser l'odeur de merde, ce qui ne changea rien – il trimbalerait la puanteur toute la journée, elle imprégnerait ses vêtements, les pores de sa peau, ses souvenirs.

L'homme à terre n'avait pas d'autres armes ni de

portable. Dans sa voiture sans doute, quelque part vers les bois. Le borgne évalua le blessé. Compassion zéro degré sur l'échelle du bien et du mal.

— Tu ne remarcheras plus, annonça Mc Cash. Ou alors en chaise roulante, si jamais tu atteins les urgences dans l'heure qui vient, ce qui paraît peu probable. Je peux t'abandonner ici, avec les mouches. Personne ne mettra les pieds dans cette maison avant demain midi, c'est-à-dire quand les collègues de Raoul s'inquiéteront de son absence. D'ici là, tu seras mort.

Berim digéra l'information. Les mouches couraient sur sa joue.

— Berim, c'est ton vrai nom ?

Un voile passa sur les yeux humides du tueur.

— Eh bien Berim, reprit-il en armant le Glock, je te propose un marché : j'abrège tes souffrances en échange de ce que tu sais.

L'Albanais se fendit d'un rictus, ouvrit la bouche pour l'injurier mais Mc Cash le coupa.

— Je n'ai pas de temps à perdre, dit-il, toi si. Tu préfères quoi : agoniser en souffrant pendant des heures ou mourir dignement ?

Mort lente ou violente, l'autre oscillait entre peste et choléra. Mc Cash le laissa mariner, le temps qu'il pèse son marché de dupe, attendit que la haine se dissolve dans l'acide du désespoir. Enfin il désigna le cadavre calciné dans la baignoire.

— C'est toi qui as tué ce gars-là. Pourquoi ?

L'autre le fixait comme un serpent.

— Comment tu as su que Raoul était de mèche avec Kerouan ? Tu l'as suivi après la commémoration à Audierne.

— Oui, dit-il du bout des lèvres.

— Et moi, pourquoi tu me guettais sur les docks ? Tu étais sur le *Jasper*, avec les marins ? Tu as embarqué avec eux à Tanger ?

L'homme acquiesça, la nuque en plomb.

— C'est Zamiakis qui t'emploie, l'armateur du cargo ?

— Non...

Berim clignait les paupières, le souffle court.

— Tu es un professionnel, le pressa Mc Cash : qui t'emploie si ce n'est pas l'armateur ?

— Tue-moi.

— Dis-moi d'abord qui t'emploie.

Berim apercevait ses pieds sur le carrelage, inertes. Ses yeux tremblaient de douleur.

— Basha... Varon Basha, murmura le tueur.

— C'est qui ? Hein ?

Mc Cash agita le Glock, chassant brièvement les mouches qui gravitaient autour de la baignoire. Berim ne répondait pas, de plus en plus pâle sur le carrelage. Il n'avait plus beaucoup de temps.

— Le *Jasper* est entré en collision avec le voilier de Kerouan, poursuivit Mc Cash. Qu'est-ce que vous avez fait des occupants ? Réponds !

— Embarqués... À bord.

La poitrine de l'homme s'affaissa sous le coup de l'effort. Mc Cash oublia la douleur de son rein après le coup de pied de tout à l'heure : Marco, Angélique.

— Tous ? demanda-t-il le cœur battant : tous ont pu grimper ?

Des larmes coulaient sur les joues de l'Albanais. Mc Cash serra plus fort la crosse du Glock dans sa paume.

— Non... Kerouan... est resté sur le voilier... Que lui.

Une lueur passa dans le regard fiévreux de Mc Cash. Berim perdait pied, les yeux roulant dans le vide.

— Tue-moi, chuchota-t-il.

— Dis-moi d'abord ce que vous avez fait des occupants.

— Dans... les cales.

— Du *Jasper*?

— Oui...

Il semblait souffrir le martyre. Mc Cash avait ce qu'il voulait. Alors il s'agenouilla, le Glock dans sa main gantée, cala l'index du blessé sur la queue de détente et pointa le canon contre sa tempe.

— Tu as une chose à dire avant de mourir?

Mais l'Albanais parlait dans sa langue, invoquait sa mère sans doute. Mc Cash eut une pensée fugace pour la sienne, penchée sur lui, enfant, et oublia : du doigt, il aida l'homme à presser la détente.

16

La Jaguar filait vitre ouverte sur la quatre-voies de Quimper. Mc Cash avait laissé la maison de Raoul en l'état. Les flics nettoieraient et lui serait loin. Le tueur albanais le suivait à la trace, plusieurs zones étaient encore obscures, à commencer par l'identité de ce Varon Basha, mais si les réfugiées étaient bien à bord du *Jasper*, Angélique devait figurer parmi elles.

Le fantôme de Marco passa dans le ciel qui se découvrait sur les plaines. Mc Cash dépassa Audierne dans un mauvais rêve, doubla les caravanes qui se traînaient sur la route de la pointe du Raz, atteignit la baie des Trépassés sous un soleil pâle qui rappelait son visage dans le rétroviseur.

Avec des tueurs dans les parages, ce n'était pas le moment de traîner. Il passa sans un mot pour la patronne au chignon de dinde qui donnait des ordres à la réception de l'hôtel, prit l'ascenseur. Il frappa à la chambre d'Alice, anxieux, toqua de nouveau, sans obtenir de réponse. Une bouffée d'angoisse comprima soudain sa poitrine : Berim avait pu le suivre à l'hôtel. Il l'avait vu sur le port d'Audierne, avec Alice. Et s'il n'était pas seul ? D'autres tueurs pouvaient venir, ou ils étaient déjà venus. Ses mains se mirent à trembler. Même les motifs de la moquette devinrent troubles.

Mc Cash descendit l'escalier en tentant d'épargner ses flancs meurtris, tomba sur une des jeunes serveuses en noir et blanc qui venait de se faire houspiller par la matrone. La petite rousse eut un geste de recul devant ses traits défaits puis, répondant à son injonction, se tourna vers les baies vitrées du restaurant.

— Votre fille ? Oui, oui, elle est là-bas !

*

L'océan déroulait, métronome. La pluie avait cessé mais la brume scalpait les rochers de la baie. Alice recomptait les galets sur la plage désertée, sa veste en jean sur les épaules. Elle vit son père arriver de loin. Dos voûté sur ses chaussures trempées, les mains dans les poches de sa veste, il marchait à pas comptés sans éviter les flaques de la marée basse. Elle trouva qu'il avait l'air triste comme ça, tout seul sous la bruine revenue, mais l'impression ne dura pas. La mouette qui clopinait sur sa route déguerpit en sprintant. Mc Cash avait la mine sombre, les cheveux comme une soupe pour chien.

— Putain Alice, maugréa-t-il, entre le soulagement et le reproche, je t'avais dit ne pas sortir de la chambre : qu'est-ce que tu fais dehors ?

— J'avais faim, dit-elle, et j'en avais marre de jouer les princesses enfermées. C'est bien toi qui m'as dit qu'il n'y avait pas de prince charmant, non ?

La gamine avait du répondant. Il grogna pour la forme, soulagé de la voir – il avait détesté *la nature* de la peur qu'elle lui avait fichue.

— Le docteur Latimier est passé ce matin, reprit Alice. Elle n'était pas contente que tu aies déguerpi. Mais elle m'a donné des médicaments pour toi. Ils sont dans ma chambre.

— Ah oui... Merci.

— Tu étais où ?

— Sur Mars.

— Ça n'a pas l'air terrible, dit-elle avec une moue.

Son œil était rouge, le bandeau humide avait laissé une traînée noire sur sa joue et il semblait avoir du mal à reprendre son souffle. Ça sentait pourtant l'iode.

— Bon, c'est quoi le truc dont tu dois me parler ? relança Alice.

— Une sale histoire, concéda son père. Il pleut, je te la raconterai au sec.

— Ça ne mouille pas, le crachin breton, c'est toi qui me l'as dit. Alors ? Tu as promis que tu m'expliquerais tout.

— On lève le camp, annonça-t-il.

Ses yeux s'agrandissant prirent la place de la mer.

— Tu as trouvé une maison ?

— Oui... enfin, non... Bref, c'est pas la mienne.

Alice le regarda sans comprendre.

— On va s'installer quelques jours chez Marie-Anne, dit-il. Tu t'entends bien avec sa fille, non ? Une copine de ton âge, ça doit te manquer un peu...

Mc Cash aurait fait un très mauvais GO. De fait, ça ne semblait pas la réjouir.

— Pourquoi on ne reste pas ici ? renvoya l'adolescente.

— Pour prendre l'air, dit-il : ça pue le vieux dans cet hôtel.

Alice fronça son nez piqué de taches de rousseur,

son nez d'automne, une petite grimace assez charmante. Mc Cash oublia de lui sourire. Ses vêtements empestaient la mort faisandée malgré le vent de la mer.

— Ce n'est pas ça que tu devais me dire, lui reprocha-t-elle. Qui t'a agressé l'autre nuit, pourquoi tu t'en vas tout le temps et reviens tout cassé ; tu m'as demandé de pas appeler la police mais j'ai le droit de savoir ce qui se passe. Je suis quand même ta fille, non ? Pourquoi tu ne me dis rien ?!

Ses joues rondes rosissaient sous la bruine. Une saine colère, qu'il comprenait.

— Promis, je t'explique tout dans la voiture, abrégea-t-il. Mais là, il faut filer. Prépare tes affaires, on part dans dix minutes.

*

Un mot portugais, *saudade*, décrit un sentiment particulier propre à ce peuple, qu'on retrouve aussi dans le fado : « la nostalgie du possible ».

Était-ce de l'amour qu'il éprouvait pour le fantôme d'Angélique, la possibilité qu'elle soit toujours vivante qui le réveillait d'entre les morts, cette nostalgie du possible qui le poussait à tout risquer pour la retrouver ou une pulsion autodestructrice, à l'image de leur passion, une façon de se débarrasser du problème – lui ?

Depuis qu'il avait cogné son père, à Belfast, Mc Cash n'avait jamais eu rien à perdre. Trente ans plus tard son dernier ami était mort, son œil encore valide perdait des points à chaque round et la façade est de son visage allait bientôt s'affaler s'il ne changeait pas sa prothèse. Il allait fondre d'un côté, de la gadoue de chair et de cartilages qui bientôt s'affaisserait dans son orbite vide, il ne serait plus qu'un sourire de squelette, comme sur les *calaveras* mexicains, un sourire de cadavre : le docteur Latimier avait été clair.

Non, Mc Cash n'avait que sa fille à perdre, sa fille à qui il n'avait pas le courage de dire la vérité.

Il fourra ses vêtements puants dans un sac plastique et nettoya son pansement devant la glace de la salle de bains. La plaie s'était légèrement rouverte mais le sang avait séché. Il prit les antibiotiques laissés par la médecin, une douche, changea la compresse et rassembla son matériel de survie. Il n'avait pas trouvé de chargeur dans les poches du tueur, seulement huit balles dans le Glock, qu'il avait laissé sur place avec les empreintes de l'Albanais. Un frisson le parcourut – le craquement des vertèbres quand il avait frappé, ses tremblements avant de mourir, les prières pour sa mère, la terreur dans ses yeux au moment de presser la détente. Mc Cash avait tué quatre hommes et il n'éprouvait rien. Il ne pensait qu'à Angélique et à ce cargo maudit.

Il frappa à la porte d'Alice, entra dans la chambre.
— Tu es prête ?
— Oui.

Mc Cash remarqua qu'elle s'était changée et maquillée. Nouvelle lubie, grand saut dans l'inconnu féminin, mimétisme de starlettes entrevues sur Internet ?

— Au fait, j'ai écrit un petit poème, fit Alice en sortant un papier de sa poche. C'est pour toi, elle ajouta en le dépliant.

Il lut.

*« Elles claquent sur les galets
Des vagues sans reflet,
Elles passent
À bout d'écume
Et lasses
Changent de costume... »*

Mc Cash n'aimait pas les cadeaux, ils le mettaient en travers, comme un putain de semi-remorque au milieu de la route. Il tangua un instant au-dessus d'elle, malhabile.

— Tu es douée, dit-il.
— Merci.
— C'est moi qui te remercie, Alice. Pour tout. Sans toi, comme dit la médecin, je serais en train de pourrir dans un coin.
— Elle a dit ça ?
— Oui, bouffé par les crabes.

Il rangea le poème dans sa poche, touché, se ressaisit devant le sourire de la gamine.

— Viens.

Il paya l'hôtel à la patronne permanentée qui leur souhaita bonne route, entraîna Alice vers le parking. À partir de maintenant, ils vivraient à découvert.

Des rafales d'embruns fouettèrent leurs visages ; ils se réfugièrent sous la capote et partirent sans un regard pour la baie. Alice s'étonna de l'état de la vitre passager, qu'il fit passer sur le compte de vandales. Le cadran affichait une heure et demie.

— Alors ? réagit bientôt sa fille. C'est quoi ton histoire ?

Mc Cash soupira au volant. Comment lui expliquer qu'il ne voulait pas la mettre en danger.

— C'est au sujet de mon copain disparu en mer, dit-il enfin, Marco... Il ne s'agit peut-être pas d'un accident.

— Ah bon ?! Qu'est-ce qui s'est passé ?

— Un cargo sans doute, qui lui a coupé la route. Je ne peux rien te dire de plus pour l'instant.

— Ah ? C'est pour ça qu'on t'a agressé ?

— Oui. Et c'est aussi pour ça qu'on va chez Marie-Anne.

— Qui t'a agressé ?

— Les marins du cargo.

Alice ouvrait des yeux d'anémone.

— Tu as averti la police ?

— Pour le moment je n'ai aucune preuve.

— Preuve de quoi ? Que ce n'est pas un accident ?

— Oui.

— Mais tu as travaillé pour la police, enchaîna-t-elle : ils pourraient t'aider !

— Ce n'est pas comme ça que ça se passe. Et je ne suis plus flic.

— Qu'est-ce que tu vas faire alors ?

— Poursuivre l'enquête. Il est possible que mon ex soit encore à bord du cargo.

— Angélique ?

— Oui.

— Comment ça se fait ?

— Elle était proche de mon copain Marco. Ce qui compte pour le moment, c'est de te mettre au vert chez Marie-Anne. Tu ne lui dis rien, hein ? dit-il pour noyer le poisson.

— Non, non, promis...

Alice cogitait sur le siège humide.

— Combien de temps on reste chez Marie-Anne? demanda-t-elle.

— Je ne sais pas encore.

Mc Cash ne lui avait pas dit qu'il l'abandonnerait comme un chien sur l'autoroute. Son enfance lui revenait en plein visage, la passivité conciliante de sa mère recluse derrière la porte blindée du Seigneur, son silence névrotique quand son père le corrigeait à coups de trique, quand elle n'avait même pas *un* mot après pour le consoler. Mc Cash serrait les dents au volant, du jus d'os.

Alice l'observait depuis son angle mort, inquiète. Elle n'avait que lui. Lui qui, comme elle, semblait bien seul dans cette histoire. Pourquoi les marins l'avaient-ils agressé? Pourquoi ne demandait-il l'aide de personne? Des nuages touffus déboulaient dans le ciel, de la fumée d'usine; ils atteignirent Plougonvelin puis la maison d'architecte de Marie-Anne.

Julie jouait dans le jardin détrempé, courait après la chatte noire qui mimait la panique. La sœur de Marco oublia les pêchers près de la haie et vint à leur rencontre. Julie, le chat dans les bras, présenta le félin à Alice dans un grand sourire, l'invitant à le caresser. Sentit-elle le coup fourré? L'adolescente se rapprocha d'instinct de son père, qui ouvrait le coffre de la Jaguar, et lui jeta un regard interrogateur en voyant son sac sur le trottoir. Son sac et pas celui de son père.

— Tu vas rester ici quelques jours, Alice, annonça Mc Cash. Je ne sais pas exactement combien de temps ça va prendre, comme je te l'ai dit, mais je reviens vite.

— Mais...

— C'est pour ton bien, coupa-t-il.

Il s'attendait au pire, une scène pénible, des pleurs et son cœur au bouillon quand elle l'accuserait de l'abandonner, mais la gamine encaissa sans broncher.

— Tu pars où ? demanda-t-elle.
— Je te téléphonerai.
— Quand ?
— Bientôt. Ne t'en fais pas pour ça. Ni pour le reste, ajouta-t-il.

Mais son clin d'œil ne valait pas tripette. Alice se pinça les lèvres, courageuse, trahie. Sentant la gêne, Marie-Anne prit un air enjoué, augura de bons moments avec Julie «qui l'attendait avec impatience», des activités nautiques, en vain.

— Je reviens le plus vite possible, répéta Mc Cash en portant son sac jusqu'à la maison. D'ici là, tâche de t'amuser. Si tu y arrives, promis, je t'achète un chat. Un gros, avec une litière, s'il a envie de chier.

Alice ne sourit même pas. Son père allait la laisser là, chez des gens qu'elle connaissait à peine. Mc Cash avait prévu de partir vite, ce serait le mieux : il se pencha vers sa fille pour l'embrasser.

— Ça te va bien, le maquillage, dit-il en guise d'au revoir.

Il ne voulut pas savoir si des larmes perlaient à ses cils de girafon ; il prit le volant et démarra sans un regard dans le rétroviseur. Il n'y a pas de destin, que cette foutue nostalgie du possible.

DEUXIÈME PARTIE

LES FEMMES DE TROP

1

Les gueules noires des camions crachaient du gas-oil dans la moiteur trouble de la quatre-voies. L'aéroport de Nantes se profilait et Mc Cash digérait à peine sa séparation avec sa fille, le regard perdu sur la ligne en pointillé. C'était la première fois qu'ils se quittaient. Il détestait cette sensation, comme amputé d'une partie de lui-même. Ce voyage vers l'inconnu n'était-il qu'un prétexte pour fuir?

Il avait trouvé une place dans le vol pour Athènes – arrivée prévue à vingt-deux heures trente, un billet hors de prix ponctionné sur son découvert, négocié avec la banque – mais après?

Ce cloporte d'Albanais ne lui avait pas tout dit mais si Angélique comptait parmi les rescapés du naufrage, elle avait de fortes chances d'être encore à bord du *Jasper*. Deux jours déjà qu'il avait quitté Brest. D'après ses calculs, le cargo ne serait pas au Pirée avant deux jours. En attendant, sa piste était maigre : le nom de leur contact en Grèce, Stavros Landis, et son adresse à Athènes. 56, Zoodochou Pigis. Une ancienne maison d'édition, d'après Internet. Le borgne se méfiait. Si Berim disait vrai, quelqu'un avait vendu Marco à Varon Basha, et Landis ne répondait toujours pas à son portable. Avait-il été liquidé, comme le type de la préfecture ?

Il laissa la Jaguar dans le parking souterrain de l'aéroport, parcourut les espaces impersonnels allant du guichet aux portes d'embarquement avec l'envie de raser cette planète qui allait trop vite, présenta son passeport aux employés souriants pour la galerie, s'assit sur le siège qu'on lui avait attribué en bordure du couloir de l'A310.

Mc Cash snoba sa voisine située dans son angle mort, mal à l'aise. Il n'avait plus que son bandeau pour protéger son orbite sans prothèse. Le moindre dérapage laisserait entrevoir l'affreux tabou. Il se sentait nu. Même les manières aimables des hôtesses semblaient fausses. Il refusa le sandwich congelé qu'on lui proposa à mi-vol, dormit une heure, abruti de médicaments, se réveilla dans le même état et trimbala sa mauvaise humeur jusqu'au carrousel d'arrivée où il récupéra son sac de voyage.

Mc Cash n'avait pas prévu qu'un douanier aussi zélé qu'obtus le sommerait d'ôter son bandeau. Il protesta mais l'autre ne voulait rien savoir : c'était ça ou il pouvait dire adieu à son passeport, son séjour en Grèce, Angélique.

— T'es content, connard ! siffla-t-il en montrant son moignon.

Le type recula devant l'orbite vide, il n'avait jamais vu une chose pareille, et rendit le passeport sans demander son reste. Le ciel tombait quand Mc Cash sortit de l'aéroport, son sac à l'épaule. Rameutant l'été, un vent tiède époussetait quelques palmiers poussiéreux. Il prit un taxi pour le centre d'Athènes, dans le quartier d'Exarchia où habitait Stavros Landis, vaguement calmé.

Mc Cash n'avait jamais mis les pieds en Grèce. Après un tronçon d'autoroute surplombant les collines et un parcours le long des avenues embouteillées délimitant les grands axes de la capitale, un taxi affable le déposa dans une des rues encaissées du vieux centre, à quelques encablures de chez Landis.

L'Athens Way, à l'angle d'Arachovis, louait des chambres avec balcon et cuisine équipée. Mc Cash ne chercha pas à joindre sa fille chez Marie-Anne ; il prit une douche, évita son regard terrifiant dans le miroir de la salle de bains, changea le pansement sur sa plaie et quitta l'hôtel. Les rues étaient animées, minuit sonnait et les gens dînaient encore. Un toiletteur passait le sèche-cheveux dans les poils d'un lévrier ravi. N'ayant rien avalé de la journée, il dévora une assiette de poulpes grillés à la terrasse du restaurant voisin. Le goût de médicament passa doucement, la douleur de son dos blessé, pas le sentiment de solitude en terres étrangères.

Mc Cash n'aimait pas les voyages, abhorrait le tourisme et les cohortes de gens en short qui photographiaient les monuments en maniant leurs tablettes comme des volants. La fatigue le rendait encore plus maussade. Bientôt une heure du matin ; il descendit la rue pentue où les échoppes toujours ouvertes proposaient pâtisseries et autres spécialités locales, poursuivit sur les trottoirs défoncés.

Des murs crasseux tagués de slogans vengeurs délimitaient le territoire d'Exarchia, le quartier anarchiste de la ville. Il croisa des jeunes lookés, des vieux à mobylette traînant des charrettes remplies de ferraille, moustachus courbés sur leur vie de labeur, des filles vêtues de noir au bras de leurs copines. Il jeta un œil sur le Google Maps de son smartphone, visa la colline indiquée sur l'écran.

Zoodochou Pigis. Tu parles d'un nom de rue à la con, maugréa Mc Cash en gravissant la côte qui menait chez l'ancien éditeur. Il stoppa au numéro 56, face à un hôtel de passe visiblement fermé depuis longtemps. Une grille bloquait l'accès à un porche ouvert sur un petit jardin mal entretenu et touffu qui cachait une maison à étage. Mc Cash sonna à l'unique bouton – «Calypso», le nom de la maison d'édition –, ne reçut pour réponse que le gazouillis d'un oiseau nocturne... Il se tordit le cou derrière les barreaux pour deviner quelque lumière, se pencha vers la grille et constata que le mécanisme d'ouverture avait été forcé. Il attendit qu'une voiture dévale la pente pour pousser le loquet.

Il faisait sombre dans le jardinet isolé de la rue ; une volée de marches donnait sur une terrasse où une table de jardin en marbre jonchée de pollen prenait le frais au milieu des plantes grasses. Mc Cash évalua la façade blanche rongée par le lierre – toujours aucune lumière en vue – puis la porte principale de la maison : elle avait été fracturée.

Il pénétra à l'intérieur, les sens aiguisés par l'afflux d'adrénaline. La torche de son smartphone actionnée, il découvrit un bureau foutraque, avec des piles de manuscrits et de papiers jaunis portant le logo Calypso, puis des tiroirs à terre, leur contenu vidé sur le sol. Même les 33 tours gisaient sur les tomettes... D'autres étaient passés là avant lui. Que cherchaient-ils ? Landis ? Quoi encore ?

L'ex-flic passa dans l'autre pièce, une petite cuisine avec toilettes, rebroussa chemin et grimpa l'escalier. La chambre aussi avait été fouillée : matelas, draps, placards, étagères, table de nuit, tout était sens dessus dessous. Mc Cash sonda le sol, ne décela que des objets ou livres jetés là. Aucune trace de lutte ou de sang sur les tomettes byzantines. Si Landis avait été enlevé, les ravisseurs n'auraient pas fouillé la maison de fond en comble. Il redescendit vers le bureau de l'éditeur et la cuisine adjacente, trouva un sous-bock au nom de Blue Fox, et une pochette d'allumettes estampillée Rhinokéros. Le premier lieu, un club, avait fermé six mois plus tôt d'après les infos de son smartphone. Le second était un bar du quartier branché sur le rock indé, qui rappelait les 33 de Fugazzi et Shellac répandus sur le sol.

*

La rue Ippokratous traversait le quartier de Kolonaki qui bordait Exarchia. Mc Cash remonta la colline, l'adrénaline contrant les effets des analgésiques. Beaucoup de bars dans le coin, de lumières rouges et tamisées où les gens s'acharnaient à oublier les mauvaises nouvelles quotidiennes. Deux heures sonnaient quelque part lorsque le borgne poussa la porte du Rhinokéros.

Une population de tous les âges s'épanchait au-dessus d'un verre, en majorité des trentenaires tatoués des deux sexes, dans une ambiance éthylique amicale.

Ayant vécu des années à Brest, Mc Cash savait déceler à la seconde le bar où les soûlards vous tombent dessus comme des mouches à emmerde. Lou Reed,

Debbie Harry, Bowie, Nick Cave, Joe Strummer, les visages des icônes se reflétaient dans les miroirs plaqués sur les murs. Une jeune brune en jean moulant alignait les cocktails sur un long comptoir de bois verni, un tee-shirt « Desobey » sur ses fines épaules. Des mâles aux cheveux bouclés faisaient les paons sur les tabourets, certains fumaient, un DJ surfait sur son ordinateur, casque à l'oreille. On passait de l'électro, principalement issu de la *French touch* post-Daft Punk, de la pop guimauve pour Mc Cash, qui se rangea au bout du comptoir.

Il but un verre à l'ombre des spots qui inondaient le zinc, près de la pompe à bière. La jolie barmaid pencha un verre sous la source à houblon, le salua et constata que l'homme au bandeau ne parlait pas grec. Dimitra avait un master de philo mais comprenait la langue de Shakespeare.

— Stavros n'est pas là ?
— Stavros ? Ben non, tu vois…
— Je suis un ami.
— Contente de le savoir.
— Tu l'as vu ces temps-ci ?
— Je croyais que c'était toi, son ami ?

L'accent de la barmaid était moins vif que son esprit, mais la voix qui susurrait en français depuis les enceintes rendait le dialogue laborieux.

— Stavros ne répond plus au téléphone depuis quelques jours, relança Mc Cash : je m'inquiète un peu.

— Je ne l'ai pas vu depuis au moins trois semaines, lâcha Dimitra en relevant la pompe à bière.

Cela correspondait plus ou moins à la date du naufrage. La petite brune servit le demi qu'elle avait entre les mains, prit une autre commande. Mc Cash fuma en observant la foule, des habitués d'après leur façon d'être, attendit que la fille revienne à la source.

— Tu ne sais pas si quelqu'un ici peut me renseigner à son sujet ?

— Essaie Pirros, le DJ. C'est un de ses anciens auteurs, répondit Dimitra avant d'embarquer ses bières.

Le style musical changea – un remix de Radiohead qui sonnait comme du Trent Reznor. Mc Cash profita du moment pour aborder le DJ, sympathique et disert. Stavros Landis avait en effet publié son premier (et dernier) roman quatre ans plus tôt, mais avec la crise Pirros avait dû réintégrer l'appartement familial et oublier ses rêves d'écrivain. Il faisait depuis des extras dans les bars de nuit d'Athènes, parfois à Corfou ou sur les îles quand il avait un contrat. Pirros confirma qu'il croisait souvent son ancien éditeur au Rhinokéros, seul ou accompagné, que cela n'était pas arrivé depuis des semaines mais que Mc Cash n'était pas le premier à le chercher.

— Qui d'autre ?

— Deux types, répondit le DJ au-dessus de sa console.

— Quel genre de types ?

— Pas le genre de Stavros.

— C'est-à-dire ?

— Costauds, pas très aimables... Entre Dark Vador et Aube dorée, exagéra l'écrivain au chômage.

— Ils sont passés quand, ces joyeux drilles ?

— La semaine dernière je crois.

— Écoute, fit Mc Cash en se penchant vers Pirros, je crois que Stavros est dans une sale affaire et qu'il a besoin de mon aide. Tu connais le nom d'un de ses proches, quelqu'un de confiance qui pourrait m'aider ?

Pirros aplatit un vinyle, lança un morceau de Sonic Youth en shuntant le précédent.

— Kostas, dit-il. Un ancien juge devenu député de gauche. Lui aussi vient boire un verre de temps en temps. Il habite un peu plus haut, vers Lycabettus.

Un des parcs du centre-ville, juché sur une colline verdoyante...

Mc Cash avait négocié un découvert de mille euros avec sa banque à Brest, de quoi payer le billet d'avion et les frais ; il laissa un billet de vingt au jeune DJ et vida les lieux. Il était trois heures du matin lorsqu'il regagna sa chambre d'hôtel. Les antalgiques mêlés à l'alcool l'avaient mis K-O mais il avait une piste.

Il s'endormit comme on se noie en pensant à Marco, Angélique, sa fille, les vivants et les morts dans le même sac jeté au fond d'un puits – lui.

2

— Comment ça va ?
— Bah, bof...
— Comment ça, bof ?
— Bah. Je préférais la vieille en chignon de la Baie des Trépassés.
— Quoi, Julie n'est pas sympa avec toi ?
— Si, si...
— Alors qu'est-ce qui ne va pas ? s'enquit son père.
— Bah...
— Arrête de dire «bah». C'est qui, Marie-Anne ?
— Elle est un peu tendue quand même.
— Son frère est mort, il y a de quoi.
— Oui... Mais il y a un drôle de climat dans la maison.
— C'est ça la Bretagne.
Alice n'avait pas envie de plaisanter.
— C'est quoi le problème ?
— Elle est toujours après nous, dit-elle, à critiquer tout ce qu'on fait.
— Et vous faites quoi ?
— Rien !
— Eh bien faites quelque chose.

— C'est pas ça, on fait des trucs, mais c'est jamais comme il faut.

— Je comprends rien à ton histoire.

Alice boudait à l'autre bout des ondes.

— Tu reviens quand ?

— Bientôt.

— Tu es où, là ?

— À droite, à gauche. Je ne peux pas t'en dire plus. Mais si tu veux me faciliter la vie, tâche de t'entendre avec tout le monde d'ici à mon retour. C'est une question de jours.

— Combien ?

— J'en sais rien, ma petite bête, ça dépend de ce que je trouve.

Alice marqua un silence. Ce n'était pas fréquent chez lui, les petits noms d'animaux.

— Et j'aurai un chat ? embraya-t-elle.

— Tu ne perds pas le nord, toi.

— C'est toi qui me l'as promis.

— On verra ça en rentrant. Promis, il répéta.

— Bon...

— Je te tiens au courant, abrégea-t-il.

— Ne m'oublie pas.

— Je n'ai que toi, ça ne risque pas.

— Bisous alors.

— C'est ça, bisous...

Mc Cash coupa son portable, entre deux eaux. C'était la première fois qu'il appelait pour prendre des nouvelles de sa fille et ça n'avait pas l'air d'aller fort à Plougonvelin. Il se faisait du souci pour elle, si loin, si seule... Et il n'aimait pas trop cette idée. Mc Cash n'avait pas peur, de rien. Pour avoir peur, il faut avoir quelque chose à perdre et il était trop mal en point pour imaginer la perdre, elle. Sa propre mort ne l'avait jamais angoissé mais si aujourd'hui il venait à disparaître, il laisserait quoi à sa fille ? Un découvert à la banque dans un monde qui ne pensait qu'à compter, des milliardaires élus par des pauvres, des algorithmes, des publicités pour la pâtée pour chien. Déprimant. Plus personne ne voulait du modèle universaliste hérité de la Révolution française, les Lumières s'étaient éteintes sur les peuples qui préféraient acheter des smartphones pendant qu'une minorité faisait payer cher à tous le droit de jouir de leurs privilèges en attendant de muter en *sapiens 2.0*. Mc Cash n'avait jamais été de son époque. Ou son époque ne voulait pas de lui. Ça le rendait mauvais, et ce matin n'était pas le bon.

Une brune en minijupe et cheveux roses passa devant la terrasse du Blue Bear, au bras d'une jeune femme à la beauté tout aussi effrontée : elles virent le grand borgne courbé sur son café, échangèrent une grimace de condescendance qui tenait plus de la cruauté, se chuchotèrent quelque chose à l'oreille et s'éclipsèrent au pas de course en riant. Mc Cash maugréa dans la mousse de l'expresso, plongé dans ses abysses – pourquoi les jolies femmes le rendaient-elles si triste ? Parce qu'il se sentait vieux ou parce qu'il ne coucherait jamais avec toutes ?

Il avait fui la salle de petit déjeuner de l'hôtel – les gens le matin lui semblaient encore plus misérables que le soir, où l'alcool brouillait les pistes – et marché jusqu'aux terrasses du square d'Exarchia un peu plus bas avant d'appeler Alice. Le quartier était calme à cette heure – l'anarchie se levait tard –, les kiosquiers ouvraient à peine. Mc Cash commanda un autre café.

Une milice d'extrême gauche avait tué un dealer en pleine rue la semaine précédente, à la kalachnikov, sans que les flics osent intervenir ; les toxicos dormant encore sur les trottoirs bombés de graffitis, les vendeurs ambulants en profitaient pour écouler leur camelote aux terrasses des cafés. Mc Cash acheta un briquet à un Africain souriant pour la forme et fuma sa première cigarette de la journée. Il avait mal dormi malgré la fatigue accumulée, rêvé d'Angélique comme on va au bûcher, le cœur brûlant, se demandait toujours si elle vivait encore.

Une sculpture de chérubins barbouillée de rose fluo trônait au centre du square. Un caddie abandonné errait dans le jardin mal entretenu où plantes et arbustes faméliques jouaient des coudes. Mc Cash chassa les idées parasites qui le ramenaient à sa fille, fuma en observant le ballet autour de la petite place. Un pick-up à la décoration surchargée d'icônes en fit le tour, une cage à fauves sur le plateau arrière – une cage dortoir où deux enfants dormaient encore sous des couvertures sales. Des Gitans peut-être, qui s'encageaient la nuit sur leur maison amovible, ou des rescapés de la crise.

Le borgne grimaçait derrière ses lunettes noires quand un fou vint lui parler. Il lui répondit de foutre le camp mais l'autre continua à l'invectiver dans sa langue, sans même lui réclamer la pièce. De guerre lasse, Mc Cash paya les consommations en laissant un pourboire et vida les lieux.

D'après ses infos, l'ami de Stavros habitait le quartier voisin.

*

Son dos blessé le tiraillait, il sentait la sueur couler le long de son tee-shirt. Il était noir, usé, à l'effigie d'un club de rock new-yorkais où il n'avait jamais mis les pieds et qui n'existait plus depuis longtemps. Une image de lui-même, songeait-il.

Mc Cash gravit les trottoirs glissants de Kolonaki jusqu'au numéro 3 de la rue Chersonos, une impasse dont les marches menaient au parc qui dominait la ville. Un parterre foutraque abritait diverses cabanes à chats qui prenaient le frais sous les branches des arbustes. Un grand hêtre montait la garde devant la grille rouillée de la maison, séparée de la ruelle par un mur de béton noirci par la pollution et une vigne vierge elle aussi fatiguée, les feuilles couvertes de poussière. Mc Cash tinta à la cloche, attendit une minute, réitéra son appel.

Un homme apparut enfin dans le jardinet, vêtu d'un pantalon de survêtement et d'un tee-shirt trop large sur un ventre proéminent. Les cheveux blancs tirés en arrière, un regard vif au milieu de rides brunes qui creusaient son visage de vieux loup, Kostas jaugea l'étranger à sa porte. Ce dernier portait un fin bandeau noir à l'œil droit, un tee-shirt CBGB, des chaussures coquées, une veste noire, et se présentait comme un ami de Stavros. Accent anglais parfait. Kostas avait travaillé à l'adhésion à l'Europe, il avait des rudiments de cette langue et se méfiait des inconnus.

— C'est quoi déjà, ton nom ?
— Mc Cash.
— Jamais entendu parler.
— Je ne suis pas du genre pipelette.

Le vieil homme émit un petit rire derrière la grille. Le soleil dehors commençait à taper – on prévoyait une grosse chaleur à la radio.

— Je prendrais bien un café, dit Mc Cash, ou n'importe quoi à l'ombre. On crève de chaud dans votre bled.

Kostas consentit à ouvrir la grille, l'invitant à le suivre jusqu'à la maison. Une odeur de pain grillé s'exhalait de la cuisine, à laquelle se mêlait un relent d'après-rasage ; il s'assit à la table où l'ancien juge prenait son petit déjeuner, accepta le café encore au chaud.

— Comment tu connais Stavros ?

— Par le biais d'un ami français, répondit Mc Cash, Marc Kerouan. Il a acheté un voilier au Pirée le mois dernier, avant de disparaître en mer alors qu'il remontait vers la Bretagne.

— Ah.

— Stavros est une des dernières personnes à l'avoir vu vivant, dit-il, le nez dans la tasse. J'aimerais lui parler mais son téléphone ne répond pas.

Le Grec le sondait de ses yeux caramel.

— Tu as des nouvelles ? relança le borgne. On m'a dit que vous étiez amis.

— Je ne connais pas l'emploi du temps de tous mes amis, relativisa Kostas. Qui t'a dit que je pouvais t'aider ?

— Pirros, le DJ du Rhinokéros. Il m'a aussi dit que deux types bizarres étaient passés la semaine dernière et demandaient à le voir. Et je pense que ces mêmes types ont saccagé la maison de Stavros.

Une ride plus épaisse coula sur le front de Kostas.

— Comment ça, saccagé ?

— Je suis passé chez lui hier soir, dans son ancienne maison d'édition : elle a été fouillée de fond en comble.

Traversant le feuillage du jardin, les rayons du soleil faisaient des ombres chinoises sur le mur de la cuisine. Le Grec hochait la tête sans mot dire ; il tartina le pain qui avait refroidi dans l'assiette écaillée.

— Qui me dit que tu n'es pas un des types qui ont foutu le bordel dans sa maison ? reprit-il, méfiant.

— Parce que j'ai laissé ma fille en Bretagne pour démêler cette histoire, que Marco était à peu près mon seul ami sur terre et qu'il y avait une femme avec lui sur le voilier quand il a sombré au large d'Alicante, mon ex-femme, et qu'elle est peut-être encore en vie. Si tu sais quelque chose, dis-le-moi.

Les regards des deux hommes se croisèrent.

— Je n'ai pas vu Stavros depuis des semaines, répondit Kostas.

Mc Cash saisit son poignet alors qu'il étalait sa confiture, et le serra fort.

— Maintenant fini de rire, siffla-t-il au visage du septuagénaire. Il y a un bol sale dans l'évier, le tien est sous ton nez, ça sent l'eau de toilette et tu sors du lit la gueule enfarinée : où est Stavros ?

— Hey !

Kostas chercha à se dégager mais la brute lui broyait les os.

— OÙ EST-IL ?!

Le Grec grimaça sur sa chaise, les lèvres pincées.

— Ici, fit une voix dans son dos.

*

Primo Levi en parlait dans *Si c'est un homme* : à Auschwitz, quand il fallait se partager des bouts de lacets sous les coups de crosse des SS et les aboiements des chiens, les plus solidaires étaient les Grecs.

Le père de Kostas n'avait pas connu les camps de la mort mais il avait caché des Juifs pendant la guerre, par devoir – sa famille n'en connaissait aucun. Leur maison sur la colline ne valait pas cher mais la mère de Kostas la tenait impeccablement et trouvait toujours de quoi nourrir les enfants. Son mari n'avait pas rejoint le maquis, il était maçon et se contentait d'aider les Juifs persécutés. Une famille entière avait vécu derrière la cloison de la cuisine, construite par ses soins, qui les séparait du poulailler. La période la plus noire avait duré tout le siège de Stalingrad, quand les Allemands avaient littéralement vidé les maisons des Grecs pour alimenter le front russe en nourriture et biens de première nécessité : des dizaines de milliers d'Athéniens étaient morts de faim avant la libération par les Alliés, un génocide méconnu auquel la famille de Kostas avait survécu à coups de privations, de débrouille, et de peur d'être découverts. Les soldats allemands qui étaient venus fouiller la maison n'y avaient vu que du feu, comme la police des colonels vingt ans plus tard, lorsque Stavros y avait installé son imprimerie clandestine.

Stavros Landis avait commencé sa carrière d'éditeur en imprimant des tracts contre la dictature militaire, d'autres jeunes comme Kostas les collaient sur les murs de la capitale. Maoïstes, trotskistes, staliniens, guévaristes, anarchistes, chaque cellule résistante refusait tout contact avec les autres groupuscules : interdiction formelle de flirter ou d'échanger son numéro de téléphone, ce qui aurait pu la trahir en cas d'arrestation par la police politique. Cela n'avait pas empêché Stavros, vingt ans et encore ses deux yeux, de séduire une jeune fanatique du Petit Livre rouge qui, avec lui, en avait vu de toutes les couleurs.

La maison de Kostas ne servait pas seulement à stocker le papier et les tracts, elle servait aussi de nid d'amour pour les agents provocateurs. La petite copine de Stavros avait ainsi rappliqué chez lui une fois, persuadée que son jeune don Juan couchait là avec une autre : les adultères en herbe avaient juste eu le temps de se cacher derrière la cloison pendant que Kostas offrait le café à la copine attitrée, doublement trompée.

Les deux hommes plaisantaient encore au souvenir de ces années folles. La police des colonels ne risquait plus de faire une descente à l'improviste mais Kostas avait gardé de vieux réflexes au cas où, de nouveau, les choses tourneraient mal. Il n'avait pas tort.

Stavros Landis était là, quarante ans plus tard, brun, massif, repoussant la cloison secrète de cette même cuisine.

— Tu peux te détendre, dit-il à l'attention du FrancoIrlandais.

Mc Cash relâcha le poignet martyrisé de Kostas, dévisageant l'invité surprise qui surgissait de nulle part. Stavros Landis, un mètre quatre-vingts, pas un cheveu blanc, un ventre gourmand et une allure tranquille, presque sereine, malgré l'œil de verre qui dérangeait son regard.

— J'ai entendu votre conversation au sujet de Marco et Angélique, dit-il. Tu es quoi, de la police?

— Non. Mais je l'ai été…

Kostas massa son poignet en maugréant, prépara un nouveau café pendant que les borgnes s'expliquaient à la table de la cuisine.

— La sœur d'Angélique m'a vendu la mèche au sujet des réfugiées, maugréa Mc Cash. Maintenant tu vas tout me raconter ; dans les détails...

3

Stavros Landis donnait un coup de main comme bénévole à Solidarité populaire, une ONG partenaire locale du Secours populaire français, en lien avec le HCR (l'agence des Nations unies pour les réfugiés) d'Athènes et, selon la saison, sur l'île grecque d'Astipalea où il passait ses étés. Les réfugiés étaient des milliers à bouchonner en Grèce, pris au piège des barbelés qu'on dressait en Europe centrale pour les empêcher d'avancer, et il en arrivait tous les jours malgré le barrage turc, fuyant les guerres, la mort ou l'esclavage.

Mis en contact par un ami commun de MSF, Stavros avait rencontré Angélique et Marco dans un bar d'Athènes et, après quelques verres, écouté le plan insensé des deux Français : rapatrier des réfugiés en voilier jusqu'en Bretagne.

Angélique et Marco se fichaient du côté illégal de l'entreprise, ils avaient de l'argent, un bateau bientôt à disposition au Pirée, une structure en Bretagne pour accueillir les clandestins et leur offrir un avenir : il ne restait qu'à trouver les candidats à l'exil. Une dizaine de personnes, c'était l'occupation maximale sur le voilier. Un sauvetage à la mesure de leurs moyens.

Trouver des réfugiés n'était pas un problème : Stavros avait une maison à Astipalea où des dizaines d'entre eux accostaient tous les mois, il connaissait même la plage où ils débarquaient de nuit. Les remonter jusqu'en France s'avérerait en revanche plus ardu. Il devait y avoir au moins trois mille milles nautiques et la Méditerranée n'était pas toujours une partie de plaisir, sans parler du goulot de Gibraltar et de la baston du golfe de Gascogne, mais Marco n'était pas un plaisancier du dimanche.

Amoureux de la mer – il pilotait même parfois le bateau pour touristes qui faisait le tour de son île –, Stavros avait écouté Marco lui raconter sa première course, à l'âge de quatorze ans, la fameuse Fastnet de 1979 qui avait essuyé une des pires tempêtes jamais enregistrées sur la zone. Affrontant des vagues de vingt mètres et des vents de cent cinquante kilomètres-heure, plusieurs bateaux avaient chaviré en mer d'Irlande, causant la mort de quinze marins. Marco s'était retrouvé en perdition avec un autre gamin de son âge et le propriétaire du voilier, d'une quarantaine d'années. Celui-ci, épouvanté par les murs d'eau qui ébranlaient leur coque de noix, était devenu fou : brossée par des lames dantesques, leur embarcation avait fait trois « trois cent soixante », un tour complet sur elle-même, tandis qu'ils restaient enfermés dans la cabine en priant pour que la tempête passe. Mais elle ne passait pas. Les deux ados avaient été obligés d'attacher le seul adulte à bord sur sa bannette, avec les bouts qui traînaient dans la cabine, avant d'être sauvés miraculeusement. Un baptême du feu partagé avec un copain qui, passé pro des années plus tard, l'entraînerait dans ses courses autour du monde.

Marco avait passé tous les caps et avait une équipière de choc pour gérer la logistique, Angélique.

Convaincu, Stavros avait insisté pour payer la dernière tournée. Il avait connu la dictature des colonels, les magouilles de la démocratie, la crise financière : leur projet était un peu fou mais l'aventure le tentait.

Trois mois plus tard, Marco et Angélique avaient équipé le Class 40 au port du Pirée, bourrant chaque recoin du bateau en nourriture, eau, matériel médical de première nécessité, avant de rallier par la mer l'île d'Astipalea. Un tour de chauffe en Méditerranée et l'occasion de prendre le pouls du voilier – d'après l'avocat, le Class 40 était une bombe comparé au Pongo amarré au ponton d'Audierne. Ils étaient arrivés sur l'île fouettés d'embruns, radieux, déterminés. Stavros les attendait au port de Chora.

D'ordinaire, les migrants débarquaient de nuit dans la baie de Zafeiri, au nord-est de l'île, où une plage de galets permettait l'accostage. Le problème n'était pas d'embarquer des fugitifs avant les ONG (l'été, c'est lui qui coordonnait l'aide sanitaire venue d'Athènes), mais de connaître la date de leur arrivée.

Hors saison, Astipalea abritait à peine plus de mille deux cents âmes ; se muer en passeur pour gagner de l'argent sur le dos de ces malheureux équivalait à un suicide social et à se causer quelques tracasseries allant des pneus crevés au sabordage du bateau de pêche. Aucun îlien ne s'y risquant, les réfugiés débarqueraient à l'improviste, dans trois jours ou dans un mois.

Angélique avait grommelé – ils n'allaient pas épier la côte des nuits durant dans l'attente d'un hypothétique radeau – mais Stavros avait tout prévu. Pour se débarrasser des gêneurs – socialistes, communistes, simples défenseurs des droits de l'homme –, la dictature avait exilé des milliers de personnes sur les îles ; Astipalea perdue au large de l'ennemi turc, des dizaines de subversifs avaient ainsi renouvelé la population locale, isolée et en proie à la consanguinité. Cinquante ans plus tard, il restait encore de nombreux sourds-muets sur l'île, des débiles ou des attardés. L'un d'eux avait littéralement grandi sous les jupes de sa mère, une vieille folle au bouc blanc impressionnant qui tricotait des chaussettes en laine, debout devant sa maison : le garçonnet restait là des heures, avalé par la robe maternelle, à respirer l'odeur de pisse froide qui faisait le vide autour d'eux. Il n'y avait pas de structure psychiatrique, à peine un dispensaire médical, aussi les îliens trouvaient-ils de petites tâches pour les moins atteints, garder des cagettes, récupérer des trucs. Stavros connaissait bien Dimitri, un sourd-muet qui, pour un été de glaces italiennes gratuites, se chargerait de faire le guet autant de nuits qu'il le faudrait...

Quittant le lendemain le port de Chora, le Class 40 avait contourné l'île par l'est et mouillé dans la petite baie de Trypiti, voisine de Zafeiri. Posté sur la colline qui séparait les deux plages, Dimitri se tenait à l'affût, avec une simple lampe torche. À l'approche des migrants, il n'aurait qu'à grimper le promontoire pour adresser un signal en direction du voilier amarré un peu plus bas.

Stavros avait repéré le chemin qu'empruntaient

les réfugiés depuis la plage de Zafeiri, un sentier au creux d'un petit canyon qui grimpait la colline jusqu'à la piste. Elle était de mauvaise qualité, difficilement accessible sans 4 × 4, mais elle menait à une autre piste, celle-ci aplanie et roulante, reliant le nord sauvage de l'île à la civilisation. Marco et Angélique étaient convenus de procéder selon le nombre de réfugiés présents, leurs motivations et la confiance qu'ils leur octroieraient. Il fallait une trentaine de minutes pour atteindre la première piste depuis la plage de galets – le sentier était un véritable dédale entre les cailloux et les parois du canyon. Marco et Angélique comptaient les aborder en haut de la colline.

Une nuit était passée, deux, puis cinq. Ils se relayaient sur le pont, guettant un signe lumineux depuis la colline, qui ne venait pas. Enfin, neuf jours plus tard, le signal tant attendu avait percé la nuit : deux temps brefs, deux temps longs, c'était le code.

Stavros était resté avec l'annexe jusqu'à la plage de galets pendant qu'Angélique et Marco allaient chercher les migrants de l'autre côté de la colline, mais l'opération ne s'était pas déroulée comme prévu : des passeurs attendaient les fugitifs dans la baie. Marco n'avait pas donné d'autres précisions quand la troupe avait dévalé la colline, mais suivant son conseil empressé, Stavros avait regagné Athènes le jour même, après les avoir aidés à embarquer les réfugiées sur le voilier – huit femmes dans son souvenir...

— Marco n'a rien dit d'autre ? tiqua l'ancien inspecteur.

— Non, mais lui et Angélique étaient pâles quand ils m'ont retrouvé sur la plage. Et pressés de partir.

Mc Cash repensa à sa discussion avec Zoé l'autre

matin, aux silences de Marco quand elle l'avait joint au téléphone, à sa sœur aux abonnés absents.

— Il s'est passé quelque chose sur cette colline, dit-il, avec les passeurs.

— Oui. C'est à cause d'eux que Marco m'a dit de quitter l'île.

Mis au parfum de leur mésaventure à Astipalea, Kostas avait averti son vieil ami. On avait pu le voir avec les Français sur l'île, Stavros y était connu comme le loup blanc et s'ils avaient affaire à un groupe mafieux, ces derniers pouvaient remonter jusqu'à lui, à Athènes. Restait cette planque où, alarmé par l'annonce du naufrage au large de l'Espagne, Stavros croupissait depuis trop longtemps. Il s'était débarrassé de son portable pour ne pas être géolocalisé mais on avait retrouvé sa trace : les types qui avaient saccagé sa maison travaillaient sûrement pour la même filière clandestine…

L'odeur du café emplissait la cuisine après le récit du Grec. Mc Cash enregistrait les informations. Les filières d'immigration clandestine étaient nombreuses, souvent mal structurées, la plupart renaissant des cendres de celles qui venaient de disparaître. Les intermédiaires travaillaient généralement pour le compte de mafias locales, d'autres, souvent d'anciens passeurs, formaient leur propre réseau. Dans tous les cas, seule une grosse structure avait la logistique pour dépêcher un cargo sur la route du voilier, un tueur jusqu'au port de Brest où étaient consignés les marins du *Jasper*. Ça n'expliquait pas pourquoi les passeurs avaient pris tous ces risques : que valait une poignée de réfugiés ?

Mc Cash expliqua aux Grecs ce qu'il savait – le prétendu naufrage, Zamiakis, l'armateur du *Jasper* qui les avait interceptés, le tueur albanais envoyé à Brest par le mystérieux Varon Basha, la mort de Marco, les réfugiées et son ex dans les cales du cargo attendu au port du Pirée.

— Varon Basha, ce nom ne me dit rien, releva bientôt Kostas. Mais j'ai un ami juge, ici à Athènes, qui peut nous renseigner. Si c'est un trafiquant ou le chef d'un réseau, il doit être fiché quelque part. Mais Zamiakis, tout le monde le connaît! poursuivit-il. Il a commencé sa carrière en équipant des bateaux pour secourir les navires en perdition près du cap de Bonne-Espérance : en bon vautour, Zamiakis négociait le prix du sauvetage en direct avec l'armateur et l'assureur, qui risquaient de perdre leur flotte et leur cargaison.

— Un petit malin.

— Un petit fumier plutôt. Zamiakis est impliqué dans plusieurs escroqueries ou affaires maritimes sans jamais avoir été inquiété.

— Pourquoi?

— Parce qu'il a une armée d'avocats qui jonglent avec ses sociétés-écrans, ses coquilles vides dans des paradis fiscaux, ses pavillons de complaisance et l'immatriculation des navires, la fiscalité des différents pays et je ne sais quel autre trou noir du capitalisme financier où on peut s'engouffrer en toute légalité. Zamiakis doit avoir une demi-douzaine de procès en cours mais tous se perdent dans les méandres des tribunaux, quand les juges ne sont pas dessaisis avant la fin de l'enquête. Il doit aussi être protégé, poursuivit Kostas. Zamiakis avait des parts dans le port du Pirée vendu aux Chinois : ça représente de grosses commissions pour beaucoup de gens haut placés susceptibles d'effacer son nom des ardoises.

Le Samaritain de Stavros n'était visiblement pas né de la dernière pluie.

— Vous savez où on peut le trouver?

— Dans une des dix résidences qu'il doit avoir à travers le monde, avança le Grec. Ou entre deux avions.

Mc Cash alluma une cigarette – un passeur fantôme, un armateur véreux insaisissable, tout ça ne l'avançait pas beaucoup.

— Ça vaut quand même le coup de creuser le sujet, poursuivit Kostas en ouvrant la fenêtre. Le juge anticorruption dont je vous parle est un ami proche. C'est moi qui l'ai, disons, formé aux agissements de nos contemporains et à leurs petits arrangements sur le dos du contribuable, quand il contribue... Zamiakis est dans le collimateur des juges depuis longtemps : si on peut prouver son implication dans un trafic d'humains, ce serait enfin l'occasion de le mettre à l'ombre.

Kostas jeta un œil inquisiteur par la vitre ouverte comme si les tueurs pouvaient surgir dans le jardinet. L'Irlandais souffla la fumée de sa cigarette sur les vestiges du petit déjeuner, songeur. Tout ce qu'il voulait, c'était récupérer Angélique. Le reste lui importait peu.

— Qu'est-ce que tu comptes faire? demanda Stavros, lisant dans ses pensées.

— Le *Jasper* devrait arriver demain soir au port du Pirée. Si les réfugiées sont enfermées dans les cales, il faut que je trouve un moyen de les sortir de là.

— Avec l'aide de qui, la police?

Le borgne secoua la tête.

— Je n'ai aucune preuve, dit-il. Et aucune envie de m'expliquer auprès des flics.

— Hum… Quelqu'un sait que tu es à la poursuite du cargo ?

— Non. Mais l'Albanais qui m'a coincé sur le port de Brest a dû donner mon signalement au chef du réseau, au capitaine du *Jasper* et aux marins.

— Comment tu comptes t'y prendre alors ?

— Une opération de nuit, quand le bateau sera à quai.

— Ces gars ne sont pas des amateurs, le prévint Stavros.

— Moi non plus.

Le Grec le crut sur parole. Le bandeau de cuir noir donnait un côté inquiétant à ce type, mais pas seulement, comme si la face sombre de Marco ressurgissait du néant.

— Si tu as besoin d'aide, je suis là, dit-il.

— Ça risque d'être dangereux.

— Je sais, renvoya Stavros. Mais ces types aussi me recherchent, et je ne peux pas passer mon temps à me cacher. Sans compter que j'aimais bien Marco. Et si Angélique est toujours vivante…

— Oui, renchérit Kostas. Il faut régler cette affaire, d'une manière ou d'une autre.

Mc Cash ne broncha pas. Ces deux Grecs avaient l'air déterminés et tant que son œil malade lui fichait la paix, il était capable de tout.

Ils évoquèrent le *Jasper*, le moyen de s'introduire à bord sans réveiller les marins, les caméras de surveillance et les services de sécurité qui pouvaient les freiner dans leur entreprise. Solidarité populaire, l'ONG où Stavros travaillait comme bénévole, avait une antenne près du port, où un campement de tentes abritait entre quatre et cinq mille réfugiés. La confusion serait leur alliée mais il restait un problème.

— Lequel? demanda Mc Cash.
— Ton bandeau.
— Quoi, mon bandeau?
— Les marins du Jasper connaissent ton signalement, expliqua Stavros. Tu ne peux pas traîner sur les quais avec ton bandeau. Sans parler des caméras de surveillance. Il faut que tu changes d'apparence.

Mc Cash grommelait mais le Grec avait raison: il était repérable à des kilomètres depuis ses vingt ans et cette fichue nuit dans le pub de Belfast. Quant à opérer de nuit avec des lunettes noires, autant avancer en aveugle. Pour faire illusion, la première chose à faire était d'ôter son bandeau. «Jamais» fut d'abord sa réponse. L'enlever était tabou, il l'avait mille fois répété, et avec ce trou noir dans l'orbite, plutôt crever que dévoiler son moignon.

Stavros écouta le borgne avec une compassion solidaire, puis avec une sorte d'effarement.

— Quoi? Tu veux dire que tu n'as pas de prothèse?!
— Non. On me l'a amochée l'autre nuit, sur les docks.
— Bon Dieu, tu ne vas pas rester comme ça! Elle est où?
— À l'hôtel, grogna Mc Cash, dans mon sac.

Parler du sujet semblait lui coûter, comme si l'amputation ne se limitait pas à son œil. Stavros n'eut pas pitié. Lui aussi avait dû lutter contre son infirmité, pour qu'on l'oublie. Lui aussi appréhendait mal les reliefs, devait toucher le verre du doigt pour ne pas servir le liquide à côté, lui aussi devait s'asseoir à la droite des gens sous peine d'invisibilité, encaisser les regards surpris ou suspicieux des passants, des enfants, avec le temps lui aussi voyait la différence s'accentuer entre ses deux yeux, l'affaissement irrégulier des traits de son visage, cette méchante dissymétrie, il n'en faisait pas une maladie ; Mc Cash, si.

Mais il était coincé.

— On va passer prendre ta prothèse à l'hôtel, annonça le Grec. Et après je t'amène chez Milos, mon oculariste. C'est la crise ici, il pourra te prendre sans rendez-vous. C'est un type bien, tu verras.

— Aaahh...

— Je l'appelle.

Mc Cash voulut le retenir mais une voix intérieure le somma de se rendre, pour cette fois. Il n'allait pas passer le reste de sa foutue vie avec cette boursouflure dans l'orbite.

4

Il crevait de chaud dans le cabinet de l'oculariste, un quinqua grisonnant avec une tête de lion à la Kessel – visage large, cheveux drus ébouriffés et une voix étonnamment douce et profonde, comme une réponse à la trivialité de l'opération en cours. Mc Cash se tenait raide sur le fauteuil incliné. Milos l'auscultait depuis cinq minutes en parlant dans sa langue.

— Qu'est-ce qu'il dit ?

— Que le moignon ne s'est pas infecté, traduisit Stavros, assis à ses côtés. Une chance. Il dit aussi que l'orbite risque de s'affaisser si tu ne mets pas de prothèse.

— Je sais, oui, grogna Mc Cash. Mais t'as vu sa gueule ?

L'œil de verre reposait dans un liquide antiseptique sur la tablette voisine, au fond d'un petit récipient translucide. Le choc avec le bitume l'avait abîmé, notamment sur la surface de la pupille et de l'iris, devenue rugueuse… L'oculariste acheva sa consultation, disert, souriant comme si tout ça n'était pas bien grave. Mc Cash n'y comprenait toujours rien.

— Alors ?

— Il dit qu'il ne peut rien faire pour les parties abîmées de la prothèse, fit Stavros, mais qu'il peut la polir pour qu'elle n'irrite pas le moignon.

L'Irlandais grimaça.

— Milos est un orfèvre, assura son traducteur.

Acculé dans le fauteuil médical, le moignon à nu, Mc Cash ne savait plus où se mettre. Il connaissait à peine ces gens, Stavros ne devait sa présence ici qu'à la barrière de la langue, il se sentait vulnérable mais il n'avait pas le choix.

— OK, dit-il enfin. On peut essayer…

Il pensa à sa fille pour supporter l'idée de soulager sa peine, se rongea les sangs en se traitant de scorpion venimeux, serra les dents quand Milos logea la prothèse liftée par ses soins dans son orbite. Trente minutes plus tard, il se mira dans la glace que le médecin lui présentait, une poignée de secondes qui sembla durer une éternité. L'iris vert d'eau était comme trouble, piqué de taches sombres, dissemblable de l'original. Deux yeux vairons. On était loin de David Bowie, songea-t-il en éloignant le miroir. Mc Cash remit aussitôt son bandeau de cuir, paya l'oculariste et sortit à l'air libre avec un sentiment partagé. Honte, soulagement, au moins il n'avait pas mal, et avec un peu de chance, le récurage du moignon chasserait les crises…

— Ça va ? s'enquit Stavros.

— Comme si je sortais d'un bain de lait avec Aphrodite et ses copines.

Le soir tombait doucement. Les deux borgnes remontèrent vers Kolonaki, où les attendait l'ancien magistrat.

*

Kostas était une figure de l'opposition clandestine à l'époque des colonels. La démocratie de retour aux affaires, il avait fait scission avec les staliniens du puissant Parti communiste à la fin des années soixante-dix. Fidèles à leur sectarisme, les huiles du parti l'avaient exclu, lui le premier à défier les fascistes, ce qui avait poussé le futur député à graviter dans tous les courants de gauche dont la Grèce se faisait une spécialité. Professeur de droit public, Kostas était devenu juge sous le gouvernement socialiste de Papandhréou avant de regagner l'opposition, échaudé par la dérive fiscale et l'absence d'éthique civile d'une population encouragée à consommer à crédit plutôt qu'à payer taxes et impôts pour la collectivité, ce qui provoquait une fraude généralisée du secteur tertiaire jusqu'aux pompiers qui attendaient l'horaire bonifié des heures supplémentaires pour intervenir en cas d'incendie. Politiciens et financiers tenaient le rôle de souffleurs d'un théâtre d'ombres qui, une fois la lumière revenue, avait laissé la population groggy.

Goldman Sachs avait maquillé l'audit avec l'assentiment du gouvernement grec pour les faire entrer dans l'euro, ils avaient même spéculé contre la monnaie avant qu'on découvre la supercherie, mais aucun délinquant n'avait été inquiété. Lors de la crise des subprimes, les Grecs avaient vu les mêmes cols blancs expliquer qu'ils avaient dû faire face à une fuite en avant – une pyramide de Ponzi –, payer une simple amende avant de devenir conseillers de la Maison-Blanche ou de la Fed. Même le président de la Commission européenne, si intransigeant envers la dette hellénique et les exigences de la troïka (FMI, Union européenne, Banque centrale), avait fini par intégrer la banque qui avait aidé le gouvernement grec à maquiller les comptes.

Deux poids, deux mesures.

Kostas en gardait une furieuse envie d'en découdre, héritage de sa jeunesse révolutionnaire. Aujourd'hui âgé de soixante-douze ans, l'ancien député et magistrat touchait six cents euros de retraite par mois mais ne se plaignait pas : il vivait dans la maison familiale de Kolonaki, près de la colline de Lycabettus et son théâtre antique. Kostas s'était retiré des affaires publiques mais aidait autant que possible les juges les plus honnêtes à coincer les profiteurs de la crise – un vaste chantier qui lui valait une rubrique hebdomadaire dans *Efimerida ton sintakton* («Le journal des rédacteurs»), un des rares quotidiens indépendants à survivre en ces temps difficiles.

Lancé sur la piste Basha/Zamiakis, Kostas se rendit l'après-midi même chez le juge Stelios Lapavistsas, spécialiste de l'antiblanchiment qui, prévenu par téléphone, trouva un créneau pour le recevoir au palais de justice. Son ami Stavros en danger, Kostas en faisait désormais une affaire personnelle.

*

Le soir tombait sur Exarchia lorsque Stavros et Mc Cash retrouvèrent l'impasse de la rue Chersonos. Le propriétaire des lieux venait d'arriver et les attendait, un sac de gambas fraîches et une bouteille de vin sur la table de la cuisine. En se rendant chez le juge Lapavistsas, Kostas n'avait pas perdu son temps.

Une plainte avait été déposée deux ans plus tôt par un groupe d'avocats du Pirée au parquet anticorruption lors de la grande braderie des biens publics. L'enquête menée par le juge Lapavistsas était complexe, typique du brigandage dont étaient victimes les Grecs.

Sommé par la troïka de vendre le plus grand nombre d'entreprises publiques ou parapubliques au privé, l'État avait cédé soixante-sept pour cent des parts de la société du port du Pirée, OLP, au groupe chinois Cosco, et la concession de quatorze aéroports à un consortium privé dominé par l'allemand Fraport. Le Taiped, l'agence grecque supervisant les privatisations, avait négocié l'opération en totale opacité, chargeant le chinois Cosco de reverser un droit de concession de trente-cinq millions d'euros par an à l'OLP grecque, dont les deux tiers seraient désormais versés au propriétaire majoritaire du port : Cosco.

Autrement dit, l'argent passait de la poche droite à la poche gauche du groupe chinois, privant l'État grec des loyers qui lui revenaient au terme de la concession, soit sept cents millions d'euros.

Quant à la vente des aéroports, l'État avait initialement réparti des lots regroupant des installations bénéficiaires et déficitaires, de manière à ce que l'acheteur privé ne se contente pas d'empocher les profits mais qu'il réinvestisse aussi dans les aéroports mal desservis des îles les plus reculées. Refus catégorique de la troïka, en particulier de l'Allemagne, principale créancière de la Grèce, qui avait insisté pour ne privatiser que les pièces de choix. Le Taiped grec choisissant comme « conseiller technique » Lufthansa Consulting, actionnaire de l'allemand Fraport déjà cité, il y avait là tous les ingrédients d'un conflit d'intérêts majeur, en violation de toutes les règles européennes en matière d'appels d'offres.

Couronnant le tout, Fraport se voyait exonéré du paiement des taxes foncières et locales pour ses quatorze aéroports bénéficiaires, pouvait annuler les baux et les contrats des prestataires locaux et redistribuer des licences d'exploitation aux partenaires de son choix sans verser un centime de dédommagements aux restaurateurs, commerçants et fournisseurs grecs congédiés, à charge pour l'État d'y pourvoir, tout comme le financement des expertises environnementales pour les extensions des aéroports et d'hypothétiques découvertes archéologiques susceptibles de retarder les chantiers.

Le pillage caractérisé du pays ne s'arrêtait pas là. Six membres du Taiped chargés de liquider les biens publics, inculpés pour avoir sous-estimé à hauteur de cinq cent quatre-vingts millions d'euros un lot de vingt-huit bâtiments publics au bénéfice de banques et instituts financiers, venaient d'être relaxés : en effet, l'Eurogroup menaçait de suspendre une nouvelle tranche de prêt de sept milliards et demi d'euros à la Grèce si les poursuites judiciaires pour « abus criminels de biens sociaux » n'étaient pas suspendues.

Mais le magistrat n'avait pas lâché l'affaire.

Lapavistsas connaissait les noms des contrevenants : parmi eux figurait Yanis Angelopoulos, le président du Taiped qui avait signé la cession du port du Pirée au géant chinois Cosco, un proche d'Alex Zamiakis qui en avait profité pour revendre ses parts, à haute valeur ajoutée, pots-de-vin et commissions occultes disparaissant des transactions, de toute façon opaques.

Voilà où en était l'enquête du juge anticorruption lorsque Kostas avait débarqué dans son bureau.

Un simple coup de fil à un collègue du palais de justice avait confirmé leurs soupçons. Varon Basha était bien de nationalité albanaise, fiché par Europol, le Centre européen de lutte contre le trafic de migrants. Homme d'affaires dont plusieurs entreprises avaient pignon sur rue à Istanbul, Varon Basha était soupçonné d'être le chef d'un vaste réseau d'immigration clandestine en Méditerranée. L'argent de la corruption rendait l'Albanais insaisissable mais son ombre planait sur une affaire de meurtre impliquant des ressortissants de son pays lors d'échauffourées entre anarchistes et nazis d'Aube dorée l'année passée : un Pakistanais avait été battu à mort dans la rue par trois Albanais résidant en Turquie, manifestement des hommes de main mafieux payés par le parti nazi pour semer la terreur sans impliquer leurs cadres, déjà mouillés dans trop d'affaires. L'un de ces malfrats s'appelait Alzan Basha, un des frères de Varon.

La Grèce n'étant pas à un paradoxe près, Sophia Felidis, avocate et pasionaria communiste du gouvernement Syriza, s'était chargée de défendre les accusés avec l'appui de son mari, un des ténors du barreau d'Athènes. Après quelques mois de préventive, les trois Albanais avaient été expulsés de Grèce sans être plus inquiétés.

Le couple d'avocats n'en était pas à son premier coup d'éclat puisque leur cabinet s'était spécialisé dans la défense de personnes particulièrement retorses – incestes, viols, crimes – ou médiatiquement connues, moyennant de généreux émoluments. Deux fois membre du gouvernement Syriza, Sophia Felidis avait nommé Yanis Angelopoulos à la tête du Taiped.

Un nid de vipères, qui laissait Mc Cash de glace. Basha et Zamiakis avaient monté une opération conjointe pour intercepter le voilier de Marco : cela seul comptait. Et son instinct lui disait qu'Angélique était parmi les fugitives, dans ce putain de cargo.

Il ne savait pas que le *Jasper* arrivait plus tôt que prévu.

Tout se précipitait mais Mc Cash avait déjà réfléchi à la question.

— Je vais avoir besoin de toi, Stavros.
— Pourquoi ?
— J'ai un plan pour monter à bord du *Jasper*.
— Ah oui ? C'est quoi ?
— Un plan à la con.

5

Les ombres lugubres des porte-conteneurs se dessinaient dans la nuit. Mc Cash enfila un grand sweat noir à capuche, fourra le passe-montagne dans la poche et partit en éclaireur pendant que Stavros peaufinait son déguisement. Le port du Pirée était désert à cette heure, les hangars comme des masses sombres sous le ciel sans lune. Il avait plu tout à l'heure, une violente averse qui en augurait d'autres – il suffisait de sentir l'air électrique dans ses poumons.

C'était la première fois depuis la perte de son œil qu'il évoluait sans bandeau ou lunettes pour cacher sa prothèse. La sensation était étrange mais il n'y avait personne le long des quais et la nuit s'en foutait. Il revêtit le passe-montagne à l'approche du port de commerce, longea les grues en sommeil et les murs des hangars qui le cachaient des rares lumières, puis se blottit dans l'ombre : le *Jasper* était là, contre le quai 6. La passerelle était gardée par deux silhouettes, qui faisaient face à un impressionnant empilement de conteneurs. Des marins.

A priori aucune caméra de surveillance.

Contournant le cargo, Mc Cash inspecta les rares

bureaux présents de ce côté des docks, les entrées et les angles des entrepôts, sans détecter d'autres mouchards panoptiques. Il revint sur ses pas, ruminant ses pensées anxiogènes, ôta le passe-montagne à hauteur de la voiture de Kostas. Quelques gouttes commençaient à tomber, accentuant l'impression de déshérence. Mc Cash ouvrit la portière quand il sentit une présence dans son dos : il fit aussitôt volte-face, arma son poing tendu prêt à frapper et soudain se rétracta.

— Tu as de bons réflexes pour un vieux, fit Stavros en sortant de son angle mort.

Le borgne ramassa les clés tombées à terre, sans un mot. Son cœur ravalait des K-O – bon Dieu, il avait failli le tuer...

— Qu'est-ce que tu foutais ? lui lança-t-il.

— Je faisais quelques pas pour m'habituer aux talons. Alors, ça se présente comment ?

— Les quais sont déserts, fit Mc Cash en régulant son souffle. Mais il y a deux types qui gardent l'accès à la passerelle.

— Mm...

Il jaugea le Grec dans l'obscurité des hangars. Stavros portait une robe aux tons fuchsia qui avait appartenu à la mère de Kostas, heureusement fort imposante, et un imperméable en vinyle noir brillant qui dévoilaient ses jambes poilues malgré les bas résille, ainsi qu'une paire d'escarpins achetée dans une boutique de fripes.

— Tu as vraiment l'air d'une grosse pute, fit Mc Cash.

— Merci.

Le maquillage était au diapason, outrancier, franchement moche, soulignant un peu plus la présence incongrue de son œil de verre.

— Tu ressembles quand même plus à un débile qu'à un trav.

— Tu m'as dit « aguichant », releva Stavros, qui avait mis du temps à harmoniser son accoutrement. Au pire, ils me prendront pour un vieux mousse.

— Ouais, s'ils ont pris de l'acide.

Le Grec ricana pour évacuer la peur, comme à l'époque.

— Ça me rappelle les fêtes pendant la dictature, dit-il. On faisait vraiment n'importe quoi.

— Tu me raconteras quand on sera avec Angélique. Tu réussis à marcher avec les talons? relança Mc Cash.

— À peu près droit, répondit l'intéressé en visant ses escarpins.

Ils avaient eu du mal à trouver du 43.

— Manquerait plus que tu tombes dans le port.

Stavros souriait dans la semi-obscurité. Il avait toujours rêvé de se déguiser en pute. Il enfila sa perruque, blond platine, repoussa les mèches qui gribouillaient on-ne-sait-quoi sur son visage fardé.

— Ça mériterait une photo, railla Mc Cash.

— L'essentiel est de surprendre les marins, non?

— Pour ça, c'est sûr qu'ils vont être surpris. Bon, tu marches le long des quais sans te rétamer, je m'occupe du reste.

Stavros inclina la tête, à la manière des Grecs, mais il craignait le pire.

*

Deux hommes fumaient devant la passerelle du cargo. Ils se plaignaient du capitaine qui refusait de les libérer malgré le job effectué, près d'un mois qu'ils pourrissaient dans ce rafiot, doutaient des promesses de primes, se disaient qu'eux aussi allaient finir par rouiller le cul incrusté de coquillages s'ils ne dégageaient pas d'ici. Il était tard au bout de l'ennui, l'orage de tout à l'heure les avait rincés, un autre menaçait d'éclater; ils n'étaient plus sortis depuis quinze jours de leur prison flottante, certains d'entre eux avaient eu le droit à une permission exceptionnelle après le transfert des filles – du lest pour calmer les hommes à cran –, il fallait encore les attendre, ces empaffés. Le temps se marchait dessus.

Une silhouette apparut alors au bout du quai.

Ils la virent d'abord de loin, le pas lourd et mal assuré, qui avançait vers eux. Une grande blonde visiblement, qui ne semblait pas avoir été touchée par la grâce. Les marins se redressèrent. La pluie tombait plus dru, résonnait sur les toits des hangars mais la fille paraissait insensible aux éléments, ivre peut-être, revêtue d'un imperméable brillant ouvert et dégoulinant à tous les vents.

— Qu'est-ce que c'est que ce truc ? glapit l'un des types.

Ce n'était pas une femme mais un homme, ou plutôt un travesti grossièrement déguisé. Même pour deux marins réduits à la promiscuité, l'apparition était peu ragoûtante avec son maquillage tapageur et sa démarche de camionneur. Le trav n'était plus qu'à une dizaine de mètres, les talons glissant sur les pavés; il les avait vus aussi mais il prenait son temps, comme s'il était normal d'errer sur les docks en pleine nuit dans cet accoutrement. Si c'était une prostituée que le boss leur envoyait pour se calmer les nerfs, il se fourrait le doigt dans l'œil.

— Qu'est-ce que tu fais là, ma grosse ? lança l'un des marins.

Son compère souriait, amusé par cette apparition nocturne – jamais vu une dégaine pareille. Le trav s'arrêta à quelques mètres, sur le quai. Il était vieux malgré le maquillage outrancier, souriant en vain sous le quartier de lune revenu.

— Je cherche de la compagnie, répondit-il avec une voix de fausset.

— Si tu penses à nous, tu risques de finir dans le port avec les poissons ! siffla le marin.

— Avec ton talon aiguille dans le cul !

— Oh !

Ça riait gras sur le quai.

— Même pas une petite pipe ?

— Beurk !

— Je n'ai pas l'air comme ça mais...

— Dégage, la grosse, tu nous fous la gerbe.

— Ouais ! Je crois que je préfère encore baiser un cheval à bascule !

— Ha ha !

Ils sentirent trop tard l'ombre qui s'était glissée depuis les conteneurs.

— Un geste, un mot et je vous massacre, siffla Mc Cash, un marteau brandi au-dessus de la tête. Fouille-les, lança-t-il aussitôt à Stavros.

Les gardes n'osèrent pas bouger, sentant la menace de leur agresseur, à peine visible sous un sweat à capuche. Stavros tira un pistolet automatique d'une poche, qu'il tendit à Mc Cash.

— Vous êtes combien à bord ? dit-il en empoignant l'arme.

— ... Douze.

— Vous compris ?

Ils acquiescèrent ensemble.

— Les naufragées du voilier sont à bord ? poursuivit Mc Cash.

— Oui... Oui.

— Où ?

— Dans la cale. Au... au deuxième sous-sol.

Un coup de crosse s'abattit sur le premier marin, qui étouffa un râle, le second eut un geste de repli vers la passerelle et reçut le choc à la tempe. Il s'écroula à son tour, une méchante plaie au front. Mc Cash inspectait déjà le pont du cargo du regard, cinq mètres au-dessus de lui : personne. La chance était avec eux.

Il s'agenouilla sur les pavés humides sous le regard fardé de Stavros, fouilla les hommes à terre. Le Glock était semblable à l'arme du mafieux albanais. Il vérifia le chargeur : plein.

Les amarres du *Jasper* grinçaient le long du quai. Les marins semblaient sonnés – il avait cogné fort. Mc Cash enfila le passe-montagne qui lui servait de bonnet pendant que Stavros retirait ses talons et sa perruque. Avec la pluie, le maquillage commençait à couler.

— Tu es prêt, la grosse ?

— À toi de passer devant.

Les gouttes tambourinaient maintenant, couvrant leurs pas le long de la passerelle. Mc Cash grimpa le premier, fantomatique, épiant les bruits de la nuit. Stavros suivait dans sa robe trempée, pieds nus. Pas âme qui vive sur le pont du cargo mais un déluge qui chassait les mouettes impavides ; Mc Cash avança à pas comptés, désigna la porte qui menait aux cabines. Leurs cœurs battirent plus vite au moment d'actionner la poignée.

Un escalier en fer menait au ventre du navire. Stavros s'aida de la rampe patinée par des milliers de mains pour ne pas glisser. Une veilleuse éclairait les couloirs à la peinture blanche écaillée. Mc Cash suivit le fléchage pour descendre encore, stoppa : un ronflement se faisait entendre derrière la porte voisine. La chambrée des marins ? Ils avancèrent à pas de loups : l'escalier suivant donnait sur les cales.

Ils poussèrent une porte de fer, qui grinça affreusement. Le temps passa sur des braises. Un marin sortit alors de la cabine voisine, alerté par le bruit ou allant pisser. Pris de court, Mc Cash planta le canon du Glock sous son nez.

— Les réfugiées, chuchota-t-il : elles sont où ?

L'homme cligna des yeux sous la lumière blafarde, ravala sa salive devant le visage cagoulé et l'arme pointée sur lui. Il fit un signe vers la porte en fer – l'étage en dessous... Mc Cash l'attrapa par le cou et le força à passer devant. Les marches étaient abruptes, l'escalier étroit. Ils descendirent vers les cales dans un silence relatif qui ne les rassura pas. On n'entendait plus la pluie battre contre les structures d'acier, ça sentait le gas-oil, le cambouis, et le froid des longues solitudes. Mc Cash tenait son otage par le col du pyjama lorsqu'un marin apparut dans la coursive : il les vit, resta une seconde interloqué, et laissa échapper un cri en détalant.

L'ex-flic brandit le pistolet mais se refusa à lui tirer dans le dos.

— Putain...

Le flottement ne dura pas. Mc Cash était branché sur pile nucléaire, ses sens au rasoir. Il écrasa la crosse sur le crâne du marin-bouclier, enjamba son corps et fila le long de la coursive, Stavros à sa suite. Il y avait une petite pièce près de la chaufferie, une porte au verrou fermé qu'il actionna. Il faisait noir dans le réduit mais un visage se dressa sur un matelas de fortune, à peine visible à la lumière du couloir. Le visage d'une femme noire, jeune, effrayée, seule.

— Qui êtes-vous ? murmura-t-elle en français.

— Des amis d'Angélique et Marco. Où sont les autres ?

— Parties, répondit-elle.

— Où ça ?

— Je ne sais pas.

Mc Cash pesta dans sa barbe – il arrivait trop tard. L'Africaine le regardait, entre la peur et l'espoir, lorgnant l'homme grimé dans son dos.

— Pourquoi ils t'ont laissée ?

— J'ai le bassin fracturé, dit-elle.

Pas le temps de discuter.

— Bon, aide-la à se lever, lança-t-il à Stavros. Le type va donner l'alerte, il faut qu'on déguerpisse.

Mc Cash laissa le Grec passer devant lui. Si un autre escalier menait à l'étage supérieur, il devait se situer au bout de la coursive. Pas d'autres choix qu'affronter la meute. Il se posta près de l'escalier de fer, entendit le branle-bas de combat au-dessus, guetta arme au poing. Les voix se rapprochaient, se mêlaient dans une langue qu'il ne comprenait pas : la contre-attaque était imminente.

Mc Cash attendit que les marins dévalent les

marches pour jaillir et faire feu. Deux balles se fichèrent dans le corps du premier, qui bascula en arrière pendant que les autres refluaient. Une poignée de secondes passa, irréelle. La poudre lui piquait les yeux, ses oreilles bourdonnaient, son cœur battait à cent à l'heure et ils étaient encore une demi-douzaine là-haut.

— Laissez-nous partir avec la fille ou je vous descends tous ! hurla-t-il à l'angle de l'escalier. Les uns après les autres ! menaça-t-il.

Pas de réponse. Stavros apparut alors dans la coursive, maintenant la jeune Africaine contre son épaule. Elle faisait peine à voir, le corps décharné et douloureux, mais Mc Cash sut à sa mine qu'elle ne flancherait pas. Pas maintenant.

— Je suis le capitaine de ce bateau ! lâcha une voix depuis l'étage. Qu'est-ce que vous voulez ?

— Récupérer la fille séquestrée dans la cale ! répéta-t-il en leur faisant signe de se tenir à l'abri. C'est Zamiakis qui vous paie mais il sera bientôt en prison et vous serez accusés de complicité de meurtre ! Laissez-nous sortir d'ici et je vous laisse filer ! C'est votre seule chance, bande de minables !

Il y eut un moment de flottement à l'étage. Stavros en profita pour caler la réfugiée contre le mur de la coursive.

— Je vais voir s'il y a une autre issue, chuchota-t-il.

Mc Cash garda le doigt sur la queue de détente. Une trentaine de secondes s'écoula.

— OK ! cria l'officier depuis l'étage. OK ! On vous laisse remonter !

Stavros revenait, le souffle court.

— Il y a une issue un peu plus loin, dit-il, un

escalier un peu moins raide, mais je ne sais pas où il mène... Et il faudra porter la fille sur tes épaules. Je n'ai plus l'âge.

Mc Cash analysa vite la situation. Le capitaine du *Jasper* était à la botte de l'armateur impliqué dans le naufrage : il n'avait pas confiance et en portant la fille il serait désarmé.

— Je vais déposer mon revolver en haut de l'escalier, en évidence! relança le capitaine. C'est la seule arme à bord!

— Je fais le tour, glissa Mc Cash à Stavros.

Il s'éclipsa à pas feutrés, fila par la coursive et trouva l'autre escalier. Il grimpa les marches en pointant son arme mais la porte de l'étage restait close ; il l'ouvrit doucement, ne détecta aucune présence. De fait le couloir était désert mais il entendait des voix basses un peu plus loin.

— Alors?! s'impatienta le capitaine en haut des marches. Je vous ai dit que vous pouviez sortir : j'ai renvoyé mes hommes!

Mc Cash avança jusqu'à l'angle du couloir. L'officier avait bien posé son revolver au sommet de l'escalier mais il mentait : cinq marins cernaient la lourde porte de fer, armés. Mc Cash surgit dans leur dos, le canon du Glock pointé vers eux.

— Posez vos armes, vite! Allez!

Petit, râblé, la cinquantaine chiffonnée dans sa veste à écussons ouverte, le capitaine du cargo ne se démonta pas.

— À six contre un, tu n'as pas une chan...

Une balle lui frôla le visage dans un bruit de tonnerre. L'officier sursauta, les yeux exorbités.

— Quelqu'un d'autre veut parier?! aboya Mc Cash en balayant le visage de chaque type.

Les marins jetèrent leurs armes à terre sous l'œil rubicond du dément.

Mc Cash serrait toujours la crosse du pistolet automatique, avec l'envie de tuer – de les tuer tous.

6

Fatou portait encore au cou l'amulette porte-bonheur faite par un de ces marabouts prospères qui, comme les jeux de loterie, se payaient sur l'espoir des pauvres. La jeune femme avait fui la guerre dans le nord du Mali et les milices islamistes qui rôdaient dans le Sahel, depuis deux ans déjà. L'amulette du marabout était censée la mener en Europe sans encombre mais Fatou avait surtout écouté le récit de ceux qui avaient tenté l'impossible avant elle. Elle savait qu'il ne fallait jamais donner la totalité de l'argent aux passeurs, prompts à vous larguer en route, qu'il valait mieux les payer tronçon par tronçon. Elle avait ainsi atteint la frontière algérienne, où on les avait largués en leur disant de marcher droit devant. Vingt-cinq kilomètres sous un soleil torride ; sur trente-cinq personnes, la moitié étaient arrivées à Tamanrasset.

Fatou était passée par Oran, Maghnia, puis le Maroc et l'enclave de Ceuta où l'attendaient deux grillages hauts de trois mètres cinquante et une armée de flics. Elle s'était réfugiée dans la forêt comme des milliers d'autres Subsahariens, les membres écorchés par les fils barbelés. Certains construisaient des échelles en bambou, tous se disaient qu'en attaquant nombreux les grillages, quelques-uns avaient une chance de passer.

Durant des mois, Fatou avait mangé des baies et des fruits sauvages, survivant grâce au *sadaka*, l'aumône arabe, défendant bec et ongles son intégrité physique. Sa voix était monocorde, presque sans émotion, tandis qu'elle développait son récit, comme si elle parlait d'une autre personne.

Fatou n'avait pas vu l'enfer, elle l'avait vécu. Les courses au « supermarché » consistaient à fureter dans une décharge à ciel ouvert : nourriture avariée, tissu, ferraille, coton imbibé d'alcool, morceaux de bois, couches pour bébé usagées, seringues utilisées, tessons de bouteille ou verre brisé, récipients de plastique, on se battait pour des bouts de rien. Le pire, c'était pour l'eau. Il fallait parfois parcourir dix kilomètres pour trouver une source. Les femmes étaient harcelées sur la route, souvent violées au hasard des mauvaises rencontres. Après quoi il fallait cacher l'eau pour ne pas se la faire voler, boire petit à petit, ne pas songer à se laver. Prostitution, abus, brimades, beaucoup de femmes prenaient un protecteur dans le groupe, d'autres tombaient enceintes pour échapper aux viols répétés.

Dans cette forêt dortoir, les bagarres générales entre migrants venus de pays et de communautés différentes étaient fréquentes, les assauts contre le grillage de plus en plus voués à l'échec. On parlait même d'un troisième grillage, électrifié. Fatou s'était rendue aux toilettes un soir, un endroit dangereux, et avait senti les présences autour d'elle. Trop tard.

Ses mots étaient crus, « des hommes sont devant

toi, d'autres derrière, tu es coincée, tu te déshabilles pour déféquer, eux aussi, et ils te tombent dessus. Tu fermes les yeux et attends en silence : un te passe dessus, deux, dix… aucun ne porte de préservatif… Tu te dis qu'au moins ils ne t'ont pas frappée, que les blessures ici s'infectent, que chaque bras ou épaule cassés l'est à vie», des mots qui ne lui coûtaient plus rien.

Les femmes enceintes étaient approchées par les passeurs, ils les persuadaient de donner leur bébé en échange de la poursuite du chemin, ou promettaient de l'amener en Europe pour une adoption dans une famille riche. Elles acceptaient souvent. Une détresse aveugle, et qui ne faisait pas de quartier.

— Certains de ces gosses servent de banque d'organes, vous savez ça, non? Enfin, poursuivit la Malienne, au moins je ne suis pas tombée enceinte à cause de ces salauds.

Fatou avait quitté Ceuta pour se retrouver un an plus tard en Turquie où, après des semaines d'attente entassée avec d'autres dans un appartement sordide, elle avait fini par grimper dans un canot en direction d'Astipalea. Ils étaient une trentaine de migrants, venus de tous les pays. La traversée de nuit s'était déroulée sans encombre; ils avaient mis pied à terre et grimpé un petit canyon qui menait à la piste pendant que le bateau repartait. Les réfugiés arrivaient par petits groupes au sommet de la colline, essoufflés après leur montée depuis la plage et par les sacs qu'ils portaient sur leur dos, quand des phares de voiture les avaient aveuglés.

Une dizaine d'hommes les attendaient, des passeurs à la voix rauque qui les trièrent sans ménagement : les

221

hommes et les familles grimpèrent à l'arrière de deux pick-up et disparurent vers le sud de l'île, laissant huit femmes sur le bord de la piste. Fatou ne savait pas pourquoi on les triait. En terrain hostile, cueillies à froid, les réfugiées commencèrent à obéir aux injonctions des passeurs mais Fatou s'était rebellée. Le chef des passeurs avait alors sorti une matraque de sa veste et l'avait frappée violemment pour qu'elle la boucle, avec une furie négrière. Recroquevillée, demandant grâce, Fatou ne vit pas l'ombre jaillir des ténèbres. Mais quand elle releva la tête, la brute gisait à terre, la nuque brisée.

Occupé à pousser les filles à l'arrière d'un autre pick-up, son binôme réagit trop tard : cueilli aux testicules, il était tombé à genoux avant qu'un coup de paume lui brise le nez. Fatou s'était relevée, le visage en sang. Caché par les fourrés, un homme dévalait la pente, Marco, qui pressait les filles de le suivre. Un bateau les attendait dans la baie voisine, il suffisait de gravir la colline par l'autre côté. La confusion régnait, mais Angélique restait hagarde devant l'homme à la nuque brisée. Marco l'avait tirée par le bras pour qu'elle réagisse.

Mc Cash interrompit le récit.

— Angélique a tué le chef des passeurs ?

— Oui. Pour me sauver.

— Mm. Et l'autre passeur ?

— Il était mal en point mais il vivait encore, répondit Fatou.

Il grommela. Le passeur avait dû repérer le voilier qui s'échappait dans la nuit, prévenir Varon Basha...

— En tout cas, on a pu s'enfuir, poursuivit Fatou.

Un ami de Marco attendait sur la plage voisine avec une annexe : lui, dit-elle en désignant Stavros.

Assis près du lit où ils l'avaient transportée, Stavros et Kostas écoutaient le récit sans comprendre le français de la Malienne.

— Qu'est-ce qu'elle dit ? demanda l'intéressé.
— Qu'elle te préférait habillé en vieille pute.

Fatou les regardait, incrédule, pendant que Mc Cash recollait les morceaux. Voilà qui expliquait les silences d'Angélique et Marco : elle avait tué un homme, de ses mains, et il connaissait sa lionne. Elle regrettait sa violence, comme lorsqu'ils avaient dû se battre quinze ans plus tôt, s'infligeait les plus méchants remords après avoir obéi à ses instincts destructeurs. Il l'imaginait avec Marco sur le pont du voilier cinglant vers le large, lèvres serrées, refusant de parler à sa sœur qui aurait tout deviné d'elle. Angélique, capable du meilleur et du pire et s'en voulant pour ça, comme si l'âme humaine avait quelque pureté secrète dont elle devait porter la lumière. De vieilles chimères qui le rapprochaient un peu plus d'elle, de leur passé d'enfants cassés et des rumeurs noires qui couraient sur eux.

Il pouvait comprendre Angélique mais pas la logistique déployée par les mafieux, ni la valeur particulière de ces migrantes. D'après Fatou, il y avait Zeïnabou, une Somalienne de vingt ans enlevée et revendue à des trafiquants du Yémen qui l'avaient torturée pour demander une rançon à sa famille, bien trop pauvre pour s'en acquitter, et qui avait réussi à s'enfuir avant qu'ils ne la tuent. Lamya et Saadia, deux jeunes Syriennes d'Alep, étaient restées traumatisées par les barils de poudre lâchés sur les marchés par les hélicoptères de Bachar, et ne parlaient que l'arabe. Leïla venait du nord de l'Irak, une chiite chassée par l'État islamique. Son petit ami était sur un des pick-up et n'avait rien pu faire quand on les avait séparés. Il y avait deux mineures, l'une d'Érythrée, l'autre afghane, et enfin Samia, la plus âgée du groupe, une yézidie architecte de trente-trois ans qui avait tout perdu avec l'avancée de Daech sur Mossoul. Son mari avait été exécuté aussitôt, ses enfants étaient morts de soif et d'épuisement lors des marches forcées vers les centres de Tell Afar, où les femmes étaient plusieurs fois revendues sur les marchés de l'horreur, mais Samia avait réussi à s'échapper.

Des histoires banales, épouvantables, qui ne devaient pas émouvoir les passeurs… Comme le borgne l'invitait à poursuivre, Fatou raconta leur fuite et le naufrage au large de l'Espagne, des trémolos d'effroi dans la voix.

Ça n'avait d'abord été qu'un point lumineux à l'ouest, loin devant, mais dix minutes plus tard, les lumières étaient plus nombreuses, plus proches. Un gros bâtiment, d'après Marco. Eux approchaient de Gibraltar, un goulet où les bateaux passaient en file indienne sur des dizaines de milles, une zone dangereuse d'après le skipper. Le navire marchand avançait à toute vapeur dans leur direction. Il n'était plus qu'à un demi-mille, en plein dans leur trajectoire, aveugle. Marco avait viré de bord pour l'éviter mais le cargo, qui n'était plus qu'à deux cents mètres, lui avait pris la moitié du vent ; ils s'étaient dégagés à petite vitesse, visant la poupe pour éviter la collision, s'étaient crus sauvés quand une détonation avait percé la nuit, suivie de plusieurs autres. On leur tirait dessus, des balles de gros calibre qui faisaient mouche à chaque impact.

Ils entendaient les projectiles s'acharner, un tir en rafale qui détruisait tout sur son passage, plaquant les passagers sur le pont. Un filin avait cédé sous la pression du mât endommagé, qui commençait à plier.

La panique avait gagné les réfugiées, effrayées par la vision du navire à l'approche. Enfin le mât du voilier s'était brisé, plongeant dans l'eau noire avant de s'accrocher à la surface, retenu par les filins d'acier. Marco et Angélique paraient au plus pressé, criant des invectives pour que les femmes se réfugient dans la cabine, tâchaient de détacher bouts et câbles, mais le cargo se rapprochait encore. Il n'était plus qu'à cinquante mètres : le *Jasper*.

Fatou n'avait jamais vu pareil spectacle. Formant une digue artificielle en pleine mer, le cargo se laissait dériver vers eux, impuissants. Il n'était plus qu'à dix mètres lorsqu'une voix métallique leur avait hurlé de couper les moteurs. On allait leur jeter des filins pour les hisser à bord. Un premier cordage avait atterri sur le pont. Une silhouette les tenait en joue, tout là-haut, armée d'un fusil à lunette de visée infrarouge. Marco avait accroché les naufragées. La coque du bâtiment n'était plus qu'à trois mètres du voilier, menaçant de les broyer. Les marins avaient alors hissé les premières réfugiées et ça avait été un carnage : les femmes s'étaient cruellement râpées contre la coque alourdie de mucus de gorgones. Fatou était la dernière réfugiée sur le pont. La muraille d'acier oscillait dangereusement au-dessus d'eux, avant qu'un premier choc ne fasse vaciller l'épave. Marco avait fini de harnacher Fatou et Angélique, qui se tenaient désespérément au bastingage, avant que les marins du *Jasper* ne les hissent dans les airs. Elle s'était brisé la hanche contre la coque. On l'avait tirée sur le pont du cargo, souffrant le martyre, Angélique aussi avait été propulsée, mais Marco n'avait pas pris le filin qu'on lui jetait.

— Pourquoi ? demanda Mc Cash.

— Je ne sais pas. Il s'est brièvement engueulé avec Angélique sur le pont, au moment de s'accrocher... Les marins l'ont abandonné à son sort.

Le capitaine refusait de quitter le navire : une attitude qui collait bien au personnage.

— Tu as vu l'épave du voilier ?

— Elle a été aspirée sous la coque... Broyée par les hélices, quand ils ont remis les moteurs... Je n'ai rien vu, j'étais allongée sur le pont avec ma hanche blessée, c'est Angélique qui m'a raconté.

Un voile tomba sur le visage de Mc Cash. Marco... Marco-le-dingue.

— Après ça, on nous a enfermées dans une cale, poursuivit Fatou, où ils nous ont soignées avec les moyens du bord. Autant dire pas grand-chose. Plusieurs filles s'étaient blessées lors du naufrage... On est restées deux ou trois semaines dans cette maudite cale, en mer puis à terre. On n'a jamais su où.

Brest.

— Qui étaient vos ravisseurs ?

— Il y avait un type sur le bateau, répondit Fatou, un homme basané d'une trentaine d'années. Ce n'était pas un marin.

— Berim ?

— Oui. Oui, c'est comme ça qu'ils l'appelaient. Il nous a interrogées pour savoir laquelle d'entre nous avait tué le passeur sur l'île. Ça avait l'air important.

— Assez pour pourchasser le meurtrier à travers la Méditerranée ?

Elle haussa les épaules.

— Vous avez dit quoi à Berim ? continua-t-il.

— Que Marco avait tué le passeur, dans les collines, répondit la Malienne. Angélique allait se trahir mais c'était stupide puisqu'il était déjà mort.

Mc Cash sentait la complicité entre les filles.

— Tu es restée dans les cales du cargo à cause de ta hanche pendant que les autres étaient transférées, poursuivit-il.

— Oui. Le médecin qui est venu nous ausculter a dit aux autres que j'étais intransportable.

— Un médecin grec ?

— Je crois.

— Une idée de son nom, ou de la manière dont je pourrais le retrouver ?

La jeune femme réfléchit une poignée de secondes, fit une moue négative.

— Qui étaient les autres types, ceux qui sont venus chercher les filles dans la cale ?

— Je ne sais pas au juste, mais ils avaient les mêmes sales têtes que le type sur le bateau.

— Berim ?

— Oui.

— Ils ont prononcé le nom de Varon Basha ?

— Je ne m'en souviens pas.

— Tu sais où ils ont emmené les filles ?

Elle secoua de nouveau la tête.

— Non... Non, ils ne l'ont pas dit. Mais c'était deux heures à peine avant que tu me sortes de là...

Les Grecs suivaient le dialogue toujours sans rien comprendre. Il était quatre heures du matin, la fatigue se faisait sentir après l'excitation de l'opération sur le port, mais ils avaient besoin d'infos avant d'amener la jeune rescapée à l'hôpital. Kostas s'en chargerait, demain, en attendant, qu'elle se repose. Les trois hommes se retirèrent dans la cuisine, partagèrent un verre de vin pour se remettre.

Jusqu'à présent, Mc Cash ne songeait qu'à tirer Angélique de ce guêpier sans se soucier des dommages collatéraux. Le récit de Fatou cependant l'avait impressionné, et touché. Plus qu'il ne l'imaginait. Cette femme avait enduré le pire que pouvait vivre un être humain, tout en gardant un moral et une attitude de combattante. Vu par les yeux d'Angélique, le sauvetage de ces femmes justifiait tous les risques courus. Restait à savoir ce qu'elles étaient devenues.

Mc Cash avait passé un marché avec le capitaine du *Jasper* : pas un mot sur la fusillade dans le cargo en échange de leur silence sur son implication dans le naufrage et la séquestration des réfugiées. L'officier avait juré ne pas savoir où «les Albanais» (c'était le terme qu'il avait fini par utiliser) emmenaient les filles mais Mc Cash se doutait qu'il préviendrait Zamiakis, l'armateur, voire Varon Basha.

— Qu'est-ce que tu comptes faire maintenant ? demanda Stavros.

— Me rendre à Astipalea. Tout vient de là-bas. Fatou n'a pas su me dire pourquoi les passeurs les triaient mais si ces fumiers gardaient seulement les femmes jeunes, il doit y avoir une raison.

Les trois hommes se turent. Prostitution, esclavage, vente à la découpe, toutes les options étaient sordides.

— Je viens avec toi, annonça Stavros. Je connais Astipalea comme ma poche et les gens qui pourront nous aider.

— Les passeurs te recherchent aussi, objecta Mc Cash.

— Tu as vu comment nos déguisements ont blousé les marins ? ironisa le Grec. Il faudra être plus malin qu'eux. De toute façon, sans moi tu n'as aucune chance de retrouver Angélique.

Mc Cash eut un rictus mauvais. Toujours ces instincts nihilistes, loin, si loin de sa fille. Il ne voulait pas y penser. Plus y penser. Pas maintenant.

7

Quinze heures de navigation séparaient Athènes d'Astipalea, première île du Dodécanèse après les Cyclades. Le ferry en partance du Pirée privilégiant l'escale sur l'île de Paros, où le gros des estivants étrangers descendait, le terminus au port d'Astipalea était programmé à trois heures du matin – un horaire d'arrivée indécent pour la population locale essentiellement grecque, mais qui se souciait de cette île perdue ? Si cette arrivée tardive leur permettrait de débarquer incognito, Mc Cash se sentait mal à l'aise dans ce grand short ridicule, son tee-shirt « I Love Athens » et ses tennis. Ne manquait plus qu'un bob pour qu'il se jette à la mer. Stavros aussi avait revêtu l'attirail du touriste moyen, les tongs en plus.

Enfin, partis plus tôt du Pirée, les deux hommes partagèrent quelques bières sur le pont du navire. Kostas avait amené Fatou à l'hôpital le matin même, où le personnel médical l'avait aussitôt prise en charge. Les radios confirmant une fracture du bassin, elle était sur la table d'opération. Stavros avait rassuré la jeune Malienne sur son avenir : l'ONG où il travaillait l'aiderait à faire une demande d'asile quand elle serait remise. Mc Cash se souciait plus de Zamiakis et Varon Basha, qui devaient être au courant de la fusillade sur le cargo. L'Irlandais avait parlé dans sa langue paternelle avec le capitaine : feraient-ils le rapprochement avec le borgne qui avait liquidé les trois marins sur le port de Brest ? Qui d'autre que lui pouvait être sur leur piste ?

Le temps de retour au beau fixe, Stavros et Mc Cash décapsulèrent leurs bières en commentant les révélations de Kostas après sa visite chez le juge anticorruption.

Outre l'implication d'un mafieux albanais dans l'échiquier politico-financier, ces opérations de brigandage en col blanc ne surprenaient personne. La corruption était institutionnelle en Grèce, du moins plus voyante que chez ses voisins, et le déficit abyssal. La population teutonne avait subi un véritable lavage de cerveau pour justifier envers les Grecs la curée que l'ancien Reich n'avait pas subie après-guerre, lorsque la même Europe avait permis le « miracle allemand » dans les années cinquante, effaçant purement et simplement la dette.

— Là encore, c'est deux poids, deux mesures, observa Stavros, qui avait payé les pots cassés.

Mc Cash opina, l'œil sur les vagues bleues qui ondulaient sous la houle.

— Que veux-tu, dit-il, tout le monde s'en fout des Grecs : vous n'avez envahi personne depuis l'Antiquité. On a couvert les Allemands de dettes après la boucherie de 14, et au final c'est nous qui l'avons payé cher. Si vous faisiez peur, ce serait autre chose, mais c'est pas avec trois olives, une danse à deux balles et du tzatziki que vous allez faire la loi en Europe.

231

— Hé hé.

— L'Allemagne transfère vos richesses chez elle pour se rembourser de vos impayés. Ils vous ont pris pour des voleurs, alors ils vous volent. C'est clair, il ne faut pas déconner avec ces types-là.

Stavros décapsula une nouvelle bière, qu'il tendit à son compère borgne.

— Tu ne serais pas un peu antiallemand?

— Pas du tout, certifia Mc Cash : je serais plutôt antitout, ça n'a rien à voir avec les Schpountz. Bien que je n'aie jamais couché avec une grande blonde qui disait *Jawohl*, ajouta-t-il. Et toi?

— Moi non plus, avoua le sexagénaire. Enfin, juste une fois, Petra, une Hollandaise en vacances sur les îles, une grande brune de dix-huit ans, très jolie, mais c'était il y a longtemps, ça ne compte plus vraiment. Et puis, ce n'était pas vraiment une Schpountz, comme tu dis.

Ils buvaient pour passer le temps du voyage, l'occasion de se connaître un peu mieux.

Éditeur, Stavros Landis avait mis la clé sous la porte en 2015 quand, lors du bras de fer qui opposait Syriza à la Commission européenne, la troïka avait gelé les importations de papier. Sans production à venir, incapable de réimprimer les ouvrages qui se vendaient, Calypso n'avait pas survécu aux mesures d'austérité. Stavros avait été contraint de licencier ses amis, écœuré par tant de lâcheté et de mauvaise foi, avait cessé de soutenir ce gouvernement qui avait fini par céder à tout, ravalé la déprime qui avait suivi sur la petite île d'Astipalea où il avait une maison, et concassé sa colère en aidant les réfugiés qui y accostaient. En contact avec Solidarité populaire, Stavros gérait leur séjour sur place, en général une vingtaine de jours, avant que les services sanitaires appelés à la rescousse ne transfèrent les demandeurs d'asile vers la capitale.

Impliqué comme Kostas depuis un demi-siècle dans l'avenir de son pays, Stavros avait connu tous les politiciens de gauche aujourd'hui au gouvernement, il les avait vus grandir, le Premier ministre comme les autres. Les idées foisonnaient à la chute des colonels, on rêvait de reconstruire la démocratie, de la réinventer puisqu'elle était née ici, à Athènes, mais le jeu du pouvoir et les alliances douteuses avaient broyé les meilleures intentions.

— Il ne reste que les nuls à Syriza, dit-il, péremptoire.

— Vous avez quand même essayé de résister, non ?

— Tu penses à Varoufakis, l'ancien ministre de l'Économie ? Ah, notre Narcisse national ! s'esclaffa-t-il. Oui, il a fait son petit numéro devant la troïka avant de démissionner et quitter le gouvernement. Depuis il fait payer cher ses conférences à travers le monde : la critique de la mondialisation est un marché porteur. Non, ce qui est dramatique, poursuivit Stavros, c'est que gauche ou pas, trop d'entreprises d'État ne délivrent aucun service digne de ce nom, comme l'électricité ou les transports. Elles servent juste à donner des postes aux partisans du gouvernement élu, de préférence bien rémunérés et pas trop fatigants.

Mc Cash pensait au Taiped, l'organisme chargé de liquider les actifs publics.

— Je croyais que le gouvernement grec bradait les services publics au privé ?

— Oui. Tout en perdant leur poste, railla Stavros : ça montre bien la nullité des gens dont je te parle !

Les embruns balayaient le pont quand ils entamèrent leur troisième bière. Mc Cash comprenait qu'il se soit vite entendu avec Marco. Stavros était un pirate à sa manière et, comme lui, se retrouvait impliqué jusqu'au cou.

— Au fait, comment va ton œil aujourd'hui ?
— Comme hier, répondit Mc Cash.
— Tant mieux. Tu l'as perdu il y a longtemps ?
— Mon œil ? Oui. Il y a longtemps.
— Comment ?
— Un coup de crosse, bougonna-t-il, à Belfast. Un soldat anglais.
— Tu fricotais avec l'IRA ?
— Non. Mais c'est vrai que Bobby Sands avait du cran, et que Thatcher a toujours été une rascasse.
— Une rascasse ?
— Le poisson moche. Ils étaient de la même famille.
— Je ne savais pas.
— Si, si…

Difficile de savoir s'il était sérieux.

— Et ça t'est venu quand l'idée du bandeau ? relança Stavros.
— Dès la sortie du coma. Quitte à être défiguré, autant faire diversion. Après je m'y suis habitué, c'était trop tard.
— Jamais essayé, le bandeau, songea le Grec à voix haute. En tout cas, même amochée, ta prothèse est plus réussie que la mienne, ironisa-t-il.

C'est vrai qu'elle se voyait comme le feu dans la cheminée. Ça n'avait pas l'air de le tourmenter.

— Et toi, fit Mc Cash, tu l'as perdu comment ?

— À la fin de la dictature. J'avais vingt et un ans.
— La police politique ?
— Non, une bouteille de champagne volée par une copine pour fêter la chute des militaires, répondit Stavros. L'économie était exsangue, c'était la première fois qu'on buvait du champagne, on ne s'est pas méfiés du bouchon. Ma prothèse date de cette époque. Vu l'état de la médecine après sept ans de dictature, ils auraient pu colorier une boule de billard ça aurait fait le même effet !

*

La nuit dormait sur l'océan lorsqu'ils atteignirent Astipalea. Le port des ferrys, à l'extérieur de la ville, était silencieux à cette heure. Soûlée de houle, une quinzaine de personnes descendit la passerelle. Stavros et Mc Cash guettèrent les ombres sur les quais sans détecter aucune présence suspecte. Prévenu de leur arrivée, un des deux taxis de l'île attendait sur le parking.

— Je faisais des nuits blanches avec tes livres, maintenant c'est avec toi ! fit Katerina en calant leurs bagages dans le coffre de sa Renault.
— Tu as fait comme je t'ai dit ?
— Ouuiii, feignit-elle de s'agacer. Personne ne sait que je suis venue te chercher au ferry. Pourquoi tu es parti sans prévenir ?
— Pour mieux revenir en douce, s'amusa Stavros.
— C'est absurde ce que tu dis.

Katerina et Stavros se connaissaient depuis trente ans, quand il avait acheté une maison sur l'île où il venait passer ses premières vacances. Le chauffeur de taxi avait la cinquantaine tonitruante, parlait un anglais minimal et vivait toute l'année à Chora, le village principal de l'île. Comme on lui posait la question, Katerina confirma qu'un groupe d'une trentaine de réfugiés était arrivé il y a un mois, ceux dont il était censé s'occuper. Heureusement, d'autres gens avaient pris le relais pour les aider. Les réfugiés, principalement des hommes, avaient séjourné deux semaines sur place, le temps d'être pris en charge par les services sanitaires avant d'être envoyés à Athènes, où le HCR enregistrait leurs demandes d'asile.

— Il n'y avait pas de femmes avec eux ? demanda Stavros.

— Si, si, répondit Katerina : une femme assez âgée avec ses petits-enfants, et une autre avec deux bébés, tous les trois très malades.

— Ils n'ont rien dit au sujet des passeurs ?

— Non... C'est l'omerta, tu sais.

Les ruelles du village étaient si étroites et escarpées qu'ils finirent le chemin à pied, leur sac à l'épaule. La maison de Stavros se tenait perchée contre la falaise, au pied d'un château médiéval dont on devinait les ruines éclairées. Mc Cash investit le logement du rez-de-chaussée et s'endormit aussitôt, éreinté par la traversée, les bières et les analgésiques.

C'est en se réveillant le matin qu'il découvrit son terrain de chasse.

*

Un monument aux morts de la Seconde Guerre mondiale trônait sur la place centrale de Chora, sans noms des victimes : l'île ayant déjà été annexée par

Mussolini, personne n'était tombé au champ d'honneur mais le cœur y était. Les gens d'Astipalea étaient des rigolos dans leur genre : ils avaient par exemple coulé au canon un bateau français qui leur venait en aide lors de la guerre d'Indépendance dans les années 1830. Pour s'excuser, on avait dressé une stèle pour les malheureux qui avaient voulu combattre à leurs côtés.

La terre ici était sèche, aride, la culture limitée à quelques arbres fruitiers et aux fêtes de village qui rythmaient l'été. L'antique forteresse faisait d'Astipalea une sentinelle face aux invasions turques, « Castelo » en ruine mais point culminant de l'île, autour duquel les maisons s'étaient agglutinées pour former la petite ville de Chora – mille âmes en hiver, le triple en été.

La terrasse de Stavros donnait sur quelques toits sans voisins et la mer tout là-bas, qui dandinait son écume dans la baie. Mc Cash but un premier café à l'ombre des plantes grasses. Le logement du rez-de-chaussée était équipé d'une petite cuisine, avec une chambre cachée derrière un grand rideau, un salon aux murs de pierre joliment décoré et une petite salle de bains. Les pièces étaient fraîches, avec un taux d'humidité qu'elles devaient à l'ancien puits, toujours situé dans un coin du salon – un couvercle en bois surmonté d'une grosse jarre en bloquait l'accès mais une eau saumâtre clapotait encore au fond du trou. Il avait pris une douche, changé son pansement, avant de rejoindre Stavros pour le petit déjeuner.

Leur temps d'action serait limité avant que son retour ne soit éventé, surtout si l'ancien éditeur se promenait dans les rues en plein jour. Quant à une éventuelle aide de la police, il n'y avait que deux hommes sur l'île. Stavros raconta qu'un yacht s'était amarré l'été précédent dans une baie interdite au mouillage, avec des Russes qui mettaient leur sono à fond sur le pont. Les deux policiers avaient voulu intervenir après les plaintes des baigneurs, mais les Russes étaient si avinés qu'ils n'avaient pas osé les déranger et avaient finalement rebroussé chemin.

— Des types dangereux, commenta Mc Cash dans son café.

— Les Russes oui, peut-être, s'amusa le Grec.

L'ex-flic comptait louer une voiture pour leurs déplacements. Première excursion : la baie de Zafeiri où accostaient les réfugiés. Presque toutes les activités se concentraient au sud, les commerces, les ports, le tourisme, raison pour laquelle les migrants débarquaient sur la côte nord, isolée. D'après Stavros, il n'y avait que des hameaux et de la caillasse par là-bas. Les deux hommes ne savaient pas si les naufragées du voilier étaient bien à Astipalea où les passeurs les tenaient séquestrées, mais ils y trouveraient peut-être un indice qui les mènerait sur leur piste.

— Je te rejoins devant l'agence de location, lança Stavros alors que Mc Cash achevait son café. Il vaut mieux qu'on ne nous voie pas ensemble.

Située au cœur du Castelo, l'église immaculée de Chora dominait la baie d'Astipalea. Il était midi passé, la chaleur avait chassé les promeneurs vers les ruines de la forteresse. Quelques chats se dérangèrent à la vue du grand borgne qui, réfugié derrière ses lunettes noires, descendait la ruelle. Peintures blanches, volets bleus réglementaires, fleurs et orangers embaumant les lieux : Mc Cash traversait une carte postale. Des poulpes suspendus aux terrasses des restaurants séchaient au soleil de midi, qui confinait les rares touristes à une douce torpeur. Une longue volée de marches le mena au petit port de pêche.

Des boutiques de souvenirs, un marchand de glaces et d'autres restaurants s'égrainaient le long des quais. De vieux pêcheurs jouaient aux cartes. Face au commissariat de police, une Fiat défoncée prenait la poussière. Il passa devant l'unique banque de l'île et entra dans l'agence de location de voitures. Un Kangoo lui échut. Mc Cash sortait du bureau lorsqu'il vit le nom de Marie-Anne s'afficher sur l'écran de son smartphone. Il hésita une seconde, décrocha.

La sœur de Marco était remontée.

— Putain Mc Cash, j'en ai marre de ta fille : marre, marre! C'est une vraie peste, c'est pas possible!

— Quoi?

— Elle ment tout le temps, s'époumona Marie-Anne au téléphone, n'écoute pas un traître mot de ce que je lui dis, hausse les cils comme une girafe en prenant des airs supérieurs comme si j'étais une demeurée! Elle fait ses coups en douce, vole des trucs à Julie ou à ses copines qui viennent à la maison et continue à mentir quand on la prend la main dans le sac! J'en peux plus, de ta fille, j'en peux plus!

Le borgne grimaça à trois mille kilomètres de là, la main crispée sur le portable. Sa fille, une voleuse. Une menteuse. Une peste pleine de choléra.

— Bon, passe-la-moi, s'irrita-t-il, je vais lui secouer les puces.

— Tu as intérêt! renchérit Marie-Anne. Elle me pourrit la vie, comme si les choses n'étaient pas assez difficiles comme ça! Tous les jours c'est...

Mc Cash éloigna le portable de son oreille. Il n'avait

pas envie d'en entendre plus, le ton de Marie-Anne commençait à lui taper sur le système et putain, ce n'était vraiment pas le moment.

— Passe-la-moi, répéta-t-il.

Alice pleurait au téléphone.

— Je te jure, papa, c'est elle qui est folle! chuchotait-elle pour ne pas se faire entendre du dragon. J'ai rien volé à Julie, je te promets!

Qu'elle l'appelle «papa» lui tordait le cœur. Il s'en voulait de n'être pas là pour la défendre ou la houspiller, comme si son rôle de père se réduisait à une fuite en avant. Il n'écouta pas les pleurs contenus au téléphone, ce qu'Alice pouvait dire pour se justifier, il n'entendait que le remords et la culpabilité.

Il noya le poisson, dit à Alice d'obéir à la mère de Julie, qu'il réglerait cette histoire à son retour et raccrocha le cœur lourd.

— Quelque chose qui ne va pas? s'inquiéta Stavros quand il le retrouva devant l'agence de location.

— Non... Non. Allons-y.

*

Des fêtes étaient données tout l'été à Astipalea, parfois sans autres motifs que danser et chanter de vieilles chansons de l'île. Alexi Koulogou, l'ancien maire, n'hésitait pas à ouvrir le bal, mais après sept mandats, il avait pris sa retraite électorale pour se consacrer à ses petits-enfants et à la pêche à la langouste. Un nouveau maire, Victor Kaimaki, s'était fait élire sous l'étiquette de Syriza et cumulait cette fonction avec le poste de président de la région, laquelle regroupait les îles du Dodécanèse. Le maire avait surpris son monde en proposant de creuser un canal pour séparer l'île en deux, afin de faciliter le passage des bateaux pour rejoindre le terminal des ferrys : développement économique, plaidait-il à ses administrés, qui avaient fait bloc pour ajourner le projet.

Mc Cash et Stavros quittèrent Chora sous un soleil de plomb et roulèrent vers la baie de Zafeiri. Une petite bande de terre coupait l'île en deux. La portion de route asphaltée s'arrêtait peu après l'aéroport et le village d'Analipsi, puis une piste menait à quelques villages plus au nord avant de filer à travers des collines désertes. La zone se résumait à une succession de rocs et de terres arides surveillés par quelques oiseaux de proie planant haut dans l'azur.

Stavros portait une curieuse casquette de légionnaire sur la tête pour se protéger du soleil. Si elle masquait en partie son visage, ce n'était pas avec ça qu'il passerait incognito. Mc Cash conduisait, silencieux, l'esprit encore troublé après le coup de fil de tout à l'heure. Pourquoi sa fille faisait-elle des choses pareilles ? Il n'avait pas le temps de gérer ce type de problème domestique, encore moins à l'autre bout de l'Europe : une gosse mal élevée, c'est de ça qu'il avait hérité ?

Ils roulaient le long des crêtes et n'avaient plus croisé personne depuis le plateau de Kastellanos et son antenne Internet qui reliait l'île au reste du monde. Ils arrivèrent enfin à la baie de Zafeiri, une simple avancée maritime parmi les collines d'arbustes malmenés par le vent. Un sentier caillouteux menait un peu plus bas ; le Kangoo rebondit sur les nids-de-poule, maintenant couvert de poussière, et stoppa à mi-chemin. Impossible de descendre jusqu'à la plage de galets où accostaient les clandestins, sinon en empruntant à pied le petit canyon qui serpentait là, invisible depuis la route.

Ils abandonnèrent le véhicule et suivirent le sentier emprunté par les réfugiés un mois plus tôt. D'autres migrants arriveraient peut-être bientôt, un rendez-vous nocturne qui pouvait les mener aux passeurs. Les deux borgnes marchaient sous le soleil de midi en quête d'un indice, peinaient devant les reliefs que leur œil appréhendait mal. Stavros soufflait sous le soleil. La sueur gouttait le long de ses tempes malgré sa casquette de protection, un sourire crispé sur son visage rougi. Un passage abrupt nécessitait l'aide d'une corde pour descendre en rappel, fixée à un rocher – sans doute par les passeurs. Le Grec laissa Mc Cash descendre seul les quelques mètres en rappel.

— Je t'attends là ! fit-il, s'éventant avec sa casquette.
— Feignasse.

Le canyon était silencieux, à peine perturbé par la brise chaude de midi. Mc Cash eut une impression étrange en se glissant dans les méandres. Il s'arrêta plusieurs fois, à l'écoute de la nature et des roches, sans comprendre ce qui clochait. Il atteignit la plage de galets dix minutes plus tard, les bras éraflés par les épineux. La baie de Zafeiri était vide, hormis quelques oiseaux au vol hiératique. Il avait trouvé un couteau tout à l'heure sur le chemin, probablement perdu par un réfugié – « Mustapha » était grossièrement gravé sur le manche. Mc Cash marcha le long du rivage, tomba sur quelques emballages plastique, les vestiges d'un feu qui lui aussi datait. Rien qui pourrait augurer l'arrivée imminente d'un bateau.

Il remontait vers le petit canyon quand son instinct l'alerta. Ce léger éboulement un peu plus haut sur la gauche : il y avait une présence, là, quelque part. Animale ou humaine ? Mc Cash gravit les premiers contreforts de la colline, dépassa la zone d'éboulement et profita d'un espace entre les épineux pour bifurquer subitement vers la gauche. L'homme qui l'épiait depuis tout à l'heure paniqua ; se sentant pris au piège, il sortit des fourrés, dévala la pente à découvert et se trouva bloqué au sommet du rocher qui surplombait la plage. Trois mètres le séparaient du sol, hérissé de cailloux.

— Hey, arrête-toi ! dit-il en anglais.

Le jeune homme hésita à sauter. Une cheville brisée et tout était fini. Mc Cash s'approcha, présentant les mains en signe de paix.

— Je suis un ami. N'aie pas peur, je ne te veux pas de mal.

Le type faisait un peu peine à voir avec ses tennis fatiguées, ses traits creusés et son visage mal rasé ; un clandestin d'après la peur qui gravitait dans son regard. Il semblait comprendre ce que Mc Cash disait.

— Je cherche une amie réfugiée, fit celui-ci en restant à distance. Une femme qui a débarqué dans la baie il y a un mois. J'ai un ami grec un peu plus haut dans le canyon, qui aide les migrants.

Le fuyard jeta un œil aux rochers trois mètres plus bas, renonça à tenter le diable : avec sa veste noire, ses lunettes et sa peau rougie par le soleil, l'homme qui lui faisait face ne ressemblait pas à un passeur. Et Khaled crevait de faim. De désespoir. Le sien s'appelait Leïla.

Il fallut quelques minutes à Mc Cash pour mettre le jeune homme en confiance, le temps de rejoindre

Stavros, qui attendait en haut de la piste. Trouvant un coin d'ombre, ils écoutèrent le jeune Irakien avec une humanité patiente, compatissant à la succession de drames qui étayait son récit. Interrogé, Khaled refusait de donner l'identité des passeurs ou des détails sur le réseau qui l'avait mené à Astipalea – un cousin était toujours bloqué en Turquie – mais il avait assisté au tri des femmes après que son groupe avait accosté dans la baie de Zafeiri, un mois plus tôt. Les jeunes célibataires d'un côté, les hommes seuls et les familles de l'autre. Leïla, sa petite copine, faisait partie du premier groupe. Malgré ses protestations, on les avait brutalement séparés. Poussé à coups de gourdin sur le plateau des pick-up avec le gros de la troupe, Khaled avait dû abandonner Leïla à son sort.

On les avait déposés à cinq kilomètres de Chora, avec l'ordre de la boucler s'ils voulaient poursuivre leur périple. Khaled avait attendu son amie à l'entrée du village mais Leïla n'était jamais arrivée, ni elle ni la poignée de femmes restées en arrière. Le jeune Irakien était revenu sur ses pas et vivait depuis au jour le jour, aidé par quelques villageois qui lui donnaient à manger, guettant près de cette baie isolée la réapparition de sa promise.

Mc Cash comprit le coup fourré. Khaled avait vu le bateau des passeurs turcs repartir après les avoir déposés sur la plage. L'équipe qui les attendait en haut du canyon comptait donc transférer les femmes vers un port ou un autre site isolé quelque part au nord. C'était l'hypothèse la plus probable. Sans famille pour les rechercher sur place en cas de disparition ni moyens de faire appel à la justice, le plus souvent sans identité, les réfugiées étaient des proies faciles pour les trafiquants et les mafieux qui les tenaient à leur merci.

— Il y a un port de pêche au nord de l'île ? demanda Mc Cash.

— Non... Non, juste un hameau et un hôtel qui s'est construit l'été dernier, du côté d'Exo Vathy.

— Je croyais que le tourisme se concentrait au sud ?

— L'hôtel n'est pas vraiment destiné aux touristes, plutôt aux riches en croisière sur les îles grecques, expliqua Stavros. Il y a même un casino. Le cap de Mesa Vathy a été vendu à un groupe privé. Ça a fait grincer pas mal de dents mais que veux-tu, tout est à vendre en Grèce. C'est le nouveau maire qui a autorisé la vente, soi-disant pour renflouer les caisses. Kaimaki fait partie de cette gauche pourrie qui gravite autour de Syriza dont je te parlais sur le ferry.

Mc Cash grommela sous le regard incrédule de l'Irakien. Ça valait le coup d'aller jeter un œil.

8

Des collines de terres pelées piquées d'arbustes s'étendaient vers le nord, à perte de vue. Ils embarquèrent Khaled à bord du Kangoo et suivirent la route en construction sans croiser le moindre ouvrier. Les travaux entamés pour améliorer l'accès à cette zone peu développée semblaient avoir été abandonnés. Mc Cash stoppa la voiture quelques kilomètres plus loin. La piste, jusqu'alors aplanie par des machines à rouleaux compresseurs, redevenait un champ de ruines… Ils cahotèrent jusqu'au hameau d'Exo Vathy sous un soleil abrupt qui brûlait les cailloux.

Le bourg comptait une douzaine de maisons en parpaings, rarement peintes, dont la moitié semblaient inhabitées. Quelques chats jouaient avec des squelettes de poissons près d'un bar-restaurant à l'abandon. Stavros connaissait le couple qui avait longtemps tenu la seule enseigne ouverte sur ce versant de la côte.

Argyro et son mari avaient plus de soixante-quinze ans, des rides à s'y perdre et des photos d'eux jeunes, un mariage en noir et blanc qui prenait la poussière sur les murs de la cuisine. Khaled avait repris courage

– Leïla faisait partie des femmes que les deux hommes recherchaient – et mourait de faim ; Argyro leur prépara du poisson frais en faisant la conversation.

Le couple avait cédé son vieux restaurant l'été dernier à un Grec d'Athènes qui, depuis, n'avait toujours pas donné signe de vie. La crise sans doute. Quant aux travaux de la piste, ils avaient stoppé cet hiver sans qu'on sache s'ils reprendraient un jour. Les touristes étaient rares par ici, l'état de la route ne les aidait pas. Ils avaient pensé que l'hôtel-casino construit au bout de la baie attirerait du monde mais c'était presque le contraire. Leur restaurant dorénavant fermé, les derniers pêcheurs avaient quitté le hameau d'Exo Vathy pour le sud de l'île, et presque personne ne venait par ici. La vente du cap entrant dans les programmes de modernisation du nouveau maire, une colline entière avait ainsi été privatisée.

L'hôtel-casino n'avait pas fait la moindre communication à Astipalea, dont la population locale n'était pas la clientèle visée. Les acheteurs avaient fait venir des travailleurs et des matériaux pour la construction du site, alimentant un peu plus les rancœurs.

— Ils arrivent tous par la mer, avec leurs bateaux de luxe ! s'esclaffait la vieille dame. On croyait qu'ils allaient embaucher des gens du coin mais tu parles qu'ils s'en foutent !

Argyro mastiquait son amertume de ses dernières dents valides. Son mari avait poussé dans la baie du casino avec sa barque la semaine dernière, mais les pêcheurs non plus n'y étaient pas les bienvenus ; on lui avait signifié qu'il se trouvait dans une zone privée et devait s'éloigner pour ne pas déranger les clients.

La moue de la vieille femme rappelait le poisson

dans les assiettes. Stavros attaqua la tête, le plus goûteux paraît-il, commença par les yeux. À ses côtés Khaled dévorait, ragaillardi par les nouvelles qu'on lui donnait. Mc Cash, lui, n'avait pas faim. Il pensait toujours à Angélique, au sang de l'Afrique déversé là, dans la poussière. Il allait faire un tour au casino pendant que Stavros appelait Kostas.

*

Le soleil déclinait sur les collines. Le site était isolé, comme coupé du monde. Mc Cash stoppa le Kangoo devant la barrière qui délimitait l'accès au cap sous l'œil suspicieux d'un gardien en tenue civile.

— L'hôtel est complet, annonça-t-il. Et le casino ferme ce soir.

— J'ai une chambre à Chora et il est encore tôt, renvoya le borgne par la vitre ouverte. Je viens juste gagner de l'argent. Ou en perdre. Une heure me suffira.

Le type le scrutait derrière ses lunettes noires, guère emballé par son véhicule.

— La mise minimum est de mille euros, le prévint-il. Changeable contre des jetons.

— J'ai plus que ça en poche, mentit Mc Cash. Bon, je peux dépenser mon argent comme bon me semble ou il faut demander à voir le patron ?

Le garde ayant consenti à relever la barrière, Mc Cash longea le sentier balisé et gara la voiture deux cents mètres plus loin sur le petit parking prévu à cet effet. Seule une berline prenait le frais sous les feuillus. Une rangée d'arbustes masquait en partie la façade de l'hôtel-casino, une longue bâtisse blanche adossée à la colline. Il y avait aussi des baraquements à l'écart, probablement ceux qui logeaient les employés. La baie de Vathy, seulement accessible par la mer, devait se situer de l'autre côté de l'établissement. Mc Cash garda ses lunettes de soleil et approcha du perron où deux hommes portant le même costume accueillaient les visiteurs. Ces derniers semblaient plutôt rares.

— Vous venez jouer ? demanda le plus aimable.

— C'est un casino, non ?

— Oui, mais il ferme bientôt.

— On m'a dit ça, oui. Je suis en vacances dans le coin et accro aux jeux, ajouta-t-il. C'est pour ça que je me fixe toujours une heure autour des tables, pas une minute de plus, que je gagne ou que je perde.

Il passa devant les types de la sécurité, sentit leurs regards dans son dos. Un sol de marbre blanc menait à la réception, elle aussi désertée. Il y avait un ascenseur au fond du hall mais aucun escalier. Une femme l'accueillit, tailleur strict et cheveux noirs attachés. La brune souriait pour la forme, visiblement peu inspirée par l'allure du client. Elle posa quelques questions auxquelles il répondit de manière évasive – un simple vacancier accro au jeu. Mc Cash laissa l'empreinte de sa carte bleue, pria pour que sa banque ne bloque pas l'opération, respira quand la fille fit glisser une pile de jetons rouges sur le comptoir.

— Prenez l'ascenseur, c'est au premier, indiqua-t-elle. Bonne chance, monsieur, ajouta-t-elle sans y croire.

Suivant ses recommandations, il grimpa à l'unique étage. Une double porte de bois verni donnait accès à la salle de jeu. Black-jack, roulette, poker, personnel en tenue réglementaire, musique *lounge* à peine audible, bar à cocktails, il y avait les ingrédients habituels d'un casino mais peu de monde autour des tables. Une dizaine de clients paressaient devant les tapis verts, tous masculins. Moyenne d'âge cinquante ans, blazer et chemise blanche majoritaires, peaux tannées par le soleil. Certains lui adressèrent un regard transparent. La plupart se contentaient de jeter les jetons au hasard des feutres, trompant l'ennui à coups de mises corsées.

Mc Cash observa les lieux, ne vit aucune ouverture sur l'extérieur susceptible de distraire les joueurs. Un barman secouait un shaker derrière un comptoir surmonté de verres, non loin d'un lourd rideau bordeaux – était-ce un mur aveugle ou une autre salle ? Un type costaud rôdait à proximité de la tenture, chargé de la sécurité sans doute, surveillant l'assemblée d'un œil morne. Mc Cash prit bientôt place à la roulette, où deux joueurs conversaient en grec. Beaucoup de jetons sur le tapis, peu d'enthousiasme en retour malgré les efforts du croupier. Mc Cash se mit bien avec le personnel en offrant un de ses jetons, laissa la bille tourner sur la roulette.

Sa pile paraissait ridicule face aux monticules des deux Grecs. Mise minimum, cent euros. Il posa un jeton sur le noir pendant que les autres dispersaient leurs plaques, poursuivit son inspection visuelle. Il y avait une porte au fond de la salle, probablement le bureau du boss. La berline qui prenait la poussière dehors ne pouvait pas transporter tous les clients présents ici, ils venaient donc de la baie, des bateaux, se rendant dans la salle de jeu par une autre entrée.

— Rien ne va plus !

Mc Cash gagna deux fois sa mise, la perdit cinq fois,

regagna un peu, perdit encore, tenta le tout pour le tout sur le 7, vit le 38 sortir sous l'œil impassible du croupier. En vingt minutes, il avait liquidé les mille euros qu'il n'avait pas, et les deux Grecs avec qui il avait essayé de nouer une conversation en anglais l'avaient envoyé sur les roses.

Le borgne pestait dans sa barbe lorsque, quittant la table de black-jack, un client ventripotent se dirigea vers la tenture bordeaux. Le type qui surveillait les tables le devança, sembla échanger quelques mots, ouvrit un pan du rideau et le laissa retomber derrière lui... Mc Cash se tourna vers le croupier qui ramassait les mises sur le tapis vert, désigna la tenture près du bar à cocktails.

— Il y a une autre salle de jeu? demanda-t-il benoîtement.

— Non, monsieur.

— Et derrière ce rideau?

— C'est privé. Réservé aux clients de l'hôtel.

— Ah! On peut voir les suites?

— Non, monsieur, tout est plein.

— Depuis longtemps?

— Oh! oui, sans doute. Ce n'est pas moi qui m'en occupe.

— Qui alors?

— Je ne sais pas, monsieur. Il faut voir à la réception mais je crains que tout ne soit réservé plusieurs mois à l'avance.

Un homme sortit alors de la porte au fond de la salle, un grand type baraqué en sportswear qui traversa la pièce sans un regard pour les clients attablés. Mc Cash attendit qu'il passe devant lui, laissa les joueurs à la roulette et le suivit vers la sortie. Il appela l'ascenseur, snoba le joueur du dimanche qui venait dans son dos. Mc Cash le jaugea brièvement. Un mètre quatre-vingt-dix, comme lui, mais le teint basané et une tête étonnamment petite pour la montagne de muscles qu'on devinait sous le sweat. Les deux hommes se dévisagèrent brièvement dans la cabine d'ascenseur. Aucune tension particulière, plutôt de l'indifférence derrière les lunettes noires. Mc Cash le laissa passer le premier dans le hall, tripota son smartphone sous le regard de la réceptionniste. Le colosse se dirigea vers une porte, au-delà des plantes vertes : «*Private only*».

Il salua la brune au comptoir de la réception, sortit par la porte principale. Les deux hommes sur le perron avaient disparu. Personne non plus sur le parking, et le garde à la barrière était trop loin pour le voir. Mc Cash longea le bâtiment. Il y avait un garage un peu plus loin, aux portes métalliques fermées, près des logements des employés. Le ciel tombait au-dessus des toits. Il se glissa le long du mur d'enceinte et soudain se figea, alerté par le bruit d'une ouverture automatique.

Il reflua contre le mur, sur le qui-vive. Un, deux, puis trois véhicules sortirent du garage, avec chacun deux hommes à bord.

Des pick-up.

*

Varon Basha avait à peine eu le temps d'interroger les naufragées qui, après un périple interminable, venaient enfin d'arriver. Un nouveau groupe de migrants débarquait ce soir et, depuis la mort de son frère, le chef du clan s'occupait lui-même de la logistique. Les mains rivées au volant du pick-up, Varon Basha bouillait à l'idée d'entendre le récit de ces petites putes... Kerouan s'imaginait quoi ? Qu'après ce qui s'était passé, il allait les laisser filer sur son voilier en toute impunité ? Le dernier qui avait cherché à rouler Varon Basha comptait les anémones au fond d'un récif, sa femme avait subi tous les outrages sous les yeux de ses enfants, ses amis même chiaient de peur à l'évocation de son nom.

Après les armes et la drogue, le trafic d'êtres humains était le plus lucratif, un marché de dix milliards de dollars par an. L'État islamique et les guerres du Moyen-Orient avaient fait monter les chiffres. À l'inverse de la plupart de ses hommes, Varon Basha était allé à l'université et avait des idées précises sur la question. L'immigration choisie était une connerie d'Occidentaux protectionnistes et couards : l'homme migre, c'est dans sa nature, et rien ni personne ne pouvait l'en empêcher. Il suffisait de voir les noyés dans la Méditerranée.

Varon Basha avait quitté la fac de Tirana au début des années deux mille pour intégrer le réseau de son oncle, Samir, qui avait une boutique de téléphones à Istanbul, le centre de triage du trafic humain mondial. Un petit entrepreneur, l'oncle Samir, qui gérait les appels des passeurs et l'accueil des migrants. L'hébergement était sommaire, le stress incessant pour ceux qui attendaient le bateau ou le camion qui les emmènerait loin, vers cette Europe fantasmée sur laquelle ils avaient tout misé. Mille euros le transit. Diplômé de communication et d'informatique, plus doué, plus rapide, et surtout plus déterminé, Varon Basha n'avait pas tardé à reléguer son oncle aux tâches obscures – comme le logement des migrants en transit justement – pour prendre sa place.

Le physique du jeune impétueux impressionnait, cent kilos de muscle surmontés d'une tête étroite au regard têtu. L'oncle Samir s'était rebiffé face à l'éviction dont il faisait l'objet : on ne se comporte pas comme ça avec les aînés de sa propre famille, ce manque de respect pourrait lui coûter cher, voire un retour express à Tirana et ses poubelles. Il menaçait son neveu, index à l'appui. Varon Basha avait saisi Samir par la cravate de sa petite chemise blanche, l'avait traîné jusqu'aux toilettes de la boutique qu'ils partageaient encore, et avait précipité sa tête dans la cuvette. Il l'avait maintenu fermement contre l'émail crasseux, traité de bite molle, de cafard et de chien, avait tiré la chasse plusieurs fois jusqu'à ce que son oncle se crût noyé et, lorsqu'il n'avait plus que ses poumons pour pleurer, Varon Basha lui avait pissé dessus.

— Un mot, un seul à la famille, et je t'étouffe dans ma propre merde.

Être un simple intermédiaire ne suffisait pas à l'ambition du neveu. Il y avait l'organisateur, patron incontesté du trafic, des rabatteurs et des transporteurs locaux, des spécialistes du franchissement de frontières, toute une chaîne où chacun tenait un rôle défini, des cellules homogènes, étanches. Dans chaque pays, il y avait des maisons codées pour cacher les clandestins, des agents locaux membres du réseau chargés de faire les courses. À ceux qui se retrouvaient à court de liquidités, il procurait un téléphone pour appeler les familles à la rescousse, retirait pour eux l'argent dans des banques.

Le chef du réseau était souvent un homme d'affaires fortuné et intouchable : policiers, étudiants, routiers, fonctionnaires, tout s'achetait.

Varon Basha comprit vite que la base du métier de passeur était la confiance. Un type qui plante son client perdait des points à la Bourse des crevards. Il fallait au contraire bâtir un réseau ultra organisé, avec des gens motivés et bien payés à chaque poste. Il fit venir un de ses frères à Istanbul pour le seconder, Alzan, qui avait besoin de prendre l'air après un coup de main un peu trop musclé à Athènes.

Alzan devint son garde du corps attitré, son bras droit et homme de confiance – le seul dans sa vie d'ascète.

Deux chemins reliaient la Turquie à l'Italie, par la route ou par la mer. Varon Basha opta pour la seconde, et s'y montra aussi imaginatif qu'audacieux. Faux matelots sur un chalutier, cachés dans les cales d'un yacht volé ou le plus souvent loué « à l'aveugle » avec de faux papiers – peu de bateaux de luxe attiraient les douaniers –, entassés sur des zodiacs ultra rapides jouant au chat et à la souris avec les gardes-côtes, les migrants faisaient selon les disponibilités, avec un taux de réussite de plus en plus élevé à mesure qu'il affinait son réseau.

L'argent entrait de façon exponentielle. Les candidats à l'exil se pressaient, à raison de mille à quatre mille euros la traversée, toujours plus nombreux avec les guerres qui suivirent le Printemps arabe. Un million devint dix, puis vingt. Alzan achetait de grosses cylindrées, se pavanait avec son or et ses call-girls, ce qui n'était pas dans le tempérament ombrageux de l'aîné. Alzan était plus porté sur le porno que sur la réflexion, un homme d'action que son frère utilisait à dessein.

Enfin, avec la guerre contre le terrorisme et le gel des avoirs douteux, les lanceurs d'alerte et les fuites des fichiers, il devint plus difficile d'avoir recours aux paradis fiscaux pour blanchir l'argent sale. Criminalité organisée et délinquance financière allant de pair, Varon Basha choisit de diversifier ses investissements.

Il avait rencontré Alex Zamiakis quelques années plus tôt par l'intermédiaire d'une avocate d'Athènes lors d'une affaire impliquant son frère. Zamiakis bénéficiait de relations haut placées et les deux hommes avaient des intérêts communs. Varon Basha prit des parts dans le consortium monté pour l'achat d'un cap à Astipalea : l'hôtel-casino construit sur l'île grecque servait à blanchir l'argent des commissions de l'armateur et du trafic de réfugiés, une lessiveuse à cash sous couvert de jeux et d'hôtellerie de luxe.

Débarquant depuis la Turquie, les femmes jeunes transitaient par les sous-sols de l'hôtel de luxe avant d'être envoyées comme esclaves sexuelles sur le Darknet, dans les bordels du port d'Athènes ou sur les yachts qui mouillaient dans la baie. Leur prix variait selon ce qu'on en faisait, leur beauté ou leur virginité. Varon Basha avait chargé Alzan d'organiser les transferts de la filière d'Astipalea sans savoir qu'elle virerait au drame.

L'homme qui accompagnait son frère la nuit du meurtre avait tardé à l'avertir mais quand Varon Basha finit par arriver sur les lieux, il trouva son frère avec le cou brisé.

Il avait fallu deux jours pour identifier les coupables. D'après la capitainerie, le bateau suspecté d'avoir embarqué les réfugiées appartenait à Marc Kerouan, un Français qui naviguait sur un Class 40 et avait passé une nuit au port, dix jours plus tôt. Varon Basha croyait avoir affaire à un réseau concurrent – les voiliers étaient un moyen commun pour transporter des clandestins –, le Français connaissait le lieu et l'heure du débarquement, mais personne n'avait jamais doublé Varon Basha.

Il avait envoyé des zodiacs sur la piste du voilier depuis le port du Pirée, mais les fugitifs étaient passés au travers des mailles du filet. L'Albanais avait alors dépêché un des avions servant à transporter les migrants les plus fortunés, qui finit par repérer le Class 40 hors des eaux grecques. Varon Basha les voulait vivants, coûte que coûte, mais son rayon d'action n'était pas si vaste. Il avait dû demander l'aide de Zamiakis.

L'armateur grec avait d'abord rechigné mais s'il s'agissait bien d'un réseau concurrent, ces salopards pouvaient être au courant des transferts depuis l'hôtel, des opérations de blanchiment au casino, et les faire tomber pour prendre leur place. Impliqué malgré lui dans la vendetta, Zamiakis avait trouvé la parade : un de ses navires en partance de Tanger couperait la route du voilier, avec un homme de confiance, Xherban Berim, un cousin de Varon Basha.

Si Berim et les marins avaient réussi à récupérer la cargaison, le skipper avait préféré sombrer avec son bateau sans révéler l'ampleur du réseau. Le *Jasper* bloqué au port de Brest, Berim avait laissé les réfugiées mijoter dans la soute et mené une enquête sur place pour tirer l'affaire au clair. Le cousin avait fini par découvrir un complice de Kerouan, un certain Raoul chargé de fournir des faux papiers aux fugitives : d'après ses dires, le Français n'était qu'un amateur, qui avait monté un réseau domestique pour accueillir des migrants avec l'aide d'associations locales. Mais quelque chose clochait dans cette affaire : Kerouan avait appelé Raoul depuis son voilier pour qu'il falsifie huit permis de séjour – comme les huit femmes cachées dans la cabine. Or les naufragées étaient neuf.

Berim ne donnait plus de nouvelles depuis mais Varon Basha avait tourné l'équation dans tous les sens : Kerouan avait une complice, une fille qui s'était mêlée aux clandestines pour passer inaperçue.

L'Albanais ne mettrait pas longtemps à la démasquer. Il l'interrogerait tout à l'heure, après le tri des nouveaux arrivants. Et elle lui dirait la vérité sur la mort de son frère – avant de mourir.

9

Le crépuscule flambait sur la baie de Mesa Vathy. Stavros et Mc Cash guettaient au pied de la colline voisine, une paire de jumelles à la main. Personne n'avait détecté leur présence depuis la rive où ils avaient pris position. Cinq grands voiliers se tenaient à l'abri du vent, deux vedettes et un yacht plus moderne qui venait de s'arrimer à une bouée, un bateau de trente mètres battant pavillon grec. Le plus proche. Le plus isolé aussi. Mc Cash compta trois hommes sur le pont, dont deux occupés aux manœuvres.

Il ne pensait plus à sa fille laissée en Bretagne, à ses blessures qui le tiraillaient. Même sa prothèse à l'air libre ne lui faisait plus rien. Les pick-up disparus dans les collines, il avait retrouvé Stavros chez le vieux couple et depuis ne desserrait plus les dents.

Un endroit retiré dans le nord de l'île accessible par la mer, un acheteur fantôme qui laissait à l'abandon le seul restaurant du hameau voisin, un hôtel-casino qui embauchait des étrangers pour la construction et les services, limitait l'accès terrestre pour mieux privatiser la baie et accueillir les yachts de passage, une baie non loin où des clandestins débarquaient de nuit, maintenant des pick-up : Angélique et les réfugiées étaient là, dans le casino.

On les maintenait prisonnières dans une suite, un sous-sol, une pièce isolée ou le garage, mais Angélique était là, quelque part. Et il n'y avait qu'un moyen de s'introduire dans l'hôtel-casino : se faire passer pour un client, en braquant un des yachts qui mouillaient dans la baie.

— C'est quand même risqué, avait estimé Stavros. Les nababs doivent avoir des gardes ou des gens armés sur le bateau.

— Tu préfères quoi, qu'on débarque déguisés en vieilles putes ?

Le Grec avait obtempéré, il était même partant. Mc Cash commençait à bien l'aimer, à croire que tous les borgnes avaient une âme pirate, et au point où ils en étaient, c'était trop tard pour reculer.

Le mari d'Argyro avait prêté sa barque à moteur, des habits de pêche et un panier de langoustes fraîchement retirées des casiers que Stavros avait payées un bon prix pour les dédommager. Stavros avait raison, son plan était foutrement hasardeux mais les deux hommes se taisaient en embarquant sur la coque de noix. Le ciel tombait sur la baie lorsqu'ils démarrèrent le petit moteur. La barque n'était pas très stable sous le clapotis, heureusement Stavros savait naviguer. La lune pointait dans le ciel éteint, la façade ouest de l'hôtel-casino se profilait à mesure qu'ils approchaient du mouillage. Mc Cash fixait sa cible dans la nuit : le yacht qui venait de jeter l'ancre.

Ils dépassèrent une superbe goélette à deux mâts et se dirigèrent vers la bouée où stationnait le *Sea Horse*. Occupés à mettre un zodiac à l'eau, les marins ne prirent pas garde au petit bateau de pêche qui s'amarra à couple. Revêtus d'une brassière et d'un bob usé par les intempéries, les deux hommes firent illusion ; Stavros s'adressa aux marins en grec, désigna les langoustes qui étiraient leurs pattes dans le panier d'osier.

— Toutes fraîches ! plaida-t-il.
— Cassez-vous, OK ?

Les membres de l'équipage dédaignèrent ceux qu'ils prenaient pour des pêcheurs locaux, affairés au treuillage de l'annexe. Mc Cash en profita pour s'accrocher au bastingage et grimper à bord. Il tira la lame cachée sous sa brassière, attrapa le petit barbu torse nu qui sortait de la cabine.

— Hey !
— Un geste et je lui tranche la gorge, menaça Mc Cash. Finissez d'amarrer le zodiac et restez où vous êtes.

Les marins ne comprirent pas tout de suite ce qui se passait, c'est en voyant la pointe effilée contre l'œsophage du boss qu'ils se figèrent. Stavros avait déjà grimpé sur le pont. Le barbu était vêtu d'un pantalon de toile et ne portait pas d'arme.

— Tu fais une grave erreur, souffla-t-il.
— Ta gueule. Va voir s'il y a d'autres hommes à l'intérieur, lança-t-il à Stavros. Vous, sortez les pare-battage des coffres, les bouts, tout ce qui traîne dans le coffre. Vite !

Mc Cash enfonça la lame plus précisément dans la glotte, provoquant une volée de jurons qui fit son effet ; une dizaine de gros boudins de plastique atterrit bientôt sur le sol en teck du pont inférieur.

— Maintenant videz vos poches et glissez-vous dans les coffres, ordonna-t-il. Dépêchez-vous !

Leur patron n'eut pas besoin de les motiver ; les deux marins s'entassèrent tant bien que mal dans l'espace exigu réservé aux pare-battage, grognèrent avec véhémence quand Mc Cash boucla les coffres sur eux. Un instant libre de ses mouvements, le barbu voulut le frapper par-derrière mais il était trop lent, prévisible : un atémi à la gorge le stoppa net.

— Viens par là, abruti, siffla Mc Cash en le poussant vers la cabine.

Stavros apparut alors qu'il reprenait péniblement son souffle, le buste incliné en se tenant la gorge.

— Personne, annonça le Grec. Et les placards sont vides.

Mc Cash avait tiré les rideaux de la pièce, d'un luxe ordinaire pour ce type de navire, avec du bois d'acajou et de longs canapés en cuir face à un écran plat extralarge. Le barbu avait la quarantaine, le nez épaté et un regard d'élan face à l'ours.

— Ton nom ?
— Tu ne sais pas à qui tu te frottes, dit-il sur le ton de la menace.
— Je t'ai demandé ton nom, pas de faire des commentaires.
— Ektor Kanis.
— Ce yacht est à toi ?
— Non. Non, je l'ai loué.
— À qui ?
— Une... une agence du Pirée.
— Pourquoi il n'y a pas d'employés sur ton bateau ?

Ektor fixa le grand borgne.

— Qu'est-ce que vous voulez ? De l'argent ?

— Réponds à ma question : si tu étais un nabab en croisière dans les îles, il y aurait des vêtements dans les placards, un cuisinier, une femme de chambre. Qu'est-ce que tu fais ici avec ces deux marins ?

— Vous feriez mieux de déguerpir.

— Je n'ai pas de temps à perdre, Ektor, renvoya-t-il, le couteau à la main : tu sais quoi de cet hôtel-casino ?

— Rien. J'ai une chambre réservée, c'est tout.

Pupilles dilatées, rougeur inopinée, pas difficile de voir que ce type mentait. Mc Cash le plaqua d'une main contre la paroi de la cabine, de l'autre pointa la lame du couteau sous sa paupière.

— Parle avant que je te crève un œil. Je sais qu'il y a des filles dans ce putain d'hôtel, un trafic de réfugiées dont le réseau appartient à Varon Basha. Tu travailles pour lui ?

— Non...

— Pour qui ?!

Un filet de sang perla sous la paupière.

— Son frère ! s'écria Ektor. Alzan Basha ! C'est pour lui que je travaille !

— Continue.

— Alzan... C'est lui qui gérait les transferts.

— Pourquoi tu parles de lui au passé ?

— Parce qu'il... parce qu'il a été tué. Je ne sais pas comment, ni par qui. Juste que son frère a repris le business en main. C'est lui qui m'a dit de venir chercher la cargaison.

— Les réfugiées qu'on trie en arrivant sur l'île ?

— Oui.

— Quand, ce soir ?

— Oui.

— Explique.

— Je dois transférer les filles au Pirée et les remettre à un intermédiaire qui m'attend à quai. Mon rôle s'arrête là.

— Elles deviennent quoi après, ces filles ?

— Je ne sais pas. Les cellules sont étanches, ajouta-t-il en louchant sur le couteau. C'est la vérité.

Sans doute. Mc Cash ne relâcha pas la pression sous sa paupière.

— Tu as déjà vu Varon Basha ?

— Non.

— Mais tu es déjà venu ici.

— Oui. Mais je vous l'ai dit, c'est son frère que je rencontrais : Alzan.

Mc Cash jeta un rapide coup d'œil à Stavros, qui suivait l'interrogatoire en silence.

— Les autres bateaux dans la baie, eux aussi sont là pour transférer des réfugiées ?

— Je ne sais pas. Il n'y a plus beaucoup de migrants sur les îles. Ils doivent plutôt venir pour le casino, ou l'hôtel.

— Les suites sont à moitié vides mais toutes réservées, ça veut dire quoi ?

— C'est pas mon business, assura Ektor.

— Du blanchiment d'argent ?

— Peut-être... Je ne sais pas. Pas mon business, répéta-t-il.

Mc Cash gambergea une poignée de secondes. Il espérait tomber sur un client de l'hôtel, pas sur un passeur. Il devait changer ses plans.

— Il y a des armes à bord, dit-il d'une voix blanche : où sont-elles ?

L'homme désigna le placard au-dessus du bar. Mc Cash le poussa devant lui, découvrit un calibre .38, une batte de base-ball et une kalachnikov avec plusieurs chargeurs. Peur des pirates peut-être. Il empoigna le browning, le confia à Stavros en le sommant de tenir Ektor en joue, fit une rapide visite des différentes cabines. Hormis les couchettes des membres de l'équipage, les pièces étaient vastes, cosy, certaines avec jacuzzi, d'autres écrans plats, ordinateurs et tout ce dont on pouvait rêver pour une croisière au long cours. Rien qui pourrait attiser la curiosité des douaniers ou gardes-côtes. Il remonta vers le salon télé. Le passeur épongeait sa paupière meurtrie, livide.

Mc Cash approcha, tendu, vindicatif.

— Tu as rendez-vous avec Varon Basha ?

— Non... Non, je dois juste me présenter à la sécurité de l'hôtel et demander Enian. C'est le second d'Alzan.

— Ils te connaissent ?

— Enian, oui.

— Les marins du yacht sont déjà venus avec toi ?

— Non, fit Ektor. Eux, c'est des hommes à moi.

Mc Cash ne le quittait pas des yeux, cherchant à savoir s'il lui mentait.

— Comment se passe le transfert ?

— Je dois attendre le petit matin pour amener les filles sur le bateau... Il y a une cabine pour elles, dit-il en désignant le parquet sous ses pieds.

— Avec l'annexe amarrée à la proue ?

Le passeur acquiesça.

Mc Cash se tourna vers Stavros... Oui, il avait encore une chance.

*

Les moteurs du *Sea Horse* pouvaient propulser les deux cent quarante tonnes du yacht à plus de vingt-cinq nœuds. Stavros observait le poste de pilotage depuis un moment, testait l'allumage. Il avait déjà promené des touristes sur des bateaux le long des îles, jamais conduit d'aussi gros engins.

— Tu saurais faire marcher ce truc ? demanda Mc Cash.

— Je pense, oui…

Tirant les marins du coffre à pare-battage, ils les avaient enfermés avec Ektor dans la cabine réservée aux clandestins avec ordre de la boucler s'ils ne voulaient pas couler par le fond. Après quoi, ils avaient revêtu les polos rayés des deux types. Ils étaient un peu justes mais avec les casquettes, ils espéraient faire illusion.

— Je te préfère en bas résille, fit Mc Cash pour détendre le Grec.

— Un des employés du casino peut te reconnaître, dit ce dernier, peu rassuré.

— Si les deux entrées sont hermétiques, on tombera sur Enian et ses hommes, pas sur un employé.

Des lumières filtraient des yachts à la nuit tombée, trop loin pour deviner ce qu'il s'y tramait. Mc Cash laissa Stavros manœuvrer le zodiac dans la baie silencieuse. La brise rafraîchit un peu son visage mais son pouls battait plus vite. La lune les guida jusqu'à la rive. La façade de l'hôtel-casino apparut, faiblement éclairée.

Des palmiers balançaient sous les étoiles naissantes lorsqu'ils accostèrent. Un homme les attendait, sans doute alerté par les mouvements de l'annexe depuis le yacht. Mc Cash et Stavros grimpèrent sur le ponton, une simple avancée dans la mer.

— Qu'est-ce que vous faites là ? leur lança aussitôt le cerbère.

— Ektor est salement malade, répondit le Grec. On se charge de la cargaison.

L'homme était vêtu d'un costume sombre, élégant. Un type de la sécurité.

— C'est trop tôt, dit-il. Et ce n'est pas les ordres.

— Téléphone à Enian, renvoya-t-il, Ektor l'a prévenu.

Le garde eut un rictus suspicieux, empoigna son portable mais n'eut pas le temps de s'en servir : Mc Cash lui planta le browning sous le nez.

— Un geste, un mot, tu es mort. Où sont les filles ?
— Quoi ?
— Les réfugiées que Varon Basha séquestre : où elles sont ? Réponds !
— Là-bas, dit-il en désignant l'hôtel.
— Où ça, là-bas ?
— Au sous-sol.
— OK, tu vas venir avec nous... Passe devant.

Le garde hésita, croisa l'œil du cyclope.

— Pense seulement à tenter quelque chose, je te tire une balle entre les omoplates. Maintenant avance. Doucement.

Quittant le ponton, ils suivirent l'allée et découvrirent une terrasse aux lumières tamisées, avec un jardin de cactus et de bambous qui masquaient en partie le bâtiment. Le hall se profilait, le restaurant, mais il n'y avait aucun client, nulle part. Même les chambres à l'étage paraissaient inhabitées. Mc Cash tenait l'arme braquée sous son polo pour échapper aux caméras de surveillance. Il n'en repéra aucune.

— Avance jusqu'à l'accueil, dit-il dans le dos du type.

Le grand hall marbré de l'hôtel apparut derrière les feuillages, et une silhouette féminine derrière le bureau de la réception. Une fontaine bruissait là, avec fioritures et jets d'eau un peu pompeux. Une fausse blonde à l'accueil souriait à leur approche mais deux yeux vifs les calculaient.

— Oui ?

L'expression de son visage changea lorsqu'elle entendit un choc et vit le type de la sécurité s'affaler sur le marbre.

— Toi, tu la boucles, la prévint-il.

Mc Cash s'agenouilla, insensible à ses sutures, tira un Taser des poches de l'homme à terre. Derrière le comptoir, la blonde restait tétanisée sous son vernis.

— Il y a combien de gardes dans l'hôtel ?
— Cinq… Six, répondit-elle.
— Et dans le casino ?
— Il est fermé ce soir. L'hôtel aussi.
— Qu'est-ce que tu fais là, alors ?

La fille se pinça les lèvres.

— Pourquoi tout est fermé ? insista-t-il.
— Ordre du patron, bredouilla-t-elle.
— Où sont les types de la sécurité ?
— Partis avec le patron. Je ne sais pas où.
— Le patron, c'est Varon Basha ?

Son hochement de tête laissa penser que oui. Mc Cash ne chercha pas à savoir où l'Albanais était parti.

— Les réfugiées sont au sous-sol ? Je te cause, Sharon Stone !

— Oui...

— Combien de gardes ?

— Un... Un, je crois.

Stavros épiait les angles du grand hall comme si des mafieux armés allaient surgir d'un instant à l'autre.

— Tu vas me mener jusqu'aux filles, ordonna Mc Cash.

Il pinça le coude de la blonde pour l'engager à obéir. Stavros le regardait faire, incrédule. Mc Cash lui donna le browning, garda le Taser sous sa veste.

— Cache cet enfoiré derrière le comptoir, lança-t-il à l'intention du garde à terre.

Ils prirent l'escalier de service. Une lumière blafarde éclairait les marches.

— C'est où ? demanda-t-il tout bas.

— Au fond du couloir... Sur la gauche après l'antichambre.

La blonde de l'accueil tremblait sous sa robe. Elle n'était pas une simple employée, et ce type lui faisait peur.

— Continue à marcher devant moi, dit-il. Aie l'air naturelle et tout ira bien pour toi.

Il faisait plus frais dans le couloir. Pas de caméras de surveillance visibles mais plusieurs portes de service. Un homme apparut alors à l'angle, large d'épaules où s'éventaient des cheveux filasse : il reconnut la blonde de l'accueil, pas le grand type qui l'accompagnait.

— Qu'est-ce qui se passe ? dit-il. C'est qui ce type ?

Le garde croisait les mains devant lui, trapèzes tendus, attendant la réponse qui le détendrait, et réagit trop tard : une décharge de cinquante mille volts le foudroya. La blonde étouffa un cri de stupeur devant le regard noir qui lui intimait de la boucler. Mc Cash trouva un Glock, calibre 9 mm, et deux chargeurs dans les poches du type qui grésillait à terre, les fourra dans sa ceinture et dans ses poches. Il poussa la fille vers la porte capitonnée qui leur faisait face, enjamba l'homme encore agité de soubresauts et entra avec elle, le Taser à la main.

Le décor était froid, presque clinique, une pièce elle aussi capitonnée où un groupe de femmes s'étaient dressées, alertées par son intrusion. Elles étaient sept autour d'Angélique, des réfugiées en majorité du Moyen-Orient qu'il vit à peine, obnubilé par le visage stupéfait de la Sénégalaise. Leurs regards se percutèrent une seconde – Angélique vivante, Angélique son ange noir et seul amour évaporé par sa faute, Angélique qui le fixait avec un mélange de surprise et d'effarement, ses yeux couleur miel envoyant des signaux d'espoir démesuré – un instant magnétique qui pouvait les perdre. Il fit quelques pas vers elle et sans réfléchir la prit dans ses bras.

— Ça va ?
— Oui... Oui.

C'était bon de la sentir, chaude et vivante contre sa poitrine. Angélique se dégagea pour mieux le dévisager.

— Bon Dieu, Mc Cash, qu'est-ce que tu fais là ?
— Pas le temps de causer : pour le moment il faut qu'on se tire d'ici. Varon Basha peut débarquer d'une minute à l'autre.
— C'est qui ?
— Le chef des passeurs. Je t'expliquerai, abrégea-t-il sous le regard incrédule des jeunes femmes. Stavros

est avec moi, là-haut, dit-il en désignant l'étage. Il y a un bateau dans la baie qui nous attend ; maintenant fichons le camp d'ici.

— Pas sans les filles, rétorqua Angélique.

— Dis-leur de se magner le cul.

Les réfugiées n'avaient pas besoin qu'on leur expose la situation. Mc Cash braqua le Taser vers la blonde de l'accueil et la foudroya avant qu'elle ait poussé un cri. Angélique la regarda choir à ses pieds, croisa l'œil enfiévré du borgne.

— Prêtes ?

Elle fit signe que oui.

Le garde grésillait toujours derrière la porte capitonnée. Mc Cash passa le premier. Il avait le Glock à la main, deux chargeurs dans les poches, la femme qu'il aimait dans son dos et sept jeunes migrantes resserrées comme un banc de poissons autour d'elle. Il guetta les mouvements dans le dédale des couloirs, bifurqua sur la gauche, braqua le pistolet à mesure qu'ils progressaient mais il n'y avait personne dans sa ligne de mire. Soudain, il fit signe aux filles de ne plus bouger : quelqu'un approchait. Il attendit, devina des pas à quelques mètres… Le type aussi le cherchait. Il semblait seul, la peur pour compagne – l'odeur du stress se faisait plus prégnante. Mc Cash retint son souffle, ce n'était plus qu'une question de secondes, sentit qu'une main invisible le poussait en avant, jaillit ventre à terre et tira deux fois coup sur coup.

L'homme reçut la première balle dans la jambe, l'autre à l'abdomen : il resta incrédule, un type de vingt ans à la fine moustache qui ne cadrait pas avec le décor. Mc Cash reprit sa respiration tandis que le jeune homme s'affalait doucement contre le mur, les mains serrées sur son estomac. Celles du borgne tremblaient. Qu'est-ce que ce gosse fichait là ?

Il atteignit l'escalier de service dans un état second puis le grand hall où bruissait la fontaine, les filles sur les talons. Le comptoir de la réception était désert. On apercevait les lumières de l'extérieur qui donnait sur la mer mais pas trace de Stavros.

— Bon Dieu, où il est passé ? grogna Mc Cash.

— Il nous attend peut-être au ponton ? chuchota Angélique par-dessus son épaule.

— Tant pis, allons-y.

La troupe allait s'enfuir par le jardin quand une voix traversa les ondes.

— Qui tu es, toi ?!

Varon Basha avait un pistolet pointé sur eux. Trois hommes armés l'accompagnaient, tenant en respect une douzaine de femmes apeurées. De nouvelles réfugiées qui venaient d'accoster dans la baie. Il y eut une seconde de flottement. Le géant albanais approcha de la fontaine, entouré par sa garde rapprochée. Mc Cash n'avait pas lâché son arme. Plusieurs captives le cachaient en partie : s'il tirait, ce serait un carnage et Angélique la première cible à ses côtés. Mais il ne se rendrait pas. À personne. Le chef du réseau sentit vite le danger : il s'arrêta à cinq mètres, le calibre bien calé dans sa main. Il ne voulait pas le tuer. Pas *maintenant*.

— C'est toi, Varon Basha ?

— Tu connais mon nom...

— Celui de Zamiakis aussi, le propriétaire du *Jasper*.

L'Albanais comprit l'engrenage qui l'avait mené là.

— C'est pas recommandé de fouiner dans mes affaires. On t'a pas dit ça ?

— Peu importe, renvoya Mc Cash. Laisse-nous partir, c'est tout ce qu'on demande.

Varon Basha goûta le moment de puissance.

— Tu préfères quoi, dit-il : qu'on commence par toi ou par tes négresses ?

Angélique eut un rictus. Les femmes d'instinct s'écartèrent. Varon Basha allait tuer l'homme qui avait tout risqué pour les sauver, au moment même où elles croyaient s'échapper.

— Non, s'interposa Zeïnabou. Non. Laissez-nous partir.

La jeune Somalienne fit deux pas et se tint en bordure de la fontaine, à mi-chemin des hommes armés. La voyant faire, Saadia l'imita, puis une, deux autres femmes.

— Laissez-nous partir, répéta Zeïnabou.

— Oui.

— Oui.

Varon Basha observa la scène, un instant interloqué, et partit dans un grand éclat de rire. Un rire qui durait trop longtemps.

— Il va vous tirer dessus, les informa Mc Cash.

— Vous croyez quoi, bande de petites merdeuses ?!

Mc Cash bondit à la seconde où il fit feu, contourna la fontaine au milieu des cris de panique et pressa plusieurs fois la détente. Tout le monde s'était jeté à terre ou cherchait à fuir. Varon Basha abattit Zeïnabou en premier, d'une balle au thorax, puis sa voisine immédiate, en plein cœur. Le pistolet crachait la désolation et la mort, les corps des femmes tombaient au bout de son bras pour un dernier massacre, Varon Basha se frayait au forceps un chemin jusqu'à Mc Cash, son ennemi intime, celui qui s'imaginait voler ses femmes.

Il pressait la détente pour se soulager d'un mal obscur, vidait son chargeur sur les femmes à terre, les impacts les faisaient rebondir comme des marionnettes, celles qui hurlaient et tentaient de se réfugier derrière les piliers en stuc, *bang, bang*, Varon Basha les voyait se contorsionner sous la pression de son index, une giclée de sang chaud inonda sa joue, ses hommes aussi tiraient tous azimuts, les projectiles fusaient à ses oreilles et il pressait toujours la détente, sûr de tomber sur sa cible, ce n'était qu'une question de secondes, les hurlements brouillaient ses ondes autant qu'ils galvanisaient sa rage, Varon Basha vit sa vie défiler dans la ligne de mire du pistolet lorsque soudain son poumon explosa.

Le géant fut frappé de stupeur. Le choc hydrostatique le fit reculer d'un mètre, près de la fontaine maintenant teintée de sang, mais il tenait encore debout. Que se passait-il? Il vit ses hommes à terre, leurs corps désarticulés comme tombés d'un immeuble, le visage ensanglanté ou foudroyé par l'acier brûlant, et le doux bruissement de l'eau pour oraison funèbre. Ses jambes se dérobèrent.

Varon Basha ne comprit pas tout de suite qu'il allait mourir : c'est en distinguant le borgne au-dessus de lui qu'il sourit.

Mc Cash était seul debout au milieu du carnage, une odeur de poudre suspendue, rempli de colère.

— Tu avais besoin de tirer, connard?

Les cris faisaient place à des gémissements. L'Albanais tenta de dresser la tête. Le pistolet reposait à quelques centimètres mais il ne pouvait pas bouger la main pour s'en saisir. Cette fois-ci il ne s'en sortirait pas. Il devenait froid comme le marbre qui l'accueillait. Qu'importe, qu'importe la mort puisqu'il la suivait depuis si longtemps.

Mc Cash fouilla ses poches, trouva une liasse de dollars, deux téléphones portables, une matraque télescopique et une clé crantée. Il embarqua le tout, le cœur à cent pulsations, repoussa le pistolet et laissa Varon Basha agoniser sur le marbre.

Angélique se tenait au chevet de Zeïnabou, la petite Somalienne qui s'était interposée la première face aux tueurs.

— Ça va? demanda Mc Cash.

— Moi, oui...

Zeïnabou ne respirait plus, un trou noir dans la poitrine. Il posa sa main sur la nuque d'Angélique, en signe d'affection. Autour d'eux, l'affliction se mêlait au soulagement d'avoir été épargnées. Les réfugiées se relevaient avec peine, tremblantes, encore silencieuses après le choc de la fusillade. Cinq femmes avaient perdu la vie sous les balles du trafiquant, d'autres retenaient le sang de leurs blessures avec ce qui leur tombait sous la main. Angélique parait au plus pressé quand Stavros apparut dans le hall dévasté.

— Bon Dieu, je croyais qu'ils t'avaient tué, gronda Mc Cash.

— Je guettais dehors quand j'ai entendu les moteurs des pick-up, mais je n'ai pas eu le temps de te prévenir. Et je ne sais pas me servir de ça...

Stavros regardait le browning qu'il tenait à la main comme un bouquet de fleurs mortes.

— Aide Angel à grimper les blessées à bord, abrégea l'ex-flic. Il faut qu'on soit partis dans dix minutes.

Il gravit l'escalier, le Glock à la main.

10

La nuit les avait engloutis. Maintenant le vent fraîchissait, le moteur ronronnait sous l'écume et ils n'arrivaient pas à dormir. Ce n'était pas la première fois. Ensemble la tension avait tendance à déborder sur la tendresse, les années n'y changeaient rien, et s'ils avaient imaginé d'autres retrouvailles, se serrer sur le pont d'un yacht à des milliers de kilomètres de drames anciens leur faisait l'effet d'un baiser perdu. Les coups, le sang, la douleur et la mort, Mc Cash était resté le même. Angélique lui pardonnait tout. Ils avaient croisé des poissons volants tout à l'heure, traînées de poudre scintillant sous la lune. Le bateau filait entre les vagues à sa vitesse de croisière, la mer était peu formée, inoffensive après ce qu'ils avaient vécu... Leurs langues aussi se délièrent.

L'idée était venue un soir à Angélique, après avoir baisé avec un type : monter son propre réseau de passeurs, un sauf-conduit pour la zone libre. Mais pour ça, elle avait besoin d'aide, et elle ne connaissait qu'un homme assez cinglé pour la suivre : Marco.

Si Zoé avait argué que le projet était beaucoup trop dangereux, l'avocat n'avait pas été long à convaincre.

Il y avait son métier de fiscaliste, sa famille, ses contraintes volontaires, mais une part de lui était restée en mer, avec le capitaine Achab à la poursuite des cachalots, tous ces krakens qui peuplaient son imaginaire : son projet d'embarquer des réfugiés depuis la Grèce était une aventure folle qui valait tous les cap Horn.

Ils avaient fait un premier voyage à Athènes pour voir le voilier de course qui servirait au convoyage – un ancien barreur de l'America's Cup basé au Pirée se séparait d'un magnifique Class 40, dont Marco signa vite la promesse de vente – et rencontrer leur contact en Grèce. Grand, athlétique bien qu'empâté par les années, les fêtes et les nuits trop courtes, Stavros avait l'œil unique qui pétillait d'une joie maligne.

— Tu me rappelles un autre borgne ! avait clamé Marco à la cinquième tournée d'ouzo.

Mc Cash écoutait l'histoire par la voix d'Angélique, apaisée par les flots qui les éloignaient un peu plus de l'enfer, le ciré remonté pour affronter le vent de la nuit. Elle et Marco avaient guetté les réfugiées qui accostaient dans la baie de Zafeiri, jusqu'à la nuit où ils étaient tombés sur les passeurs... Angélique n'avait jamais tué personne. Mais devant le tri des filles et le négrier frappant la Malienne, la colère l'avait rendue folle. Comme si son passé africain lui remontait des entrailles, celui de leurs aïeux. Marco les avait tirées de là, et avait pris les choses en main. Carburant aux amphétamines, il se sentait prêt à couler Neptune. Vent arrière, le Class 40 surfait sur les vagues, répondait aux réglages au quart de tour. Des pointes à vingt nœuds. Marco goûtait les embruns-fusées qui s'envolaient le long de la coque, l'œil acéré vers l'horizon, jusqu'à ce que le *Jasper* leur coupe la route. Un pur moment de terreur qui dura tout le naufrage.

— Fatou m'a dit que vous vous étiez engueulés sur le pont, fit Mc Cash. Que Marco n'avait pas voulu grimper à bord du cargo.

— Oui, j'étais déjà harnachée mais il refusait de prendre le dernier filin qui aurait pu le sauver. Il disait qu'avec un peu de chance, les marins me prendraient pour une réfugiée, que j'avais encore une possibilité de m'en tirer. Je lui ai répondu qu'il était cinglé, mais il hurlait qu'il était le capitaine et que je n'avais qu'à obéir. Je lui ai crié qu'il aille se faire foutre, que je ne grimperais pas sans lui mais j'étais déjà accrochée au filin : les marins m'ont hissée sur le pont sans que je puisse rien faire... J'ai juste vu le cargo heurter violemment le voilier, qui s'est fendu sous l'impact. Marco ne bougeait pas, agrippé au bastingage. C'est la dernière image que j'ai de lui, soupira tristement Angélique. Le cargo a remis les moteurs et le voilier s'est engouffré sous la coque...

Les hélices géantes l'avaient broyé, éparpillant les débris au gré de la houle.

Un silence spectral ponctua le récit d'Angélique. Mc Cash fixait la mer sombre comme s'il lui en voulait, cherchant à comprendre l'attitude de son ami. Marco était endurant, physiquement et psychiquement prêt à encaisser les tempêtes et les coups durs, mais il ne savait pas s'il résisterait à un interrogatoire musclé, à la torture ou aux menaces de mort sur un de ses proches. Les passeurs d'Astipalea étaient de mèche avec un groupe mafieux puissant, assez en tout cas pour dépêcher un cargo avec un tireur à bord pour leur barrer la route et récupérer les fugitives...

Mc Cash reconnut la folie généreuse de son ami : en refusant de grimper à bord, Marco assumait tous les torts et laissait à son équipière une chance de s'en sortir. De fait, les ravisseurs avaient pris Angélique pour une réfugiée. Sa peau noire, pour une fois, l'avait sauvée.

La mer cette nuit était calme. Le yacht naviguait à son rythme de croisière, Stavros aux commandes. Angélique frissonna.

— C'était qui, ce type-là, Varon Basha ?

— Un trafiquant de chair humaine, répondit Mc Cash. Un businessman, et un profiteur de guerre.

Excision, voile intégral, crime d'honneur, soumission, esclavage sexuel, violences diverses, la haine des femmes au début du millénaire ne se limitait pas qu'au contrôle de leur libido et de la liberté d'en jouir. Les réfugiées qui avaient le malheur de tomber entre les mains de criminels comme Varon Basha poursuivaient leur calvaire dans les réseaux les plus glauques du Darknet et de la prostitution. L'Albanais n'avait pas parlé de Zamiakis avant de mourir mais Mc Cash ne songeait qu'à déguerpir.

Il avait d'abord fallu acheminer tout le monde à bord du yacht, rassurer les femmes sur leur sort, prendre le large avant que d'autres mafieux leur tombent dessus. Stavros ayant appelé Argyro et son mari, ce dernier les avait rejoints avec Khaled sur le ponton de l'hôtel où, après avoir embrassé sa jeune promise, ils avaient grimpé avec eux dans le zodiac. Le pêcheur grec avait récupéré sa barque et assuré qu'il tiendrait sa langue. Contraint de lui faire confiance, Mc Cash n'avait pas tergiversé. Une seule chose comptait, déguerpir.

Les réfugiées avaient investi les cabines, les salles de bains, s'arrangeaient avec le malheur. Elles étaient onze rescapées, dont trois blessées par balle. Ils naviguaient depuis deux heures sous la lune qui, comme eux, fuyait sous les nuages. Angélique éprouvait une sensation de déjà-vu, comme si l'échappée avec Marco se dédoublait dans le temps. C'était il y a un mois. Un siècle. Elle revoyait la petite Somalienne et les jeunes femmes qui l'avaient suivie dans sa folie. Son sacrifice. Qu'avaient-elles enduré pour ainsi faire face à la mort, quel désespoir incurable ?

Angélique avait trouvé un ciré en bas. Il ne faisait pas particulièrement froid mais elle le tenait serré sur le pont arrière du yacht. Stavros maintenait le cap depuis la cabine de pilotage, son œil pirate aux nouvelles de l'horizon. Drôle de type que ce Grec... Mc Cash ne disait rien, assis tout près sur la banquette, n'osant la prendre par l'épaule alors qu'elle ne demandait que ça.

La mer se découpait sous les astres, ondulait en petites crêtes phosphorescentes. Angélique se sentait lasse après la montée d'adrénaline et les horreurs endurées, mais la présence de Mc Cash continuait de l'électriser. Il fumait, songeur, débraillé. Lui aussi redescendait doucement. Ils avaient à peine eu le temps de parler tous les deux.

— Tu espérais retrouver Marco sur l'île ? demanda-t-elle bientôt.

— Non... Non, dit-il, je savais qu'il était mort. Il y avait un tueur sur le *Jasper*, qui m'a raconté le naufrage. Fatou aussi, plus tard.

— Ah.

— Non, c'est toi que j'espérais retrouver. Les autres filles, je m'en fous. Ce n'est pas nouveau, il ajouta.

Angélique ne savait pas s'il était sérieux.

— Je me trompe ou c'est une déclaration d'amour que tu me fais?

— Tu te trompes.

— C'est drôle, j'avais cru comprendre le contraire...

Elle l'asticotait. Comme avant.

— Il y a une différence entre te sauver la vie et te sauver de la mort, dit-il sur le même ton. Je ne supporte pas l'idée que tu n'existes pas, Angel : ça ne veut pas dire que je t'aime comme un débile.

Elle sourit doucement. Une façon de revenir au monde.

— Après quinze ans, c'est toujours l'image que tu as de l'amour?

— Non, c'est l'image que j'ai de moi.

Angélique opina sous son ciré.

— Toujours à se contredire, hein?

Parlait-elle de lui, ou d'eux? Les mains de Mc Cash tremblaient un peu. Trop d'émotions à la fois. Ou alors était-ce la brise insidieuse qui se glissait sous son polo taché de sang et le faisait frissonner? Angélique était là, si près de lui qu'il pouvait s'y coller, s'y fondre en l'étreignant, comme avant.

— En tout cas merci, dit-elle. Je ne sais pas comment mais je te revaudrai ça.

— Bah. Peut-être que tu aurais fait la même chose à ma place.

— Je ne crois pas, non. J'aime trop la vie pour prendre le risque de la perdre sur un coup de tête.

— Tu l'as fait pour ces réfugiées, objecta-t-il.

— Ce n'était pas un coup de tête. On avait tout

préparé avec Marco et Zoé. Sauf de tomber sur ces salopards.

L'ombre de l'avocat passa dans le silence de vagues.

— Ma sœur est au courant ?

— De quoi ?

— Que tu as mis une île grecque à feu et à sang pour nous sauver, moi et les filles dont tu te contrefous ?

Mc Cash écrasa son mégot sur la tablette en acajou. Elle était marrante.

— Non, dit-il.

C'était bon de retrouver sa voix éraillée, l'humour triple lame de ses phrases qui l'avait mis mille fois K-O. Il se tourna vers son visage parfumé d'embruns, ses lèvres pourpres, songea à l'embrasser, mais Angélique était retournée à des choses plus ordinaires.

— Stavros m'a parlé d'un ami juge qui était sur l'affaire.

— Un imbroglio, qu'ils ne sont pas près de démêler, avança-t-il en réajustant son bandeau.

— Toujours aussi optimiste, dit-elle dans un euphémisme.

— Tu as vu le monde dans lequel on vit ? Reviens en France, tu vas voir comme les gens sont confiants dans l'avenir.

— Tu sais ce qu'on dit, « pessimiste par la raison, optimiste par la volonté ».

— Pour une fois que je suis raisonnable, dit-il dans un demi-sourire.

— C'est parce que tu n'as aucune volonté. Il suffit juste de vouloir, Mc Cash.

Il soupira sous la houle.

— Hum... Ça n'a jamais été mon fort.

282

— Tu peux l'être quand tu veux. Ce que tu as fait pour moi, personne d'autre ne l'aurait fait.

Le borgne ne renchérit pas. Le jour naissait sur les crêtes, et l'île de Paros apparaissait, fantôme dans la brume qui mangeait l'horizon.

*

Ils étaient convenus de déposer les réfugiés sur une plage isolée, où le HCR les prendrait en charge. D'après Stavros, il y avait une permanence sur l'île, des gens susceptibles de les soigner en urgence, et de les aider. Les rescapés diraient que des passeurs les avaient laissés là, comme d'autres avant eux, sans mentionner aucun nom, en attendant des nouvelles de Kostas qui suivait l'affaire depuis Athènes. Mc Cash et Angélique ne comptaient pas faire de vieux os en Grèce. Même si Varon Basha et sa clique étaient des trafiquants d'humains, les flics allaient lui demander des comptes après la tuerie dans l'hôtel et le borgne n'avait pas envie d'en rendre.

Ils ne savaient pas si les employés du casino consignés dans les baraquements et les clients des yachts qui mouillaient dans la baie avaient entendu ou vu quelque chose, ils voulaient juste disparaître. Qu'on les oublie.

Le soleil se levait sur Paros. Ils trouvèrent une baie inaccessible par la route, une plage de galets désertée au petit matin où ils débarquèrent les réfugiés. Mc Cash pressa les dernières filles de descendre du zodiac, surveillant les crêtes. Un premier voyage avait permis de déposer les blessées sur le rivage, avec les téléphones portables de l'équipage et les numéros du HCR pour qu'on vienne les chercher. Khaled et Leïla ne quittaient plus les bras de l'autre. Les femmes s'étaient organisées durant la traversée. Mc Cash les regardait faire avec un mélange de circonspection et de soulagement.

Le yacht stationnait à cent mètres, abrité du vent, Stavros à bord paré à prendre le large. Il était temps de se quitter. Les blessées étaient allongées sur des dessus-de-lit en fourrure, un groupe d'éclopées revenues du néant. Au fond, Angélique avait raison, ces gens-là avaient tout bravé... Il sortit des billets de sa poche.

La clé crantée était bien celle d'un coffre, qu'il avait trouvé dans le bureau du casino, celui d'où Varon Basha était sorti alors qu'il jouait à la roulette. Mc Cash avait embarqué les papiers et l'argent liquide qui traînaient là, près de deux cent mille euros, qu'il avait divisés par le nombre de rescapés. Il passa rapidement dans les rangs, distribua les liasses sous leurs visages interdits. Dix mille euros à chacun ; un coup de pouce pour le parcours qui les attendait.

Khaled et les femmes n'osaient parler en empochant l'argent, le regardant comme un messie. Pas trop le style de Mc Cash.

— Maintenant démerdez-vous, dit-il en guise d'adieux.

11

Le yacht les ramena au port du Pirée après une longue diagonale dans les eaux territoriales. Mc Cash aurait volontiers écrasé cette punaise d'Ektor, le passeur enfermé dans une cabine avec les marins du *Sea Horse*, mais le temps était compté et les juges trouveraient un autre moyen d'épingler Zamiakis.

Le passeport d'Angélique perdu lors du naufrage, ils restèrent deux jours à Athènes avant de recevoir une pièce d'identité, envoyée en express par sa sœur. Mc Cash s'était fait à sa présence à ses côtés, à ses regards douloureux lorsqu'elle évoquait la disparition de Marco et les détails sordides liés à sa détention, resserrant des liens qu'ils croyaient défaits, par petites touches. Angélique ne s'apprivoisait pas, et l'euphorie d'avoir échappé au pire avait fait place à une espèce de déprime qui s'estompait lentement. Le borgne la laissait refaire surface sans infléchir les motifs de sa rémission. Plusieurs vies étaient passées depuis leur séparation, qui chacune comptait triple. Il n'avait jamais cherché à revoir son ex-femme, préférait se dire qu'il la trouverait vieillie, tordue, moche, il se trompait, évidemment – Angélique était beaucoup plus belle à quarante ans qu'à vingt-cinq.

Il suffisait de la voir. Son parfum. La petite cicatrice au-dessus de sa lèvre. Sa peau noire sous son bustier, sa poitrine. Son odeur de brousse. L'éclat de ses yeux de miel quand elle croisait le sien, cette envie de la serrer contre lui une bonne fois pour toutes. Il repensait à ce qu'elle lui avait dit au sujet des réfugiées. Au fond peut-être qu'elle avait raison. Que sauver ces gens était une question de dignité humaine, cet humanisme raillé comme utopiste, angélique, justement.

Même si son combat était vain, qu'il en arriverait des centaines de milliers d'autres avec la bombe démographique qui couvait au Sahel – ils étaient quatre-vingts millions aujourd'hui, avec à peine de quoi manger sur un territoire saturé, ils seraient quarante millions de plus dans quinze ans : où iraient-ils, ces quarante millions de personnes sans espoir de vivre ? Dans les bras de Boko Haram ? Dans les écoles coraniques que l'Arabie saoudite construisait partout ? En Europe ? Sans même parler des guerres au Moyen-Orient, le problème des réfugiés n'était qu'un clapot face au tsunami migratoire qui se profilait.

Mc Cash avait profité de l'accalmie pour appeler Alice en Bretagne. Les choses ne s'arrangeaient pas avec Marie-Anne, elles semblaient même empirer. «Je reviens bientôt», avait-il assuré pour couper court. Angélique n'avait pas bronché en apprenant l'existence de sa fille. Un accident à l'entendre. Un accident d'amour, dont il s'était fait une spécialité… Enfin, l'ex-flic avait ratissé les papiers dans le coffre du casino sans savoir ce qu'ils contenaient, mais en découvrant leur contenu, Stavros et Kostas avaient trouvé du pain pour leur planche pourrie – une expression du borgne qui résumait l'état de la justice grecque.

Kostas avait remis les précieux papiers au juge anticorruption, qui dorénavant suivait l'affaire de manière officielle. Il y avait là de quoi prouver les liens entre le crime organisé et le consortium monté lors de l'acquisition du cap d'Astipalea, dont Zamiakis détenait la majorité des parts.

La tuerie de l'hôtel-casino défrayait la chronique mais s'il serait difficile de convaincre les clandestins de témoigner contre leurs bourreaux, le juge Lapavistsas avait appelé le maire d'Astipalea : questionné sur les travaux interrompus sur la piste dans le nord de l'île, Victor Kaimaki avait confirmé que les crédits européens avaient été bloqués lors du bras de fer opposant Syriza et la troïka et que, malgré la reddition du gouvernement, ils ne voyaient toujours pas la couleur de l'argent pour finir la route.

Quant au site hôtelier dans la baie de Mesa Vathy, il appartenait bien à un consortium à majorité grecque dont la vente avait été supervisée par un fonds gouvernemental, le Taiped, l'organisme d'État chargé de vendre les biens publics. Selon Kaimaki, tout s'était passé selon les règles, la mairie se chargeant simplement des papiers administratifs. Le maire n'avait pas dit si Yanis Angelopoulos, le président du Taiped, avait dirigé lui-même la transaction, si son ami Zamiakis ou un de ses émissaires lui avait donné une enveloppe pour faciliter la vente du cap et arrêter les travaux de la route pour dissuader les touristes locaux, mais la piste était brûlante et le juge jurait qu'il ne la lâcherait pas.

Kostas avait tenté de convaincre Mc Cash et Angélique de témoigner mais ils avaient refusé en bloc : ce n'était plus leur histoire.

*

Stavros les accompagna à l'aéroport d'Athènes, un matin de juillet écrasé de soleil. C'était étrange de se quitter après ce qu'ils avaient vécu.

— Ton look de vieille pute va me manquer, professa Mc Cash.

— Ta bonne humeur aussi ! railla le Grec.

Ils se séparèrent sur le parking après une franche accolade et la promesse de se tenir au courant des suites de l'affaire. Enfin, Mc Cash sortit une enveloppe de sa nouvelle veste, qu'il tendit à Stavros.

— Tiens, dit-il, c'est ta part. Pour le dédommagement. Sans toi, je serais encore en train de bronzer à la terrasse d'un bar d'Astipalea.

Stavros ouvrit les pans de l'enveloppe, découvrit les billets de banque. Il y avait l'équivalent de dix mille euros en liquide, et quelques bijoux raflés dans le coffre du casino.

— Si c'est de l'or, ça devrait t'aider à remonter ta maison d'édition, avança Mc Cash.

L'intéressé hocha la tête, à la manière des Grecs.

— Merci, dit-il.

On appelait les passagers à la porte d'embarquement. Angélique le serra une dernière fois.

— *Efcharisto*, vieux pirate. La prochaine fois, trouve-nous une vraie île au trésor.

Stavros partit dans un rire sonore, mais il ne répondit pas. C'était son île.

*

Ils arrivèrent à Nantes un matin d'été caniculaire qui n'épargnait pas la Bretagne. Un retour en douceur, croyait-il. Angélique et Mc Cash sortirent de la zone de débarquement mais une mauvaise surprise les attendait : Yann Lefloc, le détective privé de la famille Kerouan.

Lefloc portait une veste à carreaux sur ses épaules de déménageur un peu trop porté sur la bière, son crâne dégarni luisait de sueur, fracassés par la portière de la Jaguar dix jours plus tôt, les deux ongles de sa main droite avaient d'abord noirci avant de tomber, mais le petit air satisfait qui traversait son visage n'augurait rien de bon.

— Alors Mc Cash, sourit-il en guise de bonjour, qu'est-ce qu'on fabriquait en Grèce ?

L'Irlandais eut un rictus déplaisant – la sangsue ne le lâchait pas d'une semelle.

— Eh oui mon vieux, poursuivit Lefloc en voyant sa tête, je sais que tu as pris un vol pour Athènes la semaine dernière...

— C'est qui, ce type ? maugréa Angélique.

— Le privé engagé par la famille Kerouan. Un naze.

— Bonjour Angélique. Je vois qu'on s'est réconciliée avec son ex... Venez donc dehors, nous serons mieux pour discuter.

Ils trouvèrent un coin de bitume à la sortie de l'aéroport, à l'écart des voyageurs pressés.

— Bon, abrégea Mc Cash, c'est quoi ton problème ?

— Ce serait plutôt le tien, insinua Lefloc. Tu es parti en Grèce juste après qu'on a retrouvé une connaissance de Marc Kerouan assassiné chez lui, à Daoulas. Gilles Raoul, tu connais? Non? Parce que c'était pas beau à voir, il paraît… Il y avait un autre cadavre dans la salle de bains, avec la colonne brisée et une balle dans la tête. Un étranger, d'après ce qu'on m'a dit… Toi, tu en dis quoi?

— Je n'aime pas trop ta cravate, Lefloc. On dirait une saucisse.

— Tu riras moins quand je t'aurai collé les meurtres sur le dos.

— De quoi tu parles?

Lefloc n'eut pas besoin de consulter son carnet d'enquête, il était sur disque dur depuis la perte de ses ongles.

— Je vais vous raconter les choses à l'envers, mes mignons. Marc Kerouan, avocat fortuné, se rend en Grèce le 6 juin pour acheter le voilier de ses rêves. Mais il n'est pas seul, comme tout le monde le croit, puisque sa belle-sœur Angélique a pris le même vol. Comme Zoé, Angélique a obtenu la nationalité française en se mariant avec un autochtone, toi le borgne, et gagne un modeste salaire de travailleuse sociale. Angélique n'a pas grande perspective devant elle, ce qui n'est pas le cas de Zoé puisqu'elle a fait un beau mariage. Très liées, les sœurs décident de monter un coup fumant : Marc Kerouan se rendant à Athènes, Angélique, qui part souvent en mer avec l'avocat, se propose de l'accompagner. Marc Kerouan achète bien le voilier, un splendide Class 40, le 7 juin, puis il prend la mer et disparaît mystérieusement au large de l'Espagne sans qu'on retrouve son corps. Les recherches abandonnées, Marc Kerouan est déclaré disparu un mois plus tard, permettant à sa veuve de disposer de sa maison en attendant sa fortune personnelle, estimée à plusieurs centaines de milliers d'euros, hors patrimoine.

Angélique se retint de bondir.

— Tu as quoi dans le cœur, Lefloc, du foin? siffla Mc Cash.

— Laisse-moi plutôt continuer. Si Angélique avait été l'équipière de Marc Kerouan sur le voilier, elle aurait disparu en mer avec lui. Sa présence ici même signifie donc qu'elle est restée en Grèce, ceci pendant un mois. Qu'elle a organisé la disparition de son beau-frère dans des circonstances qui restent encore obscures, mais avec l'aide d'un ou plusieurs complices : un meurtre a priori parfait puisque, excepté sa sœur, personne ne sait qu'Angélique était avec lui. Elle reste planquée en Grèce pour qu'on n'associe pas son retour à la disparition de Marc Kerouan, fait la morte à Athènes en attendant de voir comment les choses se passent en Bretagne. Plutôt bien au départ, poursuivit le détective d'un air savant. Zoé joue son rôle de veuve éplorée mais les parents Kerouan se doutent de quelque chose et engagent un détective privé : moi. Je mets la pression sur Zoé. À partir de là, la machine se grippe. Marc Kerouan a-t-il parlé à des proches? Craignait-il quelque chose? La menace se faisant plus précise, les sœurs engagent l'ex-mari d'Angélique, un ancien flic à la dérive, pour faire le ménage. Gilles Raoul, un ami qui a régaté avec Marc, est retrouvé mort, électrocuté dans la baignoire de sa salle de bains. À ses côtés, un mystérieux homme des Balkans, lui aussi assassiné. Un Grec? Un homme complice du meurtre ou au contraire un témoin, tué alors que Marc venait révéler ce qu'il savait à l'ami Raoul ? Mc Cash les liquide pour le compte des sœurs, et file en Grèce pour ne pas être mêlé au double meurtre de Daoulas. Vous n'avez pas lu les journaux depuis quinze jours, bien sûr puisque vous étiez à l'étranger, ajouta-t-il en mordant dans les mots, mais on ne parle que de ça… Pourquoi partir en Grèce, sinon pour retrouver son ex-femme, devenue sa complice de meurtre, et empocher la prime ?

Angélique pâlissait de rage et d'incompréhension, comme si on crachait sur le cadavre de Marco.

— À combien s'élève le contrat pour Kerouan ? s'échina l'autre. Vingt mille ? Quarante mille euros ? Pour Raoul et le Grec, tu as fait un prix de gros ? Hein le borgne, ça t'a rapporté combien, ces trois meurtres ?

Le côté théâtral de la diatribe lui montait au cerveau.

— Ce n'est pas trois personnes que j'ai tuées mais une bonne dizaine, répondit-il. Je peux te montrer comment on fait si tu veux.

L'émissaire de la famille Kerouan hocha la tête. Tout cela lui semblait clair comme de l'eau de roche. Mc Cash ne perdit pas de temps à lui dire qu'ils aimaient Marco comme un frère.

— Tu divagues, Lefloc, résuma-t-il.

— Ah oui : dans ce cas, qu'est-ce que tu fais ici ?

— Je rentre de vacances, ça ne se voit pas que je suis bronzé ? Rien de tel que la Grèce pour renouer avec son ex. Pas vrai Angel ?

La Sénégalaise planta une bite imaginaire dans sa joue en guise de réponse.

— Ha ha ! s'amusa le privé. Dis plutôt que tu viens prendre ta part du gâteau ! Mc Cash, devenu tueur à la petite semaine pour le compte de deux sœurs vénales, quelle belle reconversion ! La seule chose qui m'intrigue, enchaîna-t-il, c'est ce que vient faire le *Jasper* dans cette histoire...

Le regard de Mc Cash changea.

— Oui, ce cargo semble t'intéresser, je me demande bien pourquoi. Tu peux m'éclairer ?

— J'ai toujours rêvé d'acheter un cargo pour me balader.

— Te casse pas : j'ai fini par poser quelques questions à Legouas, le responsable de l'ITF, au sujet du naufrage. Et figure-toi que Legouas m'a justement dit que tu étais venu lui poser des questions au sujet d'un navire bloqué au port de Brest : le *Jasper*... Pourquoi ?

— Écoute, Joe-la-manucure, tu nous fatigues avec tes histoires de petits bateaux.

Le détective sentit qu'il avait tapé juste.

— On se reverra, dit-il d'un air entendu : bien plus tôt que vous ne l'imaginez.

— C'est ça.

Mc Cash prit Angélique par le bras.

— Tirons-nous avant que je lui marche sur la gueule.

*

Le vent sifflait par la vitre cassée de la Jaguar. Mc Cash conduisait sur la quatre-voies de Nantes, Angélique à ses côtés, comme n'importe quel couple en vacances. L'entrevue avec Lefloc avait fait l'effet d'une douche froide. La route défilait, monotone malgré le soleil éclatant. Encore cinquante kilomètres avant la départementale qui menait au sud du Finistère, où attendaient Zoé et Alice. Angélique boudait sur le siège voisin, ou faisait semblant. Le cauchemar de l'île était passé, mais difficile de savoir à quoi elle pensait tant elle avait l'habitude de battre le chaud et le froid. Une fille excessive, comme lui.

— Tu n'as pas un peu musique? demanda-t-elle bientôt.

— Il y a un cédé dans l'autoradio.

— C'est quoi?

— Je ne sais pas... Spoke Orkestra.

Elle poussa le bouton *play*, écouta les strophes s'égrainer au rythme de la guitare saturée, jusqu'à la fin de la chanson. Ce n'était pas la voix de son vieux copain D', mais celle de Nada.

> « *Obsédé par ma splendeur de naguère*
> *Je décidai pour apaiser mes nerfs*
> *De faire l'amour avec mon revolver*
> *Je me suis injecté un speed ball de barjot*
> *Cinquante sacs d'héro, plus un demi de coco*
> *Le cœur fissuré battant la chamade*
> *J'étais enfin prêt pour la grande balade*
> *Au bout d'un quart d'heure de flashs endiablés*
> *Saisissant mon arme, je la caressai*
> *Et dans ma bouche ouverte je rentrai le canon*
> *Que je gratifiai d'une bonne fellation*
> *Cette pipe magistrale faite à sa personne*
> *Enchanta la queue de mon Smith et Wesson*
> *Qui cracha la flamme de son feu d'acier*
> *Entre mes mâchoires aux dents putréfiées...*
> *Plus jamais seul*
> *Plus jamais seul*
> *Plus jamais seul*
> *Avec une bastos dans la gueule* »

Angélique s'ébroua sur le siège de la Jaguar.

— Dis donc, ça donne envie ton truc...

Le borgne sourit au volant, entendit qu'elle ôtait sa ceinture. Il se tourna vers elle. Ses yeux en amande étaient devenus espiègles, comme elle pouvait l'être parfois, mais il ne s'attendait pas à ça.

— En guise de remerciement, dit-elle, pour tout ce que tu as fait pour moi.

Angélique se colla à lui, ouvrit la braguette de son pantalon et, doucement, sortit le petit animal de sa cage, qui à l'air libre prit son envol. Mc Cash se cramponna au volant, subjugué. Elle se pencha vers son entrejambe en calant sa mèche rebelle sur son oreille, lécha en rond les crêtes de son gland, le sentit s'étendre dans sa bouche, l'asticota pour le mettre sous tension, puis sous haute tension, la langue comme un petit serpent de soie, joua de ses lèvres pulpeuses et bientôt l'avala tout entier. Les cendres de cigarette virevoltaient pollen dans l'habitacle. Enfin, quand sa bouche l'eut caressé à point, Angélique le branla entre ses lèvres pour goûter les gémissements bienheureux qui montaient en lui, jusqu'à l'infini.

Elle reçut la première giclée chaude dans la bouche, la seconde, aussi virulente, tapissa son palais merveilleux. Angélique garda son sperme au chaud, se redressa et cracha le tout par la vitre cassée.

Mc Cash frémissait encore quand elle essuya ses lèvres avec un mouchoir trouvé dans le vide-poches, visiblement contente de son coup. Le vent et la vitesse avaient moucheté la capote de sperme et de salive, une traînée de lait d'orgasme qui, sous le souffle brûlant de l'été, se figea dans la poussière.

Lui grésillait, les mains crispées sur le volant.

Angélique.

12

Un vent d'ouest cinglait l'océan, envoyait balader écume et mouettes assorties. Angélique longeait la grève, confuse. On appelait comment les sentiments qu'on éprouvait deux fois : des ressentiments ?

La canicule de la journée avait viré à l'orage, comme dans le sud de la France. Si le climat se déréglait, il n'était pas le seul. Elle enfonça les mains dans ses poches. Besoin de marcher un peu pour faire le point. Ses retrouvailles avec sa sœur avaient été pleines d'émotions mais toute cette histoire l'avait ébranlée. Le naufrage. La mort de Marco. La séquestration avec les filles. Mc Cash, qui les avait sorties de là. Que faire de tout ça ?

Avec le soir, les rues du village s'étaient vidées, les vieux réfugiés dans les églises ou dans le souvenir qu'ils en avaient, quand le temps s'écoulait encore au rythme des moissons. C'était fini. Les vieux n'avaient plus de place, on les avait poussés sur les bords, à la marge d'un monde 2.0 dont ils ne comprenaient même pas l'intitulé.

La grand-mère d'Angélique était morte au large de Goré où elle avait aidé ses petites-filles à grandir, il y a longtemps déjà, pour ainsi dire à une autre époque. Ce n'était plus seulement une question de siècle. L'Afrique n'était pas rentrée dans l'histoire que d'autres avaient écrite pour elle, les mêmes toubabs hargneux avaient bâti le monstre Amérique avec la sueur, les bras et le sang des siens, ils revenaient sans cesse lui reprocher de rester là à cuire au soleil, les yeux crevés et pleins de mouches, refusant de se prendre en main, enfant nain incapable de grandir. Temps immobile de l'Afrique. Ceux qui voulaient quitter cet état étaient traités comme du bétail, du zébu promis au sacrifice s'égrainant du Sahel au Moyen-Orient, partant seuls ou en groupe à travers les déserts et les mers pour rattraper cette vitesse blanche qui les fuyait, de pauvres fous : on ne s'empare pas d'un concept à pied.

Savaient-ils même ce qu'était un concept ?

Ils bouffaient du mil, des tubercules, croyaient aux marabouts, à Dieu parfois. L'Occident les excusait, après tout Dieu était à tout le monde, et si les Africains n'y comprenaient rien, quelques danses ou chants évangélistes rappelaient qu'ils en avaient besoin. Du moment qu'ils restent chez eux avec leur millet, leur manioc et leurs yeux bourdonnant de mouches, l'Occident pouvait continuer à déplorer leur condition – la misère, ça se travaille mon vieux. Quant à ceux qui n'étaient pas morts en route, dans la mer ou les déserts, ceux qui étaient passés à travers le goulot faisaient bien de s'essuyer les pieds avant d'entrer en Europe, merci.

Angélique était d'humeur sombre. Elle devrait pourtant être heureuse d'être vivante. Encore vivante. Le soleil était tombé sur sa ligne d'horizon, emporté par l'orage qui déboulait de l'océan. Mc Cash les avait sauvées d'une mort certaine, elle et les réfugiées d'Astipalea, alors pourquoi se sentait-elle si triste? Parce qu'elle l'aimait (de nouveau, encore, toujours, à jamais, aucun mot ne lui convenait), parce que les années avançaient à reculons et qu'elle se sentait prise au piège?

Elle marcha le long de la grève, le visage fouetté par les bourrasques marines.

Bientôt sept heures du soir. Le temps immobile. Celui du destin qui l'attendait.

*

Mc Cash avait déposé Angélique chez sa sœur sans s'éterniser – les voyant arriver, Ali le chien avait bondi le premier sur la porte du portail, Zoé accourait à sa suite et le borgne n'aimait pas les effusions familiales – ni les clébards. Elles seraient de toute façon mieux sans lui. Il avait bu une bière dans un PMU du centre de Brest où les pochards locaux se perdaient dans la mousse, le temps de retrouver ses repères. La tension redescendait sans palier au fond des abysses. Enfin, il régla quelques problèmes logistiques – hôtel, banque, poste pour la dette de Bob, le flic qui lui avait fourni les fadettes de Marco – avant de filer à Plougonvelin, où il avait laissé Alice.

Marie-Anne Kerouan attendait sur le pas de la porte, dans le style camionneuse qu'elle se donnait parfois pour marquer son courroux. Elle avait les cheveux en bataille, les yeux sortis de leurs orbites, comme son frère lorsqu'il faisait le con. La comparaison s'arrêtait là. Mc Cash appréhendait de la revoir après la demi-douzaine de textos incendiaires envoyée depuis qu'elle gardait sa fille. De fait, à peine entré dans sa maison, il essuya une volée de bois vert au sujet d'Alice : voleuse, menteuse, égoïste, sournoise, foutreuse de merde, une «salope» qui disait les pires méchancetés à la meilleure copine de Julie dès que celle-ci avait le dos tourné, la pauvre gamine est partie en pleurs l'autre jour, c'était la première fois qu'elle voy…

— Écoute, la coupa Mc Cash, je suis fatigué, là. Où elle est ?

— Là-haut, répondit Marie-Anne, dans la chambre de Julie. Mais je te préviens, je ne veux plus voir cette peste !

— Oui, bon, ça va.

La journée avait été longue et il avait d'autres priorités que de se voir adresser des reproches au marteau piqueur par une hystérique.

Les Pussy Riot résonnaient dans la chambre des filles, par-dessus quelques rires qui stoppèrent sitôt qu'il toqua à la porte. Il trouva Alice sur le lit de Julie, en pleine partie de Bonne Paye, pieds nus et en short noir, un tee-shirt Bowie époque Ziggy Stardust sur le dos. Les préados se turent en voyant le borgne entrer dans la chambre, comme si tous les oiseaux de malheur perchaient sur son épaule.

— Salut les filles.

Son air faussement badin ne trompa personne, même pas lui-même. Alice répondit à son bonjour en souriant bravement mais il sentait bien qu'elle était mal à l'aise.

— Julie, tu peux nous laisser deux minutes ? dit-il pour couper court.

La gamine obéit, un regard contrit vers Alice.

— Bon, j'ai discuté avec Marie-Anne, fit-il quand elle eut fermé la porte. Qu'est-ce que c'est que ce bordel?

— Je te jure que je comprends pas pourquoi elle est comme ça avec moi, renvoya Alice sur le lit.

— «Comme ça», ça veut dire quoi?

— Ben, je ne sais pas, dès que je fais quelque chose, ça ne va pas, elle me reprend tout le temps, pour n'importe quoi! débita la gamine pour masquer sa nervosité. J'ai prêté du maquillage à Julie hier, on s'est fait traiter de putes. C'est comme ça qu'elle nous parle. Ou alors dès que quelqu'un vient à la maison, elle hurle dans le salon en me pourrissant alors qu'elle sait très bien qu'on entend tout dans la chambre.

— Parce que tu n'as rien volé, peut-être?

— Mais je volerais quoi? C'est elle qui invente!

Mc Cash voulait croire à sa bonne foi mais il en avait marre qu'on lui mente.

— Écoute Alice, c'est la parole d'une ado contre celle d'une adulte : tu perds à tous les coups. Dis-moi la vérité, qu'on en finisse avec cette histoire.

— Mais papa, je te jure!

— Bon Dieu, s'irrita-t-il, tu peux me dire pourquoi Marie-Anne inventerait des choses pareilles?

— Parce qu'elle est totale névrosée! C'est même toi qui le dis! rétorqua la préado. Et puis voler qui, Julie? On s'entend super bien, pourquoi je lui volerais quelque chose?!

Les larmes perlaient à ses cils de girafon. Mc Cash sentit qu'il se faisait avoir. Il alla chercher Julie, qui traînait dans le couloir en faisant semblant de ne pas écouter aux portes.

— On t'a volé quelque chose ? lui demanda-t-il.
— Eh bien... Heu...
— Ah, tu ne vas pas t'y mettre toi aussi ! Réponds simplement à mes questions et tout ira bien. Alors ?
— Ma mère a retrouvé un cédé à moi dans le sac d'Alice, expliqua bientôt la gamine. Elle a pensé qu'elle me l'avait volé.
— Un cédé de qui ?
— Beyoncé.
— Je ne sais même pas qui c'est... Tu aimes ça, Beyoncé ? dit-il à Alice.
— Bof.
— Il ne s'est quand même pas transporté tout seul jusqu'à ton sac, ce cédé, grogna-t-il. Et la copine de Julie, c'est quoi cette embrouille ? Il paraît qu'elle est repartie en pleurs l'autre jour.
— Je ne sais pas ! répondit Alice.
— Elle invente encore, peut-être ?

Cette discussion commençait à lui taper sur le système. Il se tourna vers Julie.

— Bon, qu'est-ce qui s'est passé avec ta copine pour qu'elle parte dans cet état ?
— Victoire ? Mais ce n'est même pas une copine à moi, c'est nos mères qui sont copines ! fit Julie. Elle veut toujours que je joue avec mais Victoire est chiante, toujours en train de se plaindre qu'elle a mal au ventre, que ceci que cela, elle ne parle que de l'argent de son père et chiale dès qu'on lui dit un mot de travers, pff !

Mc Cash ne s'attendait pas à ça. En tout cas, la nièce de Marco n'avait pas sa langue dans sa poche.

— Alors pourquoi ta mère traite Alice de pute ?
— Parce qu'on se maquille ! répondit Julie, décidée

à défendre sa copine. C'est pour ça qu'elle nous traite. Ma mère n'aime pas les filles, c'est pas nouveau! Elle se plaint de sa mère tout le temps, qui la harcelait et tout, mais elle est pareille avec moi!

Père, ex-flic ou simple témoin de la maladie humaine, Mc Cash sut au ton employé que cette mioche disait la vérité. La banale et lamentable vérité du parent qui reproduit le mal subi sur sa progéniture... «Celui qui voit le monde laid et mauvais s'empresse de s'en venger», disait Nietzsche dans son souvenir : Alice en avait fait les frais.

Une rage sourde lui remonta des tripes.

— Dites-vous au revoir, les filles, dit-il : nous, on s'en va.

Mc Cash aida Alice à regrouper ses affaires dans son sac, déposa un baiser sur la joue de Julie en lui souhaitant bonne chance dans la vie.

Marie-Anne attendait en bas, renfrognée mais contente du savon que la gamine avait subi. Puis elle croisa le regard du borgne qui revenait vers le salon et déchanta.

— Tu sais quoi, Marie-Anne? asséna-t-il à la face de la camionneuse. Julie fera comme toi : elle fuira sa mère à la première occasion. Bientôt. Sauf que ta fille a l'air moins conne que toi, et elle aimera la vie. La vie sans toi. Ça lui fera des vacances à elle aussi.

Il planta la sœur de Marco au milieu des tapis indiens, traversa le salon et prit la main d'Alice, qui recomptait les carrelages dans l'entrée. C'était la première fois – sa petite main chaude.

Il attendit d'être dehors pour lâcher ce qu'il avait sur le cœur.

— Je suis désolé d'avoir douté de toi, Alice. Je ne pouvais pas savoir que cette vieille sorcière mentirait.

— Ben putain, je suis soulagée !

— Dis donc, il va falloir essayer de parler un peu mieux si tu veux devenir une lady.

— Une femme normale, ça me suffira.

Mc Cash sourit – voilà que sa fille parlait comme lui...

*

Ils roulèrent jusqu'à l'Hôtel de la Baie des Trépassés, cent kilomètres plus au sud, où il avait réservé deux chambres pour la nuit. Alice le questionnant sur son enquête, il la baratina au mieux, lui parla d'Angélique, à coups de demi-vérités qui bout à bout faisaient une histoire plausible. La petite acquiesçait sur le siège humide, contente de retrouver son père. Enfin, elle oublia ce qui les avait séparés pour revenir à ce qui l'intéressait, le présent.

— Et... Heu... Au fait, dit-elle, pour le chat...

— Le chat ?

— Celui qu'on prendrait si je m'amusais avec Julie...

— J'étais bourré quand j'ai dit ça, non ?

— Non, c'était le matin, quand tu m'as laissée chez la sorcière.

— Elle m'avait jeté un sort, tu sais comment c'est.

— C'est pas drôle, le rabroua Alice. On en a même parlé au téléphone, la semaine dernière ! Tu m'as promis.

— OK, dit-il pour la calmer, on verra ça quand on aura trouvé un point de chute.

— Une maison ?
— Oui.
— Avec un jardin ?

Elle s'enthousiasmait facilement, oubliant tout avec une vitesse qu'il lui enviait.

— Oui, dit-il. Tu pourras y mettre tous les bestiaux que tu veux. Des chats, des chiens, des vaches...
— Ha ha !

Il disait n'importe quoi pour la rendre un peu heureuse, et son rire cristallin lui fendait les os.

La journée touchait à sa fin lorsqu'ils atteignirent l'Hôtel de la Baie des Trépassés. Mc Cash dégringolait de fatigue mais fit l'effort de rester éveillé jusqu'au dîner. Alice n'avait jamais mangé de homard ni bu de champagne de sa vie ; il commanda une bouteille dans la foulée de la première, puis, les homards s'avérant trop petits pour leur appétit, ils goûtèrent la langouste, moins fine mais plus exotique, qu'il avala avec un pouilly grand cru et quelques cognacs hors d'âge pour accompagner le café qui, vu son état d'épuisement, ne lui ferait plus rien.

L'addition serait corsée mais Mc Cash s'en fichait : il dormit dix heures de suite et se réveilla le lendemain, presque de bonne humeur. Ce n'était pas si fréquent. Il prit une douche, vit dans le miroir de la salle de bains que sa plaie se résorbait, s'habilla d'un pantalon noir et d'une chemise bleue couleur de ses yeux.

Alice avait déjà pris son petit déjeuner quand il sortit sur la terrasse de l'hôtel. L'océan grondait en déboulant dans la baie, un vent frais fouettait l'encolure des vagues sous un soleil frémissant. Elle vit les clés de la Jaguar qu'il tenait à la main.

— Tu vas où, à un mariage ?

— Plutôt crever. Non, je vais juste régler un truc.
— Quel genre de truc ?
La gamine se méfiait.
— Un truc avec Angélique. Le dernier, promis.

13

L'orage de la nuit avait fait place à un ciel changeant. Mc Cash n'avait pas eu le temps de remplacer la vitre cassée de sa Jaguar, le siège était encore imbibé et ce n'était pas le maigre soleil qui allait le faire sécher. Il claqua la portière et se dirigea vers la longère.

Zoé avait réintégré la maison familiale de Penmarc'h avec sa fille sans plus se soucier des fantômes qui pouvaient y rôder, et accueillait sa sœur le temps qu'elle se remette. Sa voiture était garée devant le garage, à l'ombre du grand chêne, mais pas celle de Zoé. Mc Cash ne savait pas ce qu'il dirait à Angélique, s'il venait lui faire ses adieux ou lui demander de partir avec eux. Alice avait besoin d'une mère – il était nul en père, il l'avait dit. Certes, la Sénégalaise n'était pas un modèle courant, il fallait s'accrocher aux branches quand passaient les tempêtes, mais elle était rock dans son genre, le cœur au larsen, et au maximum du voltage quand il s'agissait des autres. Mc Cash lui avait refusé un enfant lorsqu'ils étaient mariés, sous prétexte qu'il n'en voulait pas : Angélique voudrait peut-être celui d'une autre. Une famille vraiment nucléaire...

Quelques abeilles l'escortèrent dans la lumière éclatante du jardin, ajoutant à la confusion de son esprit. La terrasse était vide mais les baies vitrées grandes ouvertes ; il entra par la porte coulissante et trouva Angélique qui s'affairait dans le salon, déplaçant des meubles. Elle portait une robe moulante noire, une paire de ballerines, et s'était légèrement maquillée.

— Salut Angel.

— Salut Mc Cash.

C'était la première fois qu'ils se retrouvaient dans la vraie vie, loin des trafics et des morts. Il fit un bref panoramique autour d'eux.

— Tu n'as plus de chien ?

— Non. Je l'ai refourgué aux puces.

La lionne était d'humeur blagueuse.

— Tu as meilleure mine qu'hier, enchaîna Angélique. Tu as revu ta fille ?

— Oui, elle m'a reconnu grâce au bandeau.

— Ha ha ! Alors, elle va bien ?

— Beaucoup mieux depuis que je suis passé la chercher, répondit son père.

— Ça ne s'est pas arrangé avec Marie-Anne, on dirait.

— Non. Vous feriez d'ailleurs bien de vous méfier, grogna-t-il, encore échaudé par l'épisode de la veille. Marie-Anne déteste ses parents mais elle serait capable d'être dans leur camp.

— Tu penses à quoi, l'héritage de Marco ?

— L'argent rend souvent con, il suffit de voir ceux qui en ont.

— Tu dis ça pour me plaire.

— Oui. Zoé n'est pas là ?

— Non, elle passe la matinée avec sa fille au centre aéré. Pourquoi, tu as des nouvelles des Kerouan ?

— Non, répondit Mc Cash. Mais ils ne laisseront pas ta sœur disposer des biens de Marco sans broncher. Dans un cas de disparition, il faut au moins un an pour que l'administration enregistre le décès. Lefloc va vous harceler, la prévint-il.

— Je lui tordrai le cou, fit Angélique, comme un poulet.

La Sénégalaise ne riait qu'à moitié. Mc Cash sortit une enveloppe de sa veste, qu'il lui tendit.

— Tiens, au fait, dit-il, c'est pour toi.

— C'est quoi ?

— Ta part du fric raflé au casino. On partage tout, tu te souviens…

Il y avait dix mille euros en liquide, comme pour les autres réfugiés. Elle envoya balader l'enveloppe sur le canapé.

— Merci.

Mc Cash ne dit rien, il avait gardé le triple pour lui et Alice. Leurs regards se croisèrent une première fois, et chacun comprit que l'autre hésitait. Il parla le premier.

— Tu vas faire quoi, maintenant ? Reprendre l'antenne RESF de Douarnenez ?

Angélique haussa les épaules, dévoilant une bretelle de soutien-gorge.

— Je ne sais pas encore… Je vais d'abord aider Zoé à changer la déco de la maison, après on verra. J'ai un studio sans intérêt à Douarn', je ne suis pas pressée de le retrouver. Et puis, j'ai réfléchi ces derniers jours, ajouta-t-elle. Et je ne suis pas sûre que les choses puissent être de nouveau comme avant. Je veux dire, avant le naufrage… Je repense toujours au visage de Marco sur le voilier, à ses yeux de dingue qui m'adjuraient de grimper sur le cargo. Il n'y avait pas du reproche mais de la désolation. Il avait une femme, une petite fille, et moi j'ai tout cassé pour des sœurs inconnues. Je… Je crois que je me suis fourvoyée. La rage est un sentiment explosif, ajouta-t-elle, mais elle aussi mauvaise conseillère. Marco est mort par ma faute, et je n'ai rien changé au monde : les réfugiés récupérés à Astipalea ne sont jamais arrivés en Bretagne, certains ont été tués et les autres s'entassent dans un camp de fortune, comme des milliers d'autres. Je voulais changer le monde mais c'est le monde qui m'a changée.

Mc Cash sentait l'émotion d'Angélique à fleur de peau.

— Tu as fait ce que tu croyais être bon, non ?

— C'est fini.

— Il y a toujours du bon, quelque part. Des lendemains.

— Des lendemains ? fit-elle dans un rire amer. C'est toi qui me dis ça ?

Une grêle noire tomba sur les épaules de Mc Cash. Angélique ne le quittait pas des yeux – ça le rendait presque beau… Ils s'observèrent un instant qui durait depuis quinze ans, au milieu de ce salon que l'été rendait un peu plus vide. Il la revoyait dans la rue, au début, avec ses pantalons en vinyle et son sourire de chatte qui miaulait pour lui, le bonheur simple de la tenir contre son épaule, toutes ces nuits où ils s'encastraient mélodrame, redoutant déjà de se quitter. Angélique le revoyait l'autre nuit quand il avait fait irruption dans la chambre capitonnée de l'hôtel, quand sa vie ne valait rien et qu'il l'avait sauvée quand même, surgissant du néant comme un monstre fabuleux, un cyclope qui avait semé la mort sur l'île de malheur, pour ses beaux yeux.

Elle fit un pas vers lui.

— Tu crois qu'il y a une suite à cette histoire, Mc Cash ?

Le borgne se méfiait – ce genre de lionne avait vite fait de vous envoyer valser dans les broussailles, les crocs enfoncés dans la gorge – mais Angélique se colla à lui et l'embrassa doucement, des étoiles dans les yeux.

— Viens, chuchota-t-elle. Viens…

À vingt ans, le corps suit ; à cinquante, il faut lui demander poliment. Mais Angélique allait toujours trop loin, trop vite. Ils s'embrassèrent en reculant, renversèrent le vase et les fleurs desséchées sur la table, elle le tenait entre ses cuisses pour le mener et s'étendit enfin sur le sofa, haletante. Elle sentait son érection contre son pubis, ses grandes mains qui pétrissaient ses seins à travers la robe, mais elle soufflait à son oreille, «Non… non… », tout en le pressant contre elle. Mc Cash resta confus, maladroit, sans comprendre où elle voulait en venir ; elle gémissait, «Non… non… », gesticulait comme un ver coupé en deux sur le canapé, leurs cœurs pompaient le désir à plein régime, machine arrière toute, sexes accolés pourtant, ses bras d'ébène happant l'air comme pour se sauver du monstre : «Non… non ! »

Mc Cash en avait la tête qui tournait. Quinze ans sans ce corps aimé le faisaient rêver, à la fougue de leurs baisers il avait cru le désir partagé, mais ses gémissements intempestifs coupaient tout élan.

— Bon, tenta-t-il de la recadrer, tu veux faire l'amour, oui ou non?

— Oui!

Il retroussa sa robe pour caresser ses cuisses, ses cuisses douces, entreprenantes, résista à l'envie de la manger crue, d'enfouir son visage entre ses jambes pour la goûter tout entière, il la caressa encore pendant qu'elle faisait sauter les boutons de son pantalon, plongea doucement sa main contre son sexe délicat, le sentit humide sous ses doigts, ses doigts de fée, comme elle lui disait à l'époque.

Leurs vêtements volèrent supersoniques à travers la pièce; ils se retrouvèrent la peau sens dessus dessous à se délecter, un moment qui ne demandait rien à personne et surtout pas à eux, l'un contre l'autre enfin. Mc Cash voulait l'étreindre encore, comme avant, ne plus la lâcher, l'amour suspendu au fil séchait là depuis longtemps, c'était sûr, mais la passion qui les unissait sur le canapé renversé du salon vira de bord quand Angélique attrapa ses testicules.

Elle les malaxa comme on arrache la tapisserie, tant qu'il en eut le souffle coupé, puis elle le masturba vite et fort, le décalottant méchamment. Mc Cash pouvait à peine ouvrir la bouche, une enclume dans le bas du ventre. Enfin, quand il fut à point, elle grimpa sur lui sans le quitter des yeux ni relâcher le martyre de ses bourses. Elle se l'enfonça jusque-là, avec ses pupilles qui semblaient lui dire «Regarde, petit Blanc: regarde comme je t'aime!».

La lionne le tenait dans sa gueule: il lui suffisait de serrer un peu plus. Alors, quand elle sentit monter la chaleur tragique, quand elle sut qu'elle allait jouir et qu'elle n'y pourrait plus rien, Angélique relâcha son étreinte sur ses bourses pour mieux cueillir l'extase qui déboulait dans son corps. Elle eut un cri comme un éclair à retardement, avant d'éclater en sanglots.

Des torrents de larmes, qui inondèrent ses joues cramoisies et semblaient ne plus pouvoir s'arrêter...

Mc Cash roula sur le sofa défloré, le cœur dans la gorge.

Putain, toujours aussi cinglée, celle-là.

*

Le ciel s'était agrandi à l'heure de midi. Mc Cash sortit de chez Zoé, des hirondelles dans le sang.

Il y pensa tout le trajet.

À tout ce qu'il venait de vivre avec Angélique, ou plutôt à ce qu'ils venaient de ne pas vivre, toute cette impuissance, ces étoiles mal alignées, festival d'occasions ratées d'un amour qui n'existait qu'en rêve...

Saudade, la nostalgie du possible. Mc Cash avait espéré retrouver son amour perdu mais le passé ne se rattrape pas ; quand il nous a filé entre les mains, il s'en va s'imaginer d'autres présents, sans nous. Angélique faisait partie de ce rêve, une vie parallèle faite d'illusions, de fausses croyances, de mythes effondrés. Il n'y avait aucun futur, et rien à espérer. Mc Cash était seul, il l'avait toujours su. Le petit mécano amoureux qu'il s'était fabriqué ne tenait pas, la preuve, les boulons s'étaient fait la malle à la première incartade. Il ne lui restait que les vis enfoncées bien profond, et le sentiment d'être passé à côté de lui-même. Angélique.

Au fond, la violence les suivait depuis l'enfance, et ne les quitterait jamais. Quel gâchis...

La Jaguar lambina dans les rues d'Audierne, fit ronfler ses douze cylindres pour doubler les engins agricoles, coupa avant la pointe du Raz pour atteindre la baie des Trépassés.

Un ciel de traîne se mariait aux couleurs de l'océan et il était bien le seul. Mc Cash claqua la portière, marcha jusqu'à la plage en respirant le grand air du large, pour ravaler ses larmes.

Alice attendait le long du ruisseau qui s'écoulait vers les vagues, les rouleaux bouillonnants où des surfeurs maladroits s'échinaient. Elle portait un short en jean noir et le tee-shirt Bowie que lui avait donné Julie. Penchée sur le sable, elle ne l'avait pas vu, mais la gamine sentit la présence de son père dans son dos et se redressa.

— Ça y est, sourit-elle, tu as réglé tes affaires ?
— Oui... Oui.

Alice épousseta le sable fiché sur son short, l'œil inquisiteur. Son père n'avait pas l'air dans son assiette, on aurait même dit qu'il allait pleurer. Des embruns salés revenaient du rivage, épousant leur silence. Mc Cash soupira, comme si un trop-plein d'émotions lui comprimait la poitrine et, de guerre lasse, se tourna vers la Jaguar qui séchait près de la dune. Il ne savait pas où ils iraient tous les deux mais il trouverait, n'importe quoi loin d'ici où crevaient ses fantômes. Aussi sûr que seule cette gamine le tenait en vie.

— Viens, dit-il, on se casse.

DU MÊME AUTEUR

Aux Éditions Gallimard

Dans la collection Série Noire

PLUS JAMAIS SEUL, 2018, Folio Policier n° 885.
CONDOR, 2016, Folio Policier n° 850.
MAPUCHE, 2012, Folio Policier n° 716.
ZULU, 2008, Folio Policier n° 584.
UTU, 2004, n° 2715, Folio Policier n° 500.
PLUTÔT CREVER, n° 2644, 2002, Folio Policier n° 423.

Dans la collection Folio Policier

SAGA MAORIE, Haka – Utu, 2016, n° 798.
LA JAMBE GAUCHE DE JOE STRUMMER, 2007, n° 467.

Dans la collection Folio 2 €

PETIT ÉLOGE DE L'EXCÈS, 2006, n° 4483.

Aux Éditions Baleine

HAKA, 1998, Folio Policier n° 286.

Dans la collection Le Poulpe

D'AMOUR ET DOPE FRAÎCHE, 2009, coécrit avec Sophie Couronne, Folio Policier n° 681.

Chez d'autres éditeurs

NORILSK, Paulsen, 2017.
POURVU QUE ÇA BRÛLE, Albin Michel, 2017.
LES NUITS DE SAN FRANCISCO, Flammarion, 2014, Folio Policier n° 842.

COMMENT DEVENIR ÉCRIVAIN QUAND ON VIENT DE LA GRANDE PLOUQUERIE INTERNATIONALE, Le Seuil, 2013.

NOUVEAU MONDE INC., La Tengo Éditions, 2011.

QUEUE DU BONHEUR, édité par le MAC/VAL, 2008, d'après l'œuvre du plasticien Claude Clotsky.

RACLÉE DE VERTS, Éditions La Branche, collection Suite noire, 2007, Pocket n° 14870.

Aux Éditions Pocket Jeunesse

MAPUCE ET LA RÉVOLTE DES ANIMAUX, illustré par Christian Heinrich, 2015.

KROTOKUS IER, ROI DES ANIMAUX, illustré par Christian Heinrich, 2010.

Aux Éditions Thierry Magnier

MA LANGUE DE FER, littérature jeunesse, collection Petite Poche, 2007.

JOUR DE COLÈRE, littérature jeunesse, collection Petite Poche, 2003. Nouvelle édition, 2016.

Aux Éditions Syros

L'AFRIKANER DE GORDON'S BAY, collection Souris noire, 2013.

ALICE AU MAROC, littérature jeunesse, collection Souris noire, 2009.

LA DERNIÈRE DANSE DES MAORIS, littérature jeunesse, collection Souris noire, 2007.

LA CAGE AUX LIONNES, littérature jeunesse, collection Souris noire, 2006.

Composition APS-ie
Impression Novoprint
à Barcelone, le 12 avril 2019
Dépôt légal : avril 2019

ISBN 978-2-07-2844088-3. / Imprimé en Espagne.

347666